JN241764

フィリピンに消えた「秋田の軍隊」

歩兵第十七連隊の最後

長沼宗次 著

はじめに

年号が「令和」に変わった。――太平洋戦争が終って七十四年目である。

時の流れは早いもので、私のように少年期を軍国主義下で過した「昭和一桁(けた)生まれ」もまた、昨今は非常に数が少なくなった。――私にとっては、やはり、何処となく物寂しさを禁じ得ない昨今である。

自分の老いに委ねて八十有余年を振り返って見るとき、私は、その「過去の出来事」とは裏(うら)腹(はら)に、「誰かに言い残したい」想いもまた自分の脳裏から離れない。――本書で取り上げた「秋田の軍隊(歩兵第十七連隊)の最後」も、その一つである。

歩兵第十七連隊は、秋田市を衛戍(えいじゅ)地(常駐地)としてから終戦時まで、半世紀近い歴史を持つ「秋田の軍隊」であった。さらに、一九三七(昭和12年)7月の「日中戦争」勃発以降は旧満州に進駐し、大陸侵攻の一翼を担ってきた軍隊でもあった。

● 2

ところで、この歩兵第十七連隊は太平洋戦争が始まってから二年半後、軍隊としての戦略的な位置を大きく変えることになった。――大本営（日本軍の最高司令部）が打ち出した「捷号作戦」第一号に基づいて旧満州を離れ、急遽、フイリピンのバタンガス州に転駐することになったのである。

何故転駐したのか？　私はその理由を、当時の政局との絡みで若干触れておきたい。

太平洋戦争が勃発した当初、いわゆる「不意打ち作戦」に乗じて優勢を誇った日本軍は、一九四三（昭和18）年のガタルカナル撤退やアッツ島全滅を転機に、今度は次々に連敗を始めた。そして、この連敗を食い止めようと考え出されたのが「捷号作戦」である。――この作戦は、日本軍の主勢力を四つの地域に集中し、局地戦に勝利することで全体の劣勢を挽回しようとするもので、その「第一号作戦地域」に選ばれたのがフィリピンであった。

捷号作戦を受けて、歩兵第十七連隊は、旧満州からフィリピンに向けて「大移動」を開始した。――一九四四（昭和19）年8月、連隊長藤重正従大佐以下三〇〇〇名の兵士たちである。

しかし、この捷号作戦は大失敗に終わった。――その頃、東南アジアの制空権はすでにアメリカ軍に握られており、日本の輸送船のほとんどは、敵の艦載機と潜水艦の攻撃で、海の藻屑と消え去っていたのである。

制空権を奪われ、多くの輸送船を撃沈された日本軍は、物資輸送手段のほとんどを失った。——歩兵第十七連隊もまた、食料と物資確保のため、現地住民に対する大規模な収奪作戦を展開したのである。

甚大な被害を受けた現地住民は、当然ながら、日本軍と全面的に対決した。

歩兵第十七連隊の兵士たちは、ルソン島で、想像を絶する苦難を体験したのであった。——飢餓や伝染病に苛（さいな）まれながら、アメリカ軍の物量作戦と現地住民のゲリラ戦の前に連続して敗北を余儀なくされ、かつてない窮地に追い込まれたのである。

以下、私は本書の第一編で、フィリピン転駐以後の歩兵第十七連隊の戦史を、事実に即して書き上げたいと思っている。続いて第二編では、さきに『歩兵第十七連隊比島戦史』（註1）で発表された一五〇〇名を越える戦没者の名前を、市町村ごとに再編して発表するつもりである。各位のご注目を心からお願いしたい。

なお、私はここで、「なぜ今頃になって昔の戦争のことを?」と考えている人々のために一言触れておきたい。――「戦争の時代」を生きた私たちが、いま「第十七連隊の最後」を書き留めておかなければ、多くの人々を不幸のどん底に落とし込んだあの戦争の真実が、人々の歴史から永久に消えてしまうと懸念したからである。

戦後七十四年が過ぎた「令和」の現在であるからこそ、私は、フィリピン戦で非業の最後を遂げた第十七連隊兵士の遺霊とご遺族に、改めて心から哀悼の意を表したい。同時に、読者の皆さんには「第十七連隊の最後」に関する歴史認識をさらに広く共有していただきたいと願って止まない。

以上、若干の私見を披歴しながら、本稿執筆のご挨拶とする次第である。

二〇一九（令和元）年　十二月

長　沼　宗　次

目次

第二編　歩兵第十七連隊の戦没者名簿

添付資料① 歩兵第十七連隊の構成

まず添付資料として、歩兵第十七連隊の構成を紹介したい。

次は、「捷号作戦による大移動」が発表された当日、一九四四(昭和19年)7月6日に発表された体制である(出典は前掲『歩兵第十七連隊比島戦史』二〇〇〜二〇三頁)。

◎歩兵第十七連隊本部

連隊長　大佐　藤重　正従(まさとし)
連隊副官　大尉　高橋　広七
連隊旗手　少尉　佐藤　康平
連隊本部付　中尉　大野　肇
同　中尉　鐙　貞夫
同　中尉　小野　政吉
同　中尉　伊藤　正康
同　准尉　長沢　三郎
同　軍医大尉　白取　信一
同　獣医少尉　小笠原　誠
同　主計中尉　鎌田　豊
同　主計少尉　下平　公一

◎歩兵第十七連隊第二大隊

大隊長　大尉　市村　勲
大隊副官　中尉　尾張　三郎
大隊本部付　少尉　萩野　舜平

同　軍医中尉　伊藤　亨
同　軍医中尉　植野　為隼
同　主計少尉　小西　祐治
第五中隊長　中尉　石井　新太郎
小隊長　少尉　大久保　巌
同　准尉　桧森　栄泰
同　曹長　平塚　清治
第六中隊長　中尉　高橋　茂
小隊長　少尉　伊藤　茂男
同　准尉　小林　一郎
同　准尉　加藤　貞克
第七中隊長　中尉　種市　幹雄
小隊長　少尉　相馬　操
同　准尉　佐藤　正太郎
同　准尉　熊谷　勝美

第八中隊長　中尉　大井　米蔵
小隊長　見習士官　松本
同　准尉　小原　福三
同　准尉　高橋　才治

◎第二機関銃中隊

中隊長　中尉　武本　清巳
小隊長　少尉　草薙作右衛門
同　准尉　柿崎　鉄之助
同　准尉　佐々木　梅雄
第三大隊砲小隊長　少尉　福岡　千代吉

◎歩兵第十七連隊第三大隊

大隊長　大尉　伊藤　昌徳
大隊副官　中尉　中村　六郎

大隊本部付　中尉　高橋　澂
同　軍医中尉　瀬川　浩
同　主計中尉　奈良　周喜治
第九中隊長　中尉　江島　哲雄
小隊長　少尉　加藤
同　准尉　木内
同　准尉　村上　敏男
第十中隊長　中尉　工藤　忠四郎
小隊長　准尉　堀江　謙助
同　准尉　味水　六郎
同　曹長　越前谷　三郎
第十一中隊長　中尉　鈴木　金十郎
小隊長　少尉　佐藤　堅一
同　見習士官　土門　隆治
同　准尉　加藤　欣助

第十二中隊長　中尉　畔田　長吉
小隊長　少尉　清水　正男
同　准尉　畠山　喜一
同　准尉　斎藤　末五郎

◎**第三機関銃中隊**

中隊長　中尉　高橋　甚助
小隊長　少尉　後藤　哲雄
同　見習士官　佐藤　博治
同　見習士官　野呂田　茂吉
第三大隊砲小隊長　少尉　佐藤　光雄

◎**歩兵砲大隊**

大隊長　少佐　上原　善一
大隊副官　中尉　斎藤　宗彦

大隊付	軍医中尉	小野	一郎
同	主計見習士官	小林	正二郎
＊連隊砲中隊長	中尉	高橋	昌吾
小隊長	准尉	高橋	将次郎
同	准尉	戸嶋	豊治
＊速射砲中隊長	中尉	斎藤	銀作
小隊長	中尉	佐藤	寿
同	准尉	鈴木	徳四郎

＊通信中隊長	中尉	斎藤	定栄
小隊長	中尉	一色	淳
同	少尉	瀧田	利一
同	見習士官	疋田	耕一
＊作業中隊長	中尉	坂田	勇蔵
小隊長	少尉	山田	慶夫
同	見習士官	山口	与五郎
同	准尉	加藤	金五郎

ところで、この構成表には「第一大隊」が入っていない。——突然の移動のため、構成が間に合わなかったためである。

「第一大隊の構成」が発表されたのは、歩兵第十七連隊が駐屯地の旧満州綏南（すいなん）を発って、朝鮮半島南端の釜山に到着した一九四四（昭和19）年8月8日であった。

次に「第一大隊の構成」を挙げる（註2）。——ただし、あらたに第一大隊が構成されたため、先に掲載した構成表には若干の変更が生じたが、もし必要な場合は改めて原本をお読みいただきたい。

◎ **歩兵第十七連隊第一大隊**

大隊長 大尉 高橋 広七
大隊副官 准尉 長沢 三郎
本部付 軍医中尉 塩谷 太郎
同 主計准尉 佐藤
*第一中隊長 中尉 伊藤 茂男
指導班長 曹長 高橋 時四郎
第一小隊長 見習士官 中奥 正之
第二小隊長 准尉 中島 重一郎
第三小隊長 曹長 佐々木 長吉
*第二中隊長 中尉 大井 米造
指導班長 曹長 佐藤 哲次
第一小隊長 准尉 高橋 才治
第二小隊長 准尉 中島 重一郎
第三小隊長 曹長 由利 雄次郎
*第三中隊長 中尉 畔田 長吉
指導班長 曹長 千葉 盛治
第一小隊長 少尉 西村 三良
第二小隊長 准尉 畠山 喜一
第三小隊長 准尉 斎藤 末五郎
*第一機関銃中隊長 中尉 中村 六郎
*第一大隊砲小隊長 少尉 相馬 操

添付資料② 関連図

図1　フィリピンのルソン島全図

図2　第十七連隊の激戦地（右図のアミかけ部分を拡大）

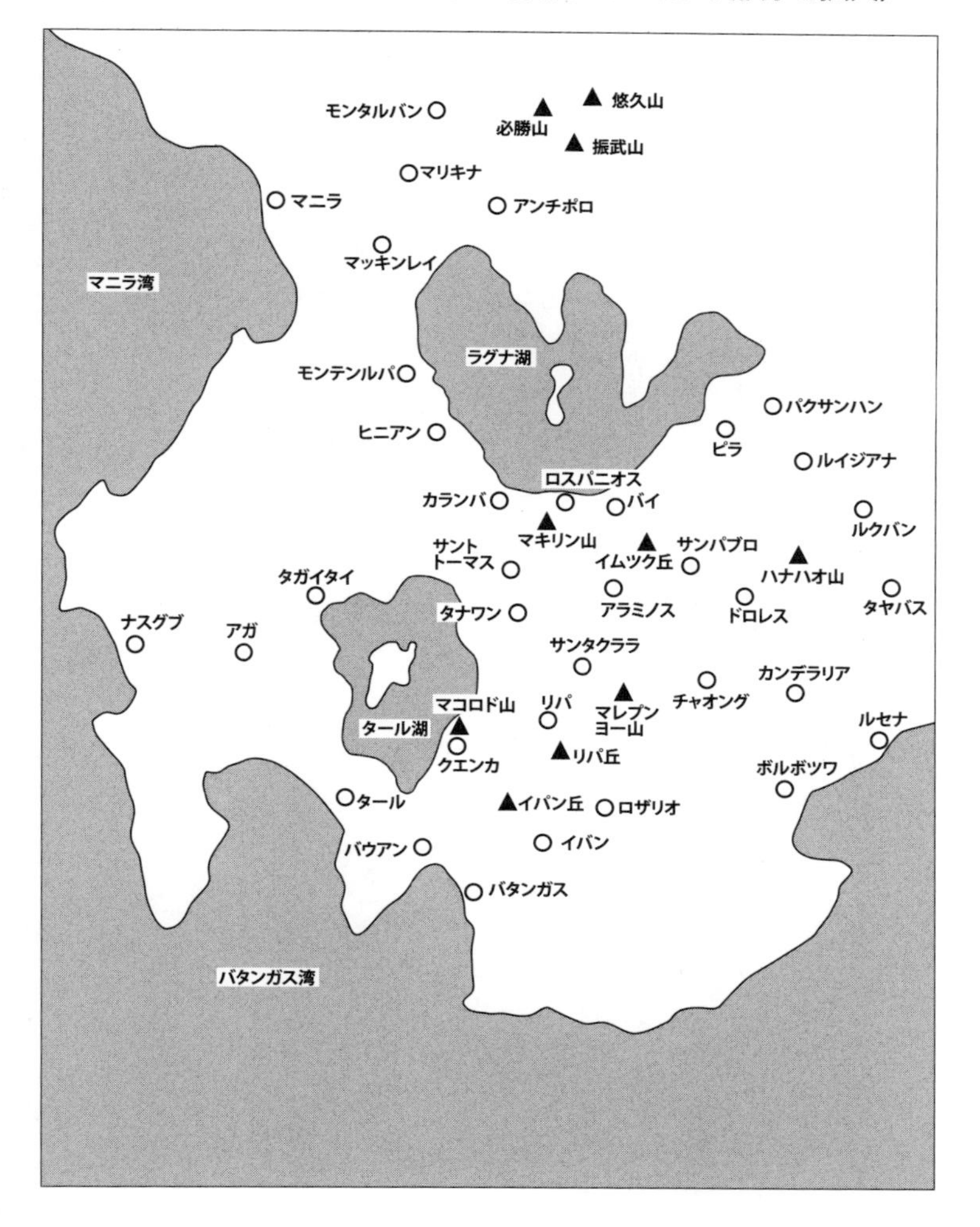

第一編　歩兵第十七連隊の最後

【前　記】

㈠　まず、本書第一編の参考資料に触れたい。

私が本書の主な参考資料に選んだのは、小林逸路著『マコロド戦記』（註3）である。その理由は、戦場の実態や兵士の生活が、最もリアルに描かれていると考えたからである。ところが、『マコロド戦記』は第二大隊第六中隊の活動が主体で、第十七連隊全体を鳥瞰した本ではない。全体的な視点から言えば『歩兵第十七連隊比島戦史』の方が網羅的である。それで私は、この『比島戦史』と『同史追録』（註4）を参考資料に加えた。――さらに、元兵士の新聞記事や私自身の実体験などを資料として活用した。

しかし、第十七連隊の戦闘は多岐にわたっており、その全容を収録することは困難であった。——とくに、資料不足のためとはいえ、現地フィリピン住民やアメリカ軍側からの資料や分析が欠如したことは、大きく反省せざるを得ない。著者としての力量不足をお詫びすると同時に、それにも拘わらず、本書出版の現代的な意義をそれなりに評価していただければ、著者としては無上の幸いである。

(二)　次に、本書第一編執筆の基本的な見地に言及したい。

私が第一編で資料とした戦記や戦史、回想録など、いわゆる「戦記」のほとんどは「軍隊生活の追想」と「戦没者への追悼」が主な内容である。——こうした内容に関して、私は、現在でもその想いを共有する部分が少なくはない。

しかし、私はこうした心情とは別に、これらの戦記ものには、当時の「皇国思想や軍国主義」を礼賛（らいさん）する表現が随所に垣間見られることを、決して座視（ざし）してはならないとも思うのである。

ついでながら、本書を執筆する私の「立ち位置」に関していえば、私は戦争が大嫌いであり、戦前の軍国主義思想に手を貸すつもりは毛頭ない。と同時に、だからといって「特定の反戦イデオロギー」を基本に据えて本書を纏めるつもりも全くない。

私自身の「立ち位置」を改めて定式化すれば、私はその視点を、次の大岡昇平『レイテ戦記』の言葉に置き換えることができると思っている。

大岡氏は第一次世界大戦で戦死したイギリスの詩人オーウェンの詩「悲運に倒れた青年たちへの賛歌」の一説を引用しながら、次のように述べている。

※　私はこれからレイテ島上の戦闘について、私が事実と判断したものを、出来るだけ詳しく書くつもりである。75ミリ野砲の砲声と38銃の響きを再現したいと思っている。それが戦って死んだ者の霊を慰める唯一のものだと思っている。（註5）

また「解説」を担当した菅野昭正は、

※　『レイテ戦記』は、客観的に精密な戦史たろうとすることと鎮魂の想いを託すことが、一本の強い糸で結ばれた作品である。（註6）

とも述べた。

加えて私は、大岡昇平氏が「単なる客観主義者」とは異なり、『レイテ戦記の意図』のなかで「戦争の経過の中に、いつも人間を見るという立場」（註7）を貫いたことも、併せて引用しておこう。

私は、これらの『レイテ戦記』の言葉に強い共感を覚えた。――そして「真実を書く」ことを不動の信念としながら、「人間を見つめた客観主義」を重視しようと、改めて決意を固めたところである。

㈢　以上の執筆上の見地から、私は、「歩兵第十七連隊の戦場と戦闘の場面」を正確に再現することに努めた。「戦記もの」資料は「参考」にとどめて、私自身の責任で文章全体を纏め上げた次第である。各位のご了解をいただきたいと思う。

第1章　旧満州からルソン島へ

【日付表】

一九四四（昭和19）年

7月6日　第八師団（註8）の南方作戦動員命令が出され、7月14日には動員体制が完了した。

8月3日　第十七連隊は綏南（すいなん）（註9）を出発。綏陽（すいよう）（註10）に向けて行軍を開始。

8月4日　綏陽に到着。同日、貨車で出発。

8月8日　釜山着。門峴廠舎（もんけんしょうしゃ）（註11）に入り、日夜遊泳訓練と竹筒・竹筏を作成。

8月22日　天日丸七八〇〇トンに乗船・出港。

8月23日　門司寄港。

8月24日　門司出港。

8月25日　三池港入港。下船して入浴。

8月27日　18隻の船団を編成、三池港を出港。

8月30日　台湾の馬公港（マーゴン）（註12）寄港。
8月31日　馬公港出港。
9月1日　ルソン島北端のアパリ（漁村）に寄港。
9月5日　アパリ出港。
9月7日　北サンフェルナンド（註13）入港。
9月8日　第十七連隊主力は北サンフェルナンド上陸。第二大隊は同日同港を出港してマニラへ回航。

(1) さらば綏南（すいなん）駐屯地

動員下令開始

一九四四（昭和19）年7月8日未明、歩兵第十七連隊本部は第二大隊第六中隊に対して「南方転属」の動員命令を発した。

第六中隊は急遽、露営を撤収して兵舎へ帰り、移動の準備を始めた。兵器も被服も、すべて平時用が戦時用に交換された。――銃剣には刃が付けられ、出陣部隊としての編成と準備が急速に進んだ。

新しい任務付けも行われた。ある者は本部へ、ある者は他隊へと、動員計画に従って戦時職務が与えられ、派遣者・出張者・勤務者は、全員が所属部隊に呼び戻された。

認識票を首に下げて

出陣部隊には公用証や外出証また門鑑もなかった。真鍮板の認識票だけが「お守り札」のように首に掛けられ、「部隊号杉第四七一七」など、一連番号が打刻されてあった。――戦死した時には、死体収容班がその認識票で兵士を識別するのである。つまり「あの世への門鑑」だった。

徹底した軍装検査

38式歩兵銃は99式（註14）に、11年式軽機関銃も99式（註15）に取り換えられた。背嚢（はいのう）はズック製の代用品に、水筒は大型に代えられた。また背嚢には小円匙（えんぴ）(小型スコップ)

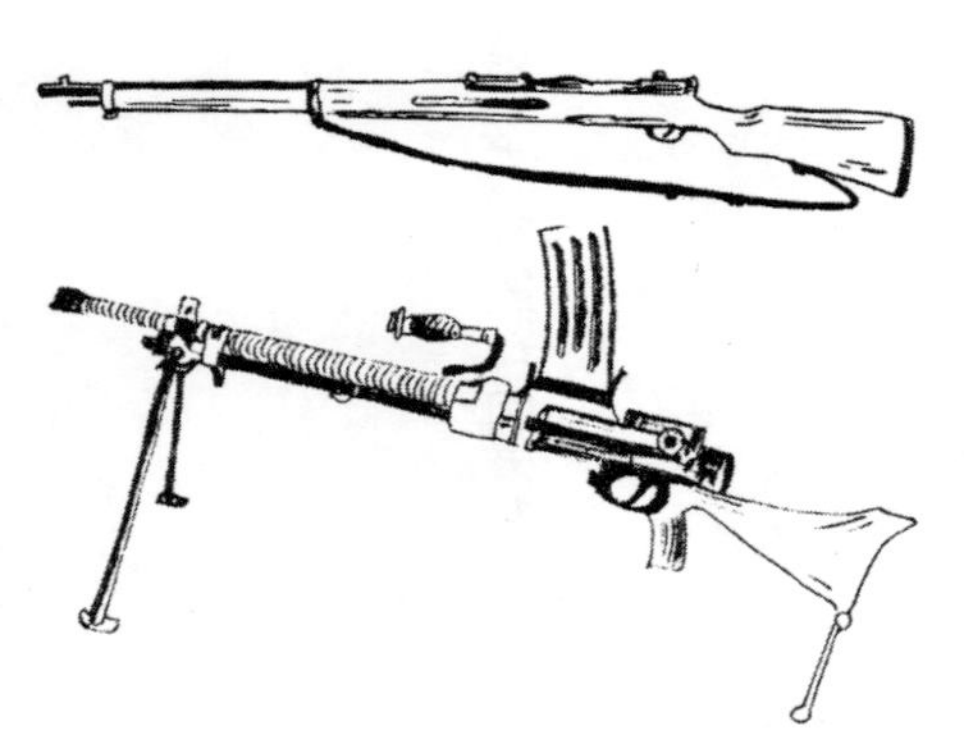

38式歩兵銃（上）と99式軽機関銃（下）

か小十字鍬（小型鍬）を縛り付け、飯盒も腰に着けた。——背嚢には「携帯口糧甲」と呼ばれる白米を靴下に詰めて二本、「携帯口糧乙」と呼ばれる乾パンを三日分入れた。さらに、靴の手入油や銃の手入れ道具、携帯燃料・個人用蚊帳・襦袢（肌着）・袴下（下着）一組・燕口装（小物入）を持ち、雑嚢と水筒を肩に吊るのである。

このほか、擲弾筒（註16）分隊は榴弾（炸裂弾丸）を入れた弾嚢（袋）を腰に、軽機の弾薬手は弾匣（箱）を入れた弾嚢を肩に、そして帯剣し小銃を持つのであるから、大変な重装備である。いったい、こんな重装備で、思うような戦闘行為ができるのだろうか。——その上、南方には毒蛇が多いので、その予防のためという靴墨を、保革油のほかに持たされた兵士もいた。

兵士にとってさらに厳しかったのは、こうした重装備が完備されているかどうか、兵士一人ひとりに対し、何度も厳密な軍装検査が行われることであった。

駐屯地綏南出発

動員下令があってから二十七日目、6月3日に、歩兵第十七連隊はいよいよ駐屯地を離れることになった。——雨の日だったが、住み慣れた綏南の煉瓦兵舎を出発した時は、いつも演習に出るときと同じだった。日の丸の旗も歓呼の声もない。わずかに官舎に残っていた営外居住者の家族が、その夫や知人の門出を道でひっそり見送っただけであった。

出発は歩兵部隊に相応しく、全員が徒歩行軍である。——軍用列車に乗る予定地は綏陽であり、第十七連隊はそこまで、途中天幕露営で一泊したが、約三〇キロの距離を三〇〇〇名の軍隊が徒歩で移動する「大行軍」だった。

翌8月4日、やっと綏陽に到着した第十七連隊は、その日のうちに、停車場司令部のある仮ホームから、四〇台の貨物列車に分乗した。——兵士たちは、豚箱みたいな二段仕切りの有蓋貨車に敷藁を敷いて、詰めるだけ詰められて乗った。まるでサウナ風呂のように蒸されるが、それでも重い軍装で歩くよりは楽だった。

旧満州牡丹江省綏陽から朝鮮半島南岸の釜山港に着いたのは、8月8日であった。第十七連隊は、到着地点から四キロ行進し、同港の北端に急造された門峴廠舎に集結した。そして、ここで乗船を待って約二週間滞在した。

(2) 釜山の門峴廠舎

遊泳訓練や筏造り

釜山港の門峴廠舎で乗船を待つ間、兵士には使役が割り当てられた。――使役班を作って、班を単位に貨物の積み下ろしと資材の調達作業を行ったが、割り当てられた使役兵士以外は、毎日のように遊泳訓練や筏（いかだ）造り、竹筒作りなどをやらされた。

水泳の練習で、兵士たちは、焼き米を詰めた竹筒と水を詰めた竹筒を腰に結わえ、鉄帽を被り、襦袢・袴下着姿の身拵（みごしら）えをして、岸壁から海面に向けて蛙のように飛び込むのである。――赤褌（あかふんどし）を二米（メートル）も垂らしてヒラヒラさせながら泳ぐのは、鮫（さめ）に喰われない用心のためという。

竹筏に十人ほど掴まって漂流する訓練は、時には夜間も実施した。すべて輸送船が撃沈された場合の準備である。――九月といえば、輸送船の八〇％が撃沈されていた時期であった。

生カキを採って食べる

釜山港の訓練は、ほとんどの場合、近くの赤坂突堤へ行った。――ここでは海女（あま）がカキをとっていて、兵士たちも時には潜ってカキを採り、手を擦りむきながら生カキを割って食べた。ところが、「生カキは中毒になる」というので、持ち帰ってフライにして食べた兵士たちが何十人か、かえって猛烈な腹痛を起こしたのであった。――「生カキを食べた組」が「フライで食べた組」を看病するという「一大騒動」が起ったのである。

(3) 魔のバシー海峡(註17)を渡る

関門海峡から三池港へ

釜山港に二週間滞在した歩兵第十七連隊は、8月22日、天日丸七八〇〇トンに乗船して釜山を出港した。そして関門海峡を通って入港したところは有明湾の奥深く、大牟田市三池港であった。三池港で驚いたことは、潮の干満だった。その差は二メートルほどもあって、干満によって風景がガラリと変わるのである。

8月25日、三池港に停泊した天日丸の乗員は、一兵士当りわずか三〇分程であったが、三池炭鉱の浴場を利用することができた。——ここで兵士たちは数日振りに汗を洗い流したが、のちにフィリピンで戦死した兵士にとって、この入浴の瞬間が、日本の土を踏んだ最後となった。

三池港に十八隻の輸送船

三池港に集結した十八隻の輸送船は、その行先は何処なのか、誰も知らなかった。軍事上の秘密である。——しかし、兵士たちに与えられた服装や身廻品などから、行先は東南アジアの何処かであると、ほとんどの兵士が知っていた。

歩兵第十七連隊の兵士三〇〇〇名は、それぞれの指示に従い、連隊本部と第三大隊は修洋丸に、第二大隊は天日丸に、第一大隊はバイカル丸に分かれて乗り組んだ。

8月27日、十八隻の船団は、兵士たちに行先を知らせないまま三池港を出港した。――この船団に付随した護衛体制は、わずかに駆逐艦二隻と飛行機数機で、アメリカ潜水艦が頻繁に出没する「魔のバシー海峡」を通過するには、余りにもお粗末な「護衛体制」だった。

魔のバシー海峡で

歩兵第十七連隊がフィリピンに向って航行していたこの時期、一九四四（昭和19）年8月～9月頃には、すでに東南アジア一帯で日本の制空権は失われていた。――バシー海峡の航海は極めて危険な状態にあり、アメリカ潜水艦約八〇隻が二組になり、台湾や中国大陸沿岸に根拠地を持って自由に出没していた時期である。――日本の船舶と見れば、輸送船だろうが軍艦だろうが、片端から攻撃されていたのであった。

三池港で結団された十八隻の船団は、出港後、給油と給水のため、台湾の基隆（キールン）に入港する予定だった。――ところが、その予定が突然変更された。アメリカ空軍の襲来が厳しくなり、台湾に近づくことができなかったのである。

8月30日、十八隻の船団は、寄港先を基隆から台湾西方の澎湖島・馬公に変えた。そしてそこで、給油と給水をどうにか無事果すことができたのであった。

それから何時間経っただろうか。全力で疾走していた天日丸が、突然ボーと汽笛を鳴らした。――兵士が一名、甲板から海に転落したのである。

しかし天日丸は、停って兵士を救出しようとはしなかった。――危険なバシー海峡である。あたかも、一人の生命を見捨てた非情を詫びるかのように、弔いの汽笛がボーッと、大きく鳴り響いただけであった。

天日丸はまだ、バシー海を抜けてはいない。――ちょうどそんな時であった。「敵潜水艦現れる」の警報が、大きく船内に鳴り響いた。

船内は上を下への大騒ぎとなった。天日丸は途端に出力を挙げ、スピードを最高速度まで引き上げた。さらに、潜水艦の尾行と魚雷の直撃を避けるために、進行コースをジグザグに変え、船尾から爆雷を投下して走り続けた――。

船上から海面をのぞくと、潜水艦から発射された魚雷がはっきり見えた。――まさに大魚のように、青い海面を真っ直ぐに走って行く。——兵士たちは極度に緊張した。胸に浮袋を取り付け、戦闘帽の顎紐(あごひも)を締め直して、すぐにでも海に飛び込む準備をした。——

しかし、幸いなことに、魚雷は天日丸には命中しなかった。潜水艦が遠ざかったのを確認した天日丸は、ようやくジグザク運行をストップさせた。——修洋丸とバイカル丸を始め、船団の他の船舶も無事だったので、天日丸の兵士たちは、一様に安堵の胸を撫(な)で下ろした。

ところで、天日丸などの船団が敵の潜水艦に襲われていた時刻、三池港から護衛に着いたはずの二隻の護衛艦は、何処にも見当たらなかった。護衛の飛行機もまた、一機も姿を見せない。——兵士たちにとっては「運を天に任せる」だけの、全く心細い「命がけの船旅」であった。

水不足と多忙な船中生活

船中の生活は、何よりも水不足が大変だった。一日一回、定時にホースで配給される飯盒(はんごう)の水が一日ひとりの給水量である。——カンカンに照りつけられると、飲み量にも足りない。乾パンをポリポリ噛み、わずかの水を咽喉(のど)に流し込んで、明日知れぬ海の長旅を続ける気持ちは複雑だった。

対潜監視哨、防空監視、甲板日直、食料当番、不寝番と、船中でも勤務は厳しい。――腹痛を訴える者、船酔いで苦しむ者も少なくなかった。

(4) 北サンフェルナンド港に着いて

アバリ港から北サンフェルナンド港へ

「魔のバシー海峡」を無事渡り切った十八隻船団は、9月4日、ルソン島北端の小港アバリに到着した。初めて見るルソン島の陸地である。

ところで、ルソン島へ近づくとまた、敵機の襲来が頻繁になった。――すでに昼間の航行は困難となっていたので、十八隻船団はもっぱら夜間に限って、しかも陸岸沿いに南下を続けた。こうして9月7日、それでも十八船団は、やっとのことで北サンフェルナンドへ入港することができたのであった。

第二大隊の危険な荷揚げ任務

9月8日、北サンフェルナンドに上陸した第十七連隊の主力部隊（本部・第一大隊・第三大隊）は、戦車や大砲などを陸揚げするとともに、兵士も上陸し、9月13日には目的地のパタンガス州リパに向けて、全員汽車で出発した。

しかし、第二大隊だけは船中に一泊し、翌9月8日には、同じ天日丸で北サンフェルナンド港を出港した。——マニラ湾で陸揚げする貨物と一緒に、その使役兵力としてマニラに回航したのであった。

当時の切迫した情勢のもとで、日本軍がマニラ港へ兵団として上陸することは、すでに至難の業となっていた。この時期、日本軍は、マニラ以外の上陸可能な場所から、陸路のコースをとってマニラに入るのが「常道」であった。

しかし、それにしても天日丸には、兵器や糧秣・弾薬などで、陸路の運搬に不向きな重量と容積の荷物が、ギッシリとハッチまで積み上げられていた。——これらの荷物だけはどうしても、マニラ埠頭から陸揚げしなければならない。

そして、その使役兵力に選ばれたのが第二大隊であった。

第二大隊にとって、この「マニラ埠頭から陸揚げする任務」は、アメリカ軍の集中砲火を浴びて、貨物と一緒にマニラ湾の海底深く沈む可能性を背負った「極めて危険な任務」だったのである。

第2章　マニラからバタンガス（註18）

【日付表】

一九四四（昭和19）年

9月10日　第二大隊、マニラ湾に向う途中、空襲退避のためマシンロック（註19）に寄港。

9月11日　マシンロック出港。

9月12日　第二大隊マニラ湾に入る。

9月13日　マニラ湾で第二大隊は四度にわたって上陸を繰り返し、ようやく第三埠頭に接岸。直ちに揚荷作業に入る。

9月13日　連隊主力（本部・第一大隊・第三大隊）は列車で北サンフェルナンドを出発しリパ（註20）に向かう。

9月14日　連隊主力はリパ到着。同日、連隊本部だけがリパヒルへ向かう。

9月16日　第二大隊の揚荷作業完了。

9月17日　第二大隊、行軍によりマニラ港出発。パタンガス州リパに向けて南下。
9月21日　第二大隊リパ着。廠舎（しょうしゃ）仮泊。陣地構築。目前でリパ飛行場が敵機の空襲で潰滅。
9月26日　第二大隊、引き続き行軍によりリパを出発、バタンガス市に向けて南下。
9月27日　第二大隊、ルソン島南端のバタンガス市に到着。マニラから陸路一二四キロの炎天下行軍で、デング熱（註21）・日射病で倒れる者続出。しかし第二大隊は到着と同時に、バタンガス周辺の警備と応急陣地の構築作業を開始。

(1) マニラ湾の揚陸作業

マシンロックに途中停泊

9月10日、歩兵第十七連隊第二大隊を乗せた天日丸は、揚荷作業のためマニラ湾に向う途中、アメリカ軍の攻撃が厳しいために、一時的な避難としてマシンロック港に途中停泊した。

マシンロックでは、入港した天日丸を見つけて、土地の住民が丸木船で天日丸の船腹に近づいて来た。——小船から何か大声で叫び、手招きをしている。「商い」のためであった。

天日丸から、お金を紐に結んで小船に下ろすと、引換えに椰子の実や手巻き煙草などが引き上げられる。——お金といっても、すべて軍票（軍隊の手形）である。ながい船旅の単調さと緊張のなかでは、気休めになる座興(ざきょう)であった。

マニラ港第三埠頭に接岸して

「マニラ大空襲」のもとで、第二大隊を乗せた天日丸は、マニラ湾の入口周辺を右往左往し、四度も引き返した。——危険で、埠頭には一歩も近付けなかったのである。

しかし、さすがに五度目には、「空襲を排して断固上陸」を決行した。

さいわい9月13日、天日丸は敵の攻撃を逃れて、マニラ湾第三埠頭に接岸することができた。

第二大隊の兵士たちは、なおも空襲を気にしながら、直ちに荷揚げ作業に着手した。——度重なる空襲警報に、郊外まで駆足で退避しながら、昼夜を徹しての重労働であった。

その他のマニラ港埠頭揚荷隊

マニラ湾の埠頭揚荷隊については、第二大隊とは別に、次の記録もある。『歩兵第十七連隊比島戦史』から援用しておこう。

＊　伊藤正康中尉（連隊本部付）の回想

マニラ港第七埠頭と記憶しているが、マニラ港最大の埠頭だった。二夜三日、徹夜の揚陸作業が始まった。すでに北サンフェルナンドで大きな戦車とか大砲は揚陸してあるので、今回は船倉内の荷物の揚陸である。部隊も混合で、しかも、下ろしたものを次々と運びたいが、その手段はない。――さいわい、輜重(しちょう)第八連隊の約一ヶ小隊程が、唯一の頼みとなった。先ずは埠頭上に一旦纏め、次いで弾薬類は市内某教会、その他はリサール球場に運び出した。揚陸隊は作業完了の時点で、リサール球場に集結した。

＊　堀江謙介准尉（第十中隊長）の回想

9月7日、第十中隊主力は、連隊とともにルソン島北サンフェルナンドに上陸し、汽車輸送により目的地のバタンガス州目がけて出発した。しかし第一小隊は揚荷作業部隊として、9月12日、マニラ港に入った。マニラ港には数十隻の艦船が撃沈され、帆柱だけが海上に出ている。日本軍の被害船だろう。

第一小隊は疲れを癒す暇もなく、直ちに荷揚げ作業に取り掛かった。南方の陽は暑く、船内は蒸し風呂のようで、体中から汗が流れ出た。

さいわい、空襲も事故もなく、揚陸作業は終った。第一小隊はマニラに数日間露営してから、部隊引率隊長の指揮下に入り、徒歩行軍で目的地目がけて出発した。――太陽はカンカンに照り付ける。沿道には住民が私たちの行軍を、物珍し気に見守っていた。わが部隊は自動車輸送の援助もなく、三十五～六度の炎暑のなかを、汗と埃(ほこり)にまみれ、夜は着ぐるみの儘(まま)で露営しながら、9月21日、ようやく目的地のリパに入った。

荷揚げ完了後の第二大隊

マニラ湾で荷揚げを完了した第二大隊は、9月17日午前10時、重い完全軍装の背嚢を背に、引き続いてバタンガスへの縦貫道路一二四キロメートルを徒歩行軍で南下した。

マニラ湾を右手に眺めながら、キャビテまでは風光明媚な海岸通り。ここから左折して程なく、ニュービリビット監獄のあるモンテンルパの町、そしてラグナ大湖（註22）の湖畔を通る。右手にタガ

ラグナ湖畔に聳えるマキリン山の雄姿

イタイ高原を、左手にラグナ湖を眺めながら、テクテクと炎天の下を歩く。右手のタガイタイ高原は南部ルソンの西海岸に近く、ほぼ南北に縦走する。象の背中のような丸く巨大な高原である。――さらに、湖の彼方には二〇〇〇メートルのバナハオ山と、煙を吐く活火山のマレブンヨー山が眺められる。

兵士たちは、疲れ切った身体を引き摺（ず）りながら、9月21日、やっとのことでパタンガス州リパ市に着いた。リパ市に入った兵士たちは、郊外の飛行場付近に仮設されたニッパ・ハウスに泊まることになった。第二大隊のために特設された仮宿舎で、ニッパ椰子の葉で屋根を葺いた仮蔽舎（しょうしゃ）だった。

(2)　北サンフェルナンド事件

親切だった部落住民

連隊本部の某兵長など、十二名の糧食調達隊が麻袋（ド

タール湖畔に建てられた地元住民のニッパハウス

ングロス）を持って、徒歩で峠を越え、ある部落に入ったときのことである。

　北サンフェルナンド付近の民情は決して良くはないと聞いていたが、部落に入って見ると、住民は意外に親切だった。とくに村長は優しく、調達班が「糧食を欲しい」と申し入れると、喜んで請け入れてくれた。──調達班は首尾よく、目標だった糧食をすべて軍票で買い入れ、ドングロス一杯に糧食を背負った。──その帰り道のことである。

豹変した部落住民

　糧食を背負った兵士たちは、村の若者に呼び止められた。そして、トバと呼ぶ現地産の椰子酒を勧められたのであった。──兵士たちは、村の若者たちの言うままにトバをご馳走になり、やがて酔った。

　ほどほどに酔いが回り、夕刻も近くなったので、調達班の一行は住民に謝意を述べ、堅い握手まで交わしてその部落を出た。

　ところが、部落を出た数分後、事態は一変した。──調達班の兵士たちは、田圃の一本道に入った途端、背後から現地住民の一斉射撃を受けたのである。兵士たちは振り向く間もなく、その場にバタバタと倒れた。

兵士たちが倒れたのを見届けた現地住民は、婦女子を交えて棍棒を振り上げ、喚声を挙げて兵士たちに殺到した。

その場に倒れた兵士たちは、住民たちから足蹴にされ、脚には重石を結わえ付けられて、近所の沼に抛り投げられたのであった——。

兵士たちは、ほとんどが即死したように見えたが、その中で三名だけは、ようやく逃げ延びることができた。——秋田県仙北郡出身の藤原富之助氏もその一人である。

生存者からの急報によって、連隊本部は直ちに討伐隊を組織し救援に当たった。しかし討伐隊は事件現場から二名の重傷者を発見しただけで、七名はすでに死亡していた。

(3) リパ大空襲に逢う

集中攻撃に曝されたリパ

9月21日、第二大隊がリパに到着したときには、汽車を利用した第十七連隊主力はその前にリパに着いていた。

第二大隊が到着した翌朝、9月22日に、リパは本格的なアメリカ軍の空襲を受けた。——とくに飛行場が狙われ、アッという間に地上施設の大半が破壊された。

リパ市郊外の仮屋に一泊した第二大隊は、目前で飛行場の惨状を見ても、全く打つ手がなかった。ただジッとタコツボ（蛸壺）に潜んでいるばかりで、一発の高射砲弾でも、一機の友軍機でも応戦できなかったのである。

タコツボとは、よく言ったものである。蛸のように、自分の身体がやっと入る程度の小さな穴で、しかもそのタコツボが、時によってはそのまま自分の墓穴になるのである。――兵士たちはいま、その墓穴をせっせと掘り急いでいるのだ。

そんな時に、連隊本部から全く的外れな連絡が入った。「コーヒーの木やレーシの木、カカオの木などを痛めてはならない」などである。「コーヒーの木一本を損じると、住民に何万ペソの賠償をしなければならない」あるいは「レーシの木は、兵士の命にも代えられない」などの理由が伝わって来た。これでは、火急のタコツボを掘るのに、兵士は右往左往しなければならない。ルソン島の住民はこうした果樹の苗木を、いたる所に植え付けていたからである。

――恐らく住民側のこうした「無謀な要求」は、落ち目になった日本軍をさらに追い詰めるための周到に準備された「策略の一つ」だったに違いない。

リパ飛行場の潰滅・撤去

目の前で、リパ飛行場が完膚なきまで叩き潰されたのを見て、第二大隊第六中隊は早々にリパを引き払い、最終任地のバタンガスへ移駐することになった。――敵機がいつ襲ってくるか予測できない情況だったので、各隊はそれぞれ別行動をとることになった。――第二大隊は第十七連隊主力と別れ、第六中隊もまた第二大隊本部と別行動をとったのである。

なお附記すると、リパで別れた連隊本部と第六中隊は、降伏後、カンルーバンの収容所で一緒になるまで、お互いに顔を合わすことはなかった。

(4)　バタンガス陣地構築

バタンガス市に入って

マニラ湾で揚荷作業を終って、十一日間の連続行軍の末、9月27日昼頃になって、第六中隊はようやくバタンガス市に到着した。

バタンガス市街地を見下ろす町外れの高台に州庁があって、街は海に向かって低いところにあった。三菱綿花・東亜麻興業・安宅産業などの商社がある街通りを抜けて、第六中隊は、海岸近くの古いコンクリートの建物に入った。高等学校の校舎だったという。

第二大隊本部と第七中隊（中隊長＝種市幹雄中尉）はすでに到着していた。

ルソン島南端の都市バタンガス

バタンガス市は州庁の所在地で、マニラからの縦貫道路の南端、バタンガス港を持つルソン島の南門になっている。ミンドロ島やビサヤス諸島への港町、国際色豊かなハマの町であった。しかし、バタンガス市は同時に、反日ゲリラが跋扈（ばっこ）している街でもあった。――兵士が小便中に小銃を盗まれたり、軍用の電話架線が切断されたり、さらには、日本軍に協力していた住民が、ゲリラに殺害された事件もあった。

現地調査を始める

到着した翌日、第六中隊の高橋茂中隊長は、分隊長以上を引き連れ、現地偵察に出かけた。主に第一線の水際陣地を構築するためである。

第二小隊（小隊長＝小林一郎准尉）（註23）は主として、川口の両岸を確保するように指示された。――アロマと呼ばれる大きな刺ばらが生育した砂地に側防火器の掩体（えんたい）（射撃場所）を作ること、さらには散兵壕（散開した兵士壕）の線と湿地の関係を調べて、その日は帰った。

バタンガス州の食物に触れると、甘蔗畑で甘蔗を噛んだ甘味は素晴らしかった。――ところが、きれいな豆粒ほどの赤い木の実を食べたところ、これが猛毒で、多数の兵士が下痢腹痛を起した。――知らない土地では、こうした失敗がよくあるものである。

ルソン島の最南端で

バタンガスに入った第二大隊本部は、州庁高地へ移った。

12月末には、マコロド山脈クエンカ陣地の構築に従事していた第十七連隊主力が、マレブンヨー山脈のサンタクララへ移動した。そして、連隊主力が移動した後のクエンカ陣地に第二大隊本部が入った。さらに、第二大隊がクエンカに移って空いた州庁高地に、第六中隊主力が移動した。

こうした日本軍の「布陣」のなかで、第六中隊第二小隊長の小林一郎は、第二小隊と機関銃一分隊・速射砲二分隊を併せて指揮し、バタンガス桟橋付近の警備を命ぜられて、漁師の浜小屋に移動したのであった。――つまり、南部ルソン島の最南端で、もっとも危険な第一線の任務を担った訳である。

小林小隊長のあらたな任地である「栈橋」からバタンガス湾を望むと、真正面にミンドロ島、左に小さくベルデ島がくっきりと浮かんで見える。さらに右手にはペルデ海峡を隔てて、やや大きくルバング島が眺められるのであった——。

相継ぐ兵士の戦死・戦傷

栈橋周辺を守る戦闘のなかで、多くの兵士が負傷し、戦死した。——その最初の犠牲は、11月頃、在満招集（満州で現地招集）の森下等一等兵が、ノースアメリカン機（註24）の銃撃を受けて即死した事件であった。——壕に入らずに、マンゴーの大樹の下で煙草を吸っていたときの事故死である。

森下一等兵の火葬中、重ねて敵機の夜間爆撃を受けた。それで火葬は半ばで中止され、森下の亡骸（なきがら）は陣内の壕に埋葬された。

また、優秀な徴集兵であった武田三男兵長が、爆弾処理の作業中に誤って爆発事故を起し、自分の手首を吹き飛ばしてすぐ野戦病院へ移送された。

さらに、昭和20年1月頃、初年兵の三浦真・繁内隆・伊藤金三の三名が、陣地構築作業中に空襲を受け、負傷して、次々に後送された。――三名のその後の消息は判らないが、戦後に帰国しなかったことから考えると、退院後に再び別の部隊に配属され、三名とも戦死したのではないかと思われる。

ただ一機の海軍飛行機が

当時、バタンガス飛行場には、飛行場大隊の兵士が数十人いたが、本物の偵察機を一機持っていただけであった。その飛行機を滑走路の端のマンゴーの大樹の蔭に隠し、時々始動しては飛び立つ日を待っていたが、ある日の夕刻、敵機に追撃された友軍機がこの飛行場に逃げてきた。――その際、逃げてきた飛行機は追撃され爆破したが、そのトバッチリを受けて、在来の偵察機も一緒に燃えてしまった。

バタンガス飛行場ではそれ以後、移動して来た海軍部隊の数十人が、アンペラ（莎草(カヤツリグサ)の一種。ここではアンペラで編んだ莚(むしろ)のこと）とベニヤ板を使って、毎日せっせと「偽飛行機」を作っていた。――敵機の銃爆撃を「偽飛行機」に集中させるつもりだったらしいが、豊富な銃弾を持っているアメリカ軍には、この作戦は全く無意味だったに違いない。

第二小隊と機関銃・速射砲分隊の兵士たちは、飛行場周辺に防御陣地を作り、機関銃座・速射砲陣地の配置までを考慮し、数多くのタコツボや交通壕を掘った。そして、十日ほどの期間だったが、オレンジ園のなかの空き家の二階に住んだ。——そこでは、窓から手を伸ばしてオレンジをもぎ取り、樹上に眠っている鶏を捕えてバーベキューを始めるなど、軍隊では普通考えられない、素晴らしい一時的な時間を過ごすことができた。

日本の琵琶湖に匹敵する大湖・ラグナ湖の湖畔

第3章　バタンガス港湾の守備

【日付表】

四四（昭和19）～四五（昭和20）年

9月27日　第二大隊はバタンガス地域の警備に着く。約二ヶ月間陣地構築に全力を挙げる。

10月末　第十七連隊本部、リパヒルよりイバンヒルに移動。

11月4日　ミンドロ島討伐増援。

11月5日　サンアングステンの戦闘。――この頃、イパン対戦車特訓。

11月27日　第四大隊と独立MG（重機関銃）隊を編成し、第三・第四大隊と清水隊がマニラ振武集団（註25）直轄となる。

11月末　連隊本部、イバンヒルよりマコロド山麓クエンカへ移動。

12月4日　バタンガス空襲。第六中隊に死傷者が出る。

12月15日　アメリカ軍ミンドロ島に上陸。

12月26日　連隊本部はクエンカからマレブンヨー山麓サンタクララに移動。
12月28日　師団命令により、第十七連隊から一個中隊をミンドロ島斬り込みに派遣。
12月31日　第二大隊からルパング島に支援隊派遣。ミンドロ島警備隊が消息途絶。
1月25日　マビネ燃える。
1月29日　バタンガス水際陣地の戦闘。
2月3日　ナスダブへ敵軍上陸し、橋頭保（陣地砦）を確保。

(1)　バタンガス市の警備態勢強化

必死のタコツボ掘り

9月27日、バタンガス市に到着した第二大隊第六中隊は、それから約二ヶ月間、死に物狂いで陣地構築に取り組んだ。

兵士たちは炎暑の昼夜、パンツ一つになって防塵眼鏡をかけ、カンテラや懐中電灯を灯して土を掘った。椰子油を燃やし、僅かに手許を照らしながら壕を掘った。小十字鍬と小円匙（スコップ）、それに若干の爆薬を使ったモグラのような作業だった。重火器のための掩体（銃座等の設備）を造る場合も、コンクリートなどはほとんど使わない。木杭に莚囲い程度のもので、全くお粗末な作りだった。

加えて、上部からの指令が目まぐるしく変わった。余りにも早い命令に対応できず、タコツボさえ満足に掘らないうちに、次の作業に取り組まなければならない。——中隊主力と小隊では話が合わなくなり、兵士たちはいつの間にか中隊主力と離れて、小隊ごとに民家や学校、洞窟などで暮らすようになった。第一・第二・第三小隊と中隊本部の四グループができあがった。

連隊作戦命令あれこれ

歩兵第十七連隊の藤重正従（まさとし）大佐は、十七連隊長だけではなく、南部ルソンすべての陸軍部隊——飛行機大隊・鉄道連隊・海上挺進大隊・六個大隊・憲兵分隊・重砲大隊などの総指揮官で、「藤兵団長」と呼ばれた。そして、敵のスパイやゲリラの目を誤魔化すためだろうか、自ら「陸軍中将」の襟章を付けていた。

本部ではまた、上原善一少佐は藤兵団参謀長と呼ばれ、大野肇中尉・伊藤正康中尉らも「参謀」の呼称を使っていた。——兵団の力量を実態以上に大きく見せるための、一つの「見せかけ」だったと思われる。

当時の連隊本部はさらに、小隊の兵士たちから見れば納得し兼ねる「指令」を、実に数多く出してきた。

その一つは「地区内のすべての犬を殺処分せよ」という指示である。——日本軍が夜襲や斬り込みを仕掛けるときに、犬が吠えて妨害するから——という理由だった。

しかし、バタンガス市の住民には愛犬家が多い。自分の可愛い飼い犬を日本軍に引き渡すときの住民は、例外なく、本当に悲しそうだった。

いま一つは、海辺・川畔にある住民のバンカー（木の小舟）をすべて取上げ、軍で管理する指示である。——日本軍の水際陣地が突破された時に、逆に、日本軍が夜陰に乗じてバンカーで川をさかのぼり、敵陣に夜襲をかけるためという理由だった。

ところが、バタンガス市住民にとってバンカーは、日常生活に欠くことのできない道具である。多くの住民はバンカーに乗って他島へ逃げて行った。あるいはジャングルの奥深く隠れ住むなど、バタンガス市の人口は大幅に減り、街中は日々に寂れていった——。

⑵　ミンドロ島を支援

制空権はアメリカ軍に

11月4日、第六中隊の主力は、ミンドロ島警備隊支援のため、闇夜のなかを船出した。そしてミンドロ島東側のカラパン港に無事上陸したが、そこで塩谷中隊と合流し、カラパン周辺と海岸添いの討伐戦に、数日間参加した。

12月15日、ミンドロ島のサンホセ湾が艦砲射撃を受け、アメリカ軍によって飛行場が占領された。――そのため、敵機が一日に何度も飛来するようになり、バタンガス湾に停泊していた海上挺進大隊が狙われるようになった。湾内では機帆船が敵機の銃撃を受けて燃え上がり、生き残りの船員が数人、命からがら陸地に這い上がってくる事態も生まれた。

湾内もベルデ海峡もほとんど航行不能になったときである。第六中隊は再びミンドロ島警備隊の支援命令を受けた。

サンアングステンの戦闘

どの方面でも戦況は困難を極めた。とくに、サンアングステン小学校の裏手に陣取ったゲリラ軍は、周囲に鉄条網を張り、堀を巡らし、陣中に大釜を準備して大がかりな炊き出しをするなど、本格的な布陣をしていた。さらに、ゲリラ兵の兵器を見ても、アメリカ軍が現在使用中の分解式小銃やカービン銃（註26）、マキシム機関銃（註27）まで所持していた。アメリカ軍とゲリラ隊の強固な関係を裏付ける武器の数々であった。

この戦闘では、ゲリラ側で数多くの戦死者を出した。同時に第六中隊の側でも、第一小隊長の舘山政男見習士官が胸部貫通銃創で即死した。また武田宇一郎一等兵は同じく胸部貫通銃創で重傷を負った。さらに佐野喜五郎軍曹、木藤由五郎ラッパ手と三浦真一等兵が負傷した。

(3) イバンヒルの特訓

イバンヒルの本部

その頃、第十七連隊本部は、イバンヒルと呼ばれる丘陵地帯にあった。マコロド山から約十㌖の範囲で、バタンガスに河口を持つロゴスリバーの川上である。

藤重連隊長は当初、多くの重火器部隊と配属部隊を引き連れてマコロド山脈クエンカに移り、大規模な洞窟を利用して、そこに本部の陣地を構築するつもりだった。そして実際にその準備作業に着手したが、作業が終わるころ、戦況判断を理由に、その計画を白紙に返した。――そして今度は一挙に、本部と直轄部隊を一〇㌖後方のイバンヒルに移動したのであった。

対戦車攻撃の基礎訓練

連隊本部はそのイバンヒルで、あらたなレンジャー隊の編成と特訓事業に着手した。各隊の基幹要員を集めて「対戦車戦法」の教育を徹底するためであった。――担当教官は本部付の伊藤正康中尉である。

受講者になった兵士たちは、まず、背嚢爆雷を背負わされた。さらに柄付爆雷（対戦車擲弾（てきだん））・吸着爆雷・火炎瓶・手榴弾・発煙筒などを使った「肉迫攻撃」を準備し、敵戦車の侵入方向に側面して隠れる訓練に入った。――そして、教官の合図で、敵に設定した「張り子の戦車」が、兵隊の馬脚に乗ってノロノロと出てくるのである。あるいは、「張り子の戦車」を荷車に乗せて駆け出してくる。さらに、背嚢爆雷を背負った兵士が突然躍り出て、戦車の下に蝗（いなご）のように飛び込むのであった。――そして飛び込んだ瞬間、兵士は、腕に結わえた発火のための紐（ひも）を力一杯引くことになっていた。……この瞬間、実戦の場面では、轟然たる爆音とともに兵士は死亡するのであるが、しかし同時に、戦車のキャタビラも破壊されて擱座（かくざ）（動けない状態）するという想定だった。

続いて、その擱座（かくざ）した戦車目がけて、第二、第三の兵士が飛び出して行く。――火炎瓶を投げつけ、吸着爆雷で戦車の甲板を焼き、そこに手榴弾を投げ込むという動作が繰り返されるのであった。――敵の射撃が激しい場合は発煙筒を焚いて煙幕を張り、相手の視野を封ずるという作業も加わる。そして、これらの動作が円滑に進まない場合は、教官が「不成功」と叫ぶ。――「よし成功」の声が掛るまで、兵士たちの訓練は、何度も繰り返されるのだった。

背嚢爆雷というのは

背嚢爆雷というのは、ズック製の代用背嚢に黄色薬(ピクリン酸系で強力な火薬)を詰め込み、雷管を装着して、紐(ひも)で自動発火できるようにしたものである。これこそ文字どおりの肉迫攻撃資材であった。――この他にも戦車爆雷があるが、これは円盤状の瞬発信管爆雷で、兵士たちからアンパンとも呼ばれた兵器である。

さらに、戦車爆雷を磁石式にした吸着爆雷があった。これは「チ瓶」という砲丸ぐらいのガラス球で、なかに青酸が入っていた。吸着爆雷を戦車の展望孔などに投げつけると、一瞬で車内の全員が死亡するという爆弾であるが、毒ガス同様に非人道的な爆弾のため、実戦には使われたことがなかった。

(4) ルバング島を支援

遠藤正一分隊を派遣

一九四四（昭和19）年の大晦日は、いろいろな意味で大きな峠であった。クリスマスを境として、フィリピンの主戦場は、レイテ島からルソン島に移った。アメリカ軍はリンガエン湾から南部ナスグブに上陸し、新たな陣地を築いた。——これに対し第十七連隊本部は、その夜のうちにマコロド山脈のクエンカからマレブンヨー山脈のサンタクララに移った。そして連隊本部が出たクエンカの陣地に、バタンガスから第二大隊本部が移駐したのであった。

一方、近隣のルバング島には、小野田少尉（註28）以下の一個小隊が、旧式の砲一門を備えて守備を固めているという情報だったが、突然無電が途切れて、連絡が取れなくなった。それで第六中隊は、急遽、遠藤正一分隊をルバング島に派遣した。

派遣分隊には、現役伍長であった遠藤正一を責任者に、同じ中隊から伊藤藤三郎上等兵と佐藤直・目黒庫松の初年兵が二名選ばれた。またほかの中隊からも若干名の兵士がこれに加わった。——派遣分隊は完全軍装を整え、無電用乾電池と軍票や蝋燭、それに連隊長の親書を携えて大発（大型発動機船）に乗り込んだ。

一九四四（昭和19）年12月31日、派遣分隊が出発したのは大晦日の真夜中である。――しかし、遠藤分隊は出発後、全く消息を絶った。小野田少尉の帰国後の後日談にも遠藤分隊の話が出なかったことを考えれば、大発ともども海底に没したか、あるいはゲリラと闘って果てたか、そのどちらかと考えられよう。

(5) 水際陣地を死守して

小林第二小隊長の任務

第二小隊長小林一郎の任務は、バタンガス水際陣地を警備することと、海上を監視することとであった。

栈橋付近には、別に、海軍第31特別根拠地隊の高射機関砲が二門と、兵曹長以下三〇人ほどが駐屯していて、弾薬庫並みの掩壕（えんごう）（銃座を設備した壕）を築いて待機していた。

海軍兵士は水色がかった半袴半袖、陸軍兵士はカーキ色の半袴半袖という服装であった。

栈橋はコンクリートで五〇メートルぐらい突出していたが、連隊本部では、この栈橋は敵に利用される可能性があるので、すぐ爆破せよという指示だった。――小林小隊長は工兵隊に派遣されて爆薬の知識があったので、黄色薬とダイナマイトを仕掛け、直ちに爆破した。

なお、この時期もまた、藤兵団長からの指示が矢継ぎ早に出された。――以前からの指示であったが、バンカーというバンカーをバタンガス上流の渡船場付近に強制的に集めよという指示、警備区域内の野犬も番犬も一匹残らず撲殺せよという指示が繰り返された。また、両三日中に部下全員に対して、背嚢爆雷による対戦車戦闘訓練を必ず実施せよという指示も加えられた。

敵軍が湾内に侵攻

一九四五（昭和20）年1月29日、朝食が済んだばかりの時刻だった。栈橋展望哨には第三分隊（分隊長＝工藤孫太郎軍曹）の五名が任務に当たっていたが、工藤軍曹から「朝八時、敵船発見、海岸に向って接近中」との第一報が小林小隊長の許に入った。――その報せは、すぐ中隊長に伝えられた。

小林小隊長が望遠鏡を覗くと、ゴマ粒ほどの飛行機がこちらに向ってくる。グラマン（註29）

である。続いてロッキード(註30)、ノースアメリカンなど、何度も何度も繰り返してやってくるのであった。――さらにスリガオ海峡方面に、敵艦らしい四つの影が見えた。桟橋方面に向かって突進中である。

全員が戦闘陣地配備に着いた。機関銃と速射砲陣地の準備も点検された。――桟橋付近の海軍基地では、一個小隊が高射機関砲を備えて、ジッと待機していた。

間もなく、グラマン約一〇機が乱舞・急降下して攻撃を加えて来た。同時に、大型LST(戦車揚陸艦)四隻が近づいてきた。――甲板にはアメリカ兵の姿が見えて、機関銃を無差別に撃ち出した。さらに機関砲をドカンドカンと撃ちながら、真っ直ぐ接岸してくるのである。

大型LST四隻がほとんど波打ち際まで近づいたとき、日本防備軍の撃った速射砲一発が、LST一隻の甲板に命中した。――次いでもう一隻にも命中したが、この二隻は約十五度傾いたものの、どうにか沈まずに、進行方向を急遽沖合に戻して、他の二隻とともに引き返して行った。――グラマン機もLSTとともに、ミンドロ方面へ飛び去っていったのであった。

ロッキードP-38

相次ぐ敵の物量攻撃

グラマンとＬＳＴが退去した後、入れ替わりにノースアメリカンがやってきた。――黒い不吉な蝙蝠のような姿で、無数の焼夷弾をバラ撒いてすぐ去っていったが、しかし、大型ＬＳＴ四隻がまた、性懲りもなく押し寄せた――。

第六中隊は、速射砲と機関銃で再びこれを出迎え、熾烈な銃撃戦を展開した。そして、ようやく二度目の攻撃も押し返すことができた。

この二度目の対戦中であるが、速射砲の砲口が砂崩れした場所があり、分隊長が壕外に飛び出し、砲口近くに莚を敷き、水を撒いて緊急修理をした。砲弾の飛び交うなか、この分隊長の行為は実に勇敢で、見事な対応であったと評判になった。

月の明るい夜などは、敵機は、低空飛行で風下からやってくる。不意打ちを意識した襲来であるが、操縦士の顔が見えるまでに下がってくることがある。――エンジンを止め、風下からスウッと入ってきては地上掃射を繰り返すのであるが、超低空なので、爆弾の爆発で飛行機自身が被害を受けたりする。それで、飛行機が飛び去ってから爆弾が炸裂するように、「風船爆弾」が開発された。

この風船爆弾は、ノースアメリカンの得意技だった。パラシュート付の重量爆弾を次々に投下していく。——飛行機が通り過ぎてからゆっくりと落下し、時間が経って爆発する。そして爆発する時には、一〇〜二〇個の子爆弾が飛び出すという「子持ち爆弾」である。しかもその子爆弾には、秋刀魚(さんま)くらいの綺麗な三枚の尾翼がついていて、黄色と赤の首輪まで描かれた玩具風に作られている。爆発時間も時限装置付きでいつ爆発するか判らない。あとで子供が玩具と思って拾ったときに、不意に爆発するという「悪質な爆弾」であった。

敵の焼夷弾攻撃もまた熾烈(しれつ)だった。——焼夷弾が落とされると、砂にドロドロが流れ出て青い焔が広がる。踏み消そうとすると、靴が燃えるという始末の悪い爆弾である。この焼夷弾の延焼と飛び火で、小隊本部前の壕に貯蔵してあった爆薬に危険が迫った。兵士たちは必死になってこれを叩き消そうとした。さらにシャベルで砂をかけ、辛うじて類焼を食い止めた。

この攻撃を機に、ダイナマイト・黄色薬・背嚢爆雷・吸着爆雷・柄付爆雷などは、すべて救急壕や別の壕に移動した。

海軍高射機関砲の最後

海軍基地では、二門の高射機関砲がフルに活動していた。連続点射という射法である。何度も反転して執拗に突っ込んでくる敵機の銃撃と、これに真っ向から怯まずに撃ちまくる「刺し違い射撃」で、砲口が焼き裂けると思われるほど猛烈な打ち合いになる。文字通り勇猛果敢な戦闘だった。――しかし、結果はそれでも、繰り返し反復攻撃を続けるノースアメリカンやグラマン、カーチスホークなどを相手に、遂に一機も撃ち落とすことはできなかった。近代装備を誇るアメリカ軍戦闘機軍団の前に、日本の旧式な高射機関砲では、全く歯が立たなかったのである。

海軍基地の高射機関砲部隊は、あるだけの砲弾をすべて打ち終えると、砲身を砲架からはずして破壊した。そして、兵舎をすべて放置し、全員がその夜のうちに行方不明となった。――なお後日談であるが、第十七連隊第二大隊がクエンカ陣地を守備していたとき、行方不明だった高射機関砲隊員数名が、草履履き・軍刀片手の姿で現われ、第二大隊配下に加わったという。

数多くの戦死者・戦傷者

一九四五(昭和20)年1月29日のバタンガス水際陣地の戦闘では、二名の兵士が戦死し、二名の兵士が負傷した。

工藤孫太郎軍曹は最古参の四年兵で、諸般の武技勤務成績に優れ、第二小隊の先任分隊長であった。敵機の焼夷弾によって、全身火傷し死亡したものである。本籍地は秋田県山本郡東雲村。高桑金松一等兵は典型的な漁村出身の青年で、小柄ではあったが健康で強靭、民謡が好きだった。万事に労を惜しまず、積極的に活動したが、焼夷弾による全身火傷で死亡。本籍地は秋田県南秋鹿中村（原文のママ）。

小川三郎伍長は体力では人後に落ちたが、極めて誠実で、仲間の信頼に厚かった。敵機の銃撃で右腕を切断。後送されたがその後不明。ただし公報では、一九四五（昭和20）年8月14日戦死とある。本籍地は熊本市春町。

飯塚浩一等兵は年齢も多く、体力・視力とも十分ではなかったが、県庁職員だったので事務能力に優れていた。敵機の銃撃で左足擦過銃創。後送されたが、その後の消息は不明。本籍地は秋田県横手町下根岸。

ミンドロ島の斬込隊

一九四四（昭和19）年12月、アメリカ軍はミンドロ島サンホセ飛行場を占領した。——バタンガスからの連絡は取れなくなり、第二小隊の兵士たちは、アメリカの艦艇がベルデ海峡を通るのを、ただ黙って見過ごしているだけだった。

こうした状況を打開するため、第十七連隊本部は、混成の「ミンドロ斬込隊」を組織した。——一五〇名の大規模な斬込隊である。——第六中隊から選ばれたのは、次の三名だった。

＊　斎藤　勝治一等兵＝戦闘後、消息不明になったが、公報では戦死と報じられた。秋田県北秋田郡落合村出身。

＊　矢野　清一兵長＝戦闘後、ミンドロ島民から瀕死のリンチを受けたが、重傷で生還。戦後は秋田県仙北郡角館町に帰還。

＊　本間太郎次一等兵＝戦闘後、消息不明だったが、公報では戦死と報じられた。

なお、第六中隊からレンジャー部隊に転属した三上清一一等兵は、負傷した後、アメリカ軍に収容された。また、同じレンジャー部隊に所属した伊藤幸一一等兵は、消息不明のまま公報で戦死となっている。——レンジャー部隊とは連隊長直属の特殊任務部隊で「大久保隊」とも呼ばれていた。隊員は長髪したり、住民の服装に着替えたりしていた。恐らく諜報部隊ではなかったろうか。

(6) バタンガス最後の日々

赤いドームは抗日ゲリラ

マニラからルソン島南端のバタンガスに伸びる縦貫舗道の両側には、緑濃い森がいくつか繋がっている。

その森は一つひとつのバリオ（部落）かタウン（町）を造っているが、それらの集落の中心部には、赤い屋根の巨大なドーム（円頂閣）が聳えている。——カトリック教の教会であった。アメリカ軍は、この赤い屋根だけは攻撃しなかった。宗教上の理由もあるが、抗日ゲリラの本部が秘かに置かれていたためである。

部落住民の多くは、昼は日本軍の陣地構築のために働いていたが、夜になるとその態度は一変した。——昼に働いて構築した日本軍の陣地を、夜になると、今度はいっせいに破壊してしまうのである。

それだけではない。日本軍のトラックがゲリラに襲撃され、三人の兵士が重傷を負った。また、トラックからシャベルが一〇〇丁盗まれた。さらに、部隊に集団中毒が起ったのも、使用人のなかの住民ゲリラが仕掛けたためであった。——こうした反日ゲリラの活動は、日本軍の敗色が強まれば強まるほど、ますます活発化した。

生死の瀬戸際で

ちょうど朝六時頃であった。壕のなかで陣地の見張りをしていた小林一郎小隊長の目前に、カンカン帽を手にした現地住民を先頭に、アメリカ兵が十五人ほど、急に近づいてきた。そして、小林一郎を目がけて重迫撃砲を一発、ドカンとぶっ放したのであった。――途端に砂煙が濛々（もうもう）と立ち上った。タコツボはすっかり埋まり、小林小隊長は半身埋没して動きが取れなかった。――下半身の感覚が全くないのである。自分で生きているのが不思議だった。

周囲を見渡すと、左後方五メートルぐらいの位置にいた兵士が、左脚の太腿（もも）に破片を受け、大量の血を流していた。粘々（ねばねば）した赤い液体で、血の匂いがひどい。――石川上等兵であった。

洞窟内の診療室で

地下三〇メートル、二間四方程の洞窟の一室には、重傷兵が一〇人ほど、折り重なって伏せていた。診療室には、小林小隊長の傍で砲弾に倒れた石川上等兵が横たわっていた。左大腿部の肉を一握り程抉（えぐ）り取られて、既に砂塵がぐっしゃりと詰まっていた。――若い軍医が破傷風の注射を一本打ったが、手遅れのようだ。続いてもう二本を打った。しかし、何もかも手遅れだった。顔は僅かに紅潮し、うわ言だけが続く……。「死にたくない。死にたくない。お母さん、お母さん！」と、目からは涙が伝わって落ちている。――これが石川上等兵の最後だった。

戦況の悪化は続く

一九四五（昭和20）年2月に入ると、日本軍の戦況はますます悪化した。アメリカ軍の戦車には、柄付爆雷や吸着爆雷はほとんど役に立たない。火焔瓶も金網に阻まれて発火しない。兵士たちが一ヶ月をかけて掘った戦車壕も、敵のブルドーザーやロードローラーで、一夜のうちに埋め尽くされてしまうのだった。

日本軍の敗退を感じた地元住民は次々に決起し、日本軍の退路を断とうとした。――第二大隊が秘かに作っていた第二・第三の陣地も住民の通報でアメリカ軍の知るところとなり、銃座掩体（えんたい）・交通壕・タコツボなど、一つ一つが丁寧に潰されていった。――現在、アメリカ軍の仕事を手伝っている地元住民は、つい数日前まで、日本軍のもとで働いていた地元住民であった。

第4章　マコロド山麓に退却して

【日付表】

一九四五（昭和20）年

2月23日　第六中隊は、バタンガスを撤退してクエンカへ移駐。
2月28日　敵軍はルパング島・ベルデ島に侵入。
3月6日　敵軍はルバング島アラミナス・ターミ地区に侵入。
3月9日　アリタグタグを夜襲。
3月13日　敵砲兵陣地へ斬り込み。
3月15日　ボールボック十字路占拠。
3月17日　砲兵陣地へ第二回斬り込み。
3月17日　ラパック前進陣地を占領。
3月19日　サンホセヒルの夜襲。

3月20日　ラバック前進陣地を撤退。

(1) バタンガスを去って

「移駐」とは言うが

一九四五（昭和20）年2月22日、第二大隊第六中隊は、バタンガスの警備と防衛を後任部隊の海上挺進大隊一個小隊に引き継いだ。――ただし「引き継いだ」とは言っても、その相手は防諜上「漁撈隊」と呼ばれていて、実態は定かではなかった。

バタンガスの任務を終えた第六中隊は、指令に従って、マコロド山麓のクエンカに向けて、一夜強行軍を続けた。その際の中隊の陣容は、加藤貞克准尉の第三小隊はすでにクエンカへ行っていたので、この小隊を除いて百余名――中隊長高橋茂隊長を先頭に、指揮班長は高橋正五軍曹、第一小隊長鈴木政一曹長、第二小隊長小林一郎准尉、それに配属機関銃小隊・配属速射砲小隊・配属通信分隊などであった。

「部隊の移駐」とは言っても、弾薬・器材と僅かの糧秣だけは現地人のカロマタと呼ぶ馬車数台で運んだが、あとはすべて兵士が全員、自分の肩で運んだ。――悪くいえば「夜逃げ」である。度重なる疲れで、兵士はほとんど一晩中、月夜の一本道をただ黙々と歩いた。——歩きながら眠り、眠りながら歩く。夢を見ながら歩いていたこともあった。

第六中隊は一枚の地図を頼りに、分かれ道で間違えたりしながら、夜明けまでかけてようやくクエンカ部落に着いた。——そこに住民はもうほとんどいない。中隊は翌日になって、谷間を少し下がった部落の水汲み場所を見つけ、そこを基地と定めた。後方にはマコロド山が聳えて見える場所だった。

(2) 近隣地域の討伐

不成功だった「タール討伐」

タール市は海に臨み、湖に跨った町である。その市中を割ってタール川が流れている。このタール川は、満潮時と干潮時の水位が変わると、それに従って流れの方向も逆になる。シーソーのように流れが行き来するので、「逆さ川」とも呼ばれていた。

タール湖は火口湖で、その中央部にポルカノ島がある。この島は湖岸漁民の足場であると同時に、地区ゲリラの根拠地ともなっていた。――歩兵第十七連隊長藤重大佐は、かねてから、このポルカノ島ゲリラの潰滅（かいめつ）を狙っていた。しかし第二大隊は当時、バカンガスの攻防に第六中隊などを投入しており、ポルカノ島までは手が出ない。市村勲大隊長の健康も優れず、計画を順延していた。それで連隊長は、第二機関銃中隊長の武本清巳中尉を討伐隊長に任命し、その計画を具体化したのであった。

ちょうどその頃、第六中隊主力はバカンガスの攻防に集中していた。タール討伐に参加したのは第三小隊だけである。――この攻撃で日本軍が使用した四一式山砲（註31）は、最大射程距離が二五〇〇（メートル）だった。しかし湖岸からポルカノ島までは三〇〇〇（メートル）はある。――結局、一発の砲弾も撃ち込むことはできなかった。

街中を焼いた「バウワン討伐」

一九四五（昭和20）年2月末、タール討伐と同じく、この討伐もまた武本清巳中尉を討伐隊長に、歩兵第十七連隊本部の指示のもとで実行された。

当時、バタンガスに近いバウワン地域も反日感情が高揚しており、このまま放置しておけば、日本軍の統治が根本的に顛覆される事態にまで深刻化していた。――軍用トラックが襲撃され、将校が竹槍で刺され、電話線がズタズタに切断される事件が起きていたのである。

当日の早朝、討伐隊はトラックに乗り込み、バウワン町に入った。――武本清巳討伐隊長は町長に命じて、女・子供を除く町民全員を教会に集合させた。そして、一人一人に「面通し」と身体検査を行い、ゲリラ隊員と思われる数人を拘束した。――さらに各戸を臨検し、「反乱の証拠品」としてフク団員(註32)の証明書・不穏ビラ・拳銃・短銃・竹槍・日本製小銃・米軍用自動小銃などを押収し、その所持者を徹底的に糾問した。また、ゲリラに襲われて左腕を怪我した萩野少尉は、その包帯した腕を高々と挙げて「昨晩、部隊のトラックを襲撃した奴は出てこい」と叫び、兼ねてから狙っていた若者を引き摺り出した。

ちょうどその頃、教会の外では、アメリカ軍の偵察機が町の上空を低飛行で旋回していた。――すると、その上空の偵察機に向って、狩り出された群衆の中から白布を大きく振って合図を送った者がいた。その途端に、集まった住民から「日本軍は出ていけ」「逮捕者は釈放しろ」とシュプレヒコールが起った。

こうした情況変化を受けて、武本清巳討伐隊長は連隊本部と連絡をとった上で、急遽、作業小隊に爆薬を仕掛けるように命じた。さらにいっせい射撃の準備を整え、加えて「全市を焼き払う準備」を急がせたのであった。

やがて、討伐隊は、すでに身柄を拘束していた町長を教会天守閣の心柱に縛りつけた。――間もなく爆発が起り、途端に教会は崩れ去った。町長やゲリラ容疑者の一団は、その爆発に巻き込まれた。――逃げまどう住民は鉄砲隊に射殺され、その上、全町はすべて焼き払われたのであった。

アリタグタグの夜襲

一九四五（昭和20）年3月9日、あらたにアリタグタグに進駐したアメリカ軍に夜襲をかけ、これを殲滅する作戦が連隊司令部から指示された。

夜襲のためには、暗闇でも判る味方の識別が必要である。――第六中隊は、前者の背に白布を垂らし、中隊長は白襷を交叉し、小隊長は白襷を肩に、分隊長は白腕章を左腕に付け、号令はすべて白旗で行うことにした。また「鳥海」と問えば「太平」と答える合言葉を決めた。

広い甘蔗畑のなかを、百余名の夜襲部隊が黙々と進んだ。時折、敵の照明弾が頭上に飛んでくる。その都度バッタリと伏せて、灯りが消えるのを待った。

敵の陣地に近づくと、畑の垣根に有刺鉄線が堅く結ばれていた。――兵士たちは一人ひとり、時間をかけて丹念に有刺鉄線を持ち上げ、潜り抜けた。
ところが、誰かが探知機に触れたらしい。敵のマキシム機関銃が三台、いっせいに火を噴いた。——この敵方の一方的な射撃を受けて、第六中隊第一小隊の佐々木直治軍曹・岸部俊雄伍長・高橋久兵衛伍長・小野勘之助上等兵の四名が即死した。また大村茂上等兵・鈴木重忠一等兵・唐木幸平一等兵の三名が負傷した。

敵のマキシム機関銃で撃たれた場所は、相手の陣地からは未だ遠いし、しかも平地で隠れるところもない。さらに、夜も白々と明けてきて、兵士たちの姿は敵から丸見えになった。——朝焼けのなか、日本兵の姿を発見した敵陣営は、さらに激しく攻撃を加えて来た。

「これでは夜襲にならない」と判断した高橋中隊長は、遂に「離脱」と叫んだ。——戦闘中止の指示である。

中隊長の指示に従い、第六中隊はいっせいに後退を始めた。——部隊の後尾が有刺鉄線から一粁ほど離れたころ、突然、敵のタコ（観測機）が現われ、頭上を旋回した。恐らく、日本軍の撤退を確認するためだったろう。

ブガハン斥候隊の結果

一九四五（昭和20）年3月10日頃であるが、パウワン方面に敵が侵入という情報があり、ブガハン付近に斬込隊が出されることになった。

分隊長には阿部久四郎兵長が、隊員には軽機関銃手の斎藤久男のほか、長沢熊雄、石戸谷喜市、武田武夫の五名が選ばれた。

選出された五名は、いつもの演習に出かけるときのように元気で出発した。——ところが、翌朝早く、軽機関銃を担いだ斎藤久雄だけがただ一人帰ってきたのであった。

斎藤一等兵の話では、敵が陣地構築を進めている状況を把握してからの帰路、ブガハンの村外れにさしかかった場所で、不意に機関銃で撃たれたという。——斎藤だけは軽機関銃で応射したが、他の四名は数発撃っただけで、次々に倒され、息絶えたということだった。

四名の死体は、第二次の捜索斥候隊によって確認された。第

戦没者を土葬し、霊を弔う戦友たち

六中隊は死体を近くに仮葬し、銃器などを回収して引き揚げた……。

(3) 砲兵陣地への斬込み

敵の砲兵陣地へ

その頃、斬込隊が頻繁に組織された。二人組、三人組、一個分隊、時には一個小隊などの規模の兵力だった。その目的には、例えば「……を奪還せよ」などの単一目標だけを与えられ、あとは出発と帰還の期日が明示されるだけだった。――ところが、斬り込みの結果は、出発したきりで帰ってこない者が圧倒的に多く、結果も未確認の場合がほとんどだった。――第三小隊（加藤貞克小隊長）は敵の砲兵陣地破壊の命令を受けて出発したが、最初の出撃で黒崎幸雄一等兵が、二回目の出撃では佐藤務一等兵が戦死した。

黒崎一等兵の戦死

次は、黒崎一等兵が戦死した時の状況である。

クエンカ付近の敵砲兵陣地を爆破せよという命令を受けた第三小隊は、現地人（日本人二世）の案内で目的地に向った。夜間行動に適応するように、軽装で地下足袋の行進である。闇夜、一列縦隊になって、前者の姿を見失わないように、手探りの行進だった。

畑の小路を通過中、加藤小隊長が小声で逓伝（ていでん）（順序に伝えること）した。「針金のようなものがある。足許に気を付けろ」という指示である。――兵士たちは、その針金らしい障害物を、大股に跨いで進んだ。

それから一〇メートルも進んだろうか。工藤金治軍曹は左側の方角に、煙草の火が吹き飛んだような、パチパチと小さな火花を見た。――「おや？」と思った瞬間、突然大爆発が起った。何が何やら判らない。――爆風で自分の身体が宙に浮き、そして、ドッと地面に叩きつけられた。体が動かない。頭や耳がジーンと痛い。鼻血がドロドロ流れ出る。工藤軍曹は、自分の傷もさることながら、「他の者はどうなったのか？」と周囲を見回した。

「ウーン、ウーン」と、重苦しいうめき声が聞こえた。

「やられたのは誰だ！」と加藤小隊長の声である。すると、息苦しい途切れた声で「黒崎で――す」という返事が返ってきた。

傍にいた工藤軍曹は、倒れている黒崎に近づき、そっと手をかけたが、そのとき、肋骨まで折れて破けた大きな傷口に手が触って、思わずハッとした。ひどい傷口である。――黒崎の身体は血と土埃でネトネトしていたが、そのまま包帯で応急措置をし、他の負傷者とともに、そこから二㍍ほど離れた民家に移動した。――しかし黒崎は、その民家で、間もなく息を引き取ったのであった。

(4) ラパックに前進陣地を

三日目の手榴弾戦

一九四五（昭和20）年3月17日、第六中隊第二小隊全員に、ラパック部落南部に前進基地を確保するようにと命令が出た。第二大隊主力陣地からの出撃を容易にするためであった。

第二小隊は、ラパック南側にMG（重機関銃）分隊を配置し、半円形の布陣を作った。――アリタグタグ方向に向って、右から真崎分隊と田村分隊である。斎藤分隊と指揮班は左側に配置され、中間後方には第一・第二のMG分隊が配置された。

三日目の朝、周囲は深い霧に包まれ、五〇〇高地は頂上だ

匍匐前進で敵陣地を攻撃する兵士たち

けがかすかに見えた。

昼過ぎになって、敵兵が一〇人ばかり、ようやく田村分隊の正面に姿を現わした。撃ち合いが始まる——。田村分隊に続いて真崎分隊、さらにLG（軽機関銃）の点射が続き、菊地分隊のMG攻撃が始まった。

暫くすると、五～六名のアメリカ兵が戦闘を避けて逃げ出した。日本側の布陣には気付かずに、農道を伝わって、突然、指揮班の前に姿を見せたのである。——目前の敵に驚いたアメリカ兵らは、手榴弾を日本軍陣地に投げつけた——。

手榴弾は、瞬時には爆発しない。呼吸さえ間違えなければ、敵の手榴弾を拾って敵陣地に投げ返すこともできる。——ただし、呼吸を間違えれば自滅するのだが……。

敵の手榴弾は、拾ってみて判ったが、亀の子状に突起のある樽形で、環状の安全ピンを抜いて投げると、ハンドルがバネになって回転し、爆発する。破裂までは三秒半位の時間差があるので、投げ返すタイミングさえ間違わなければ、敵の手榴弾で敵を壊滅できる——。

幸い、第二小隊には、小林小隊長を始め、手榴弾のこうした扱いに熟練した兵士が多数いた。それで、ラパックの手榴弾戦では、大きな成果を挙げることができたのであった。

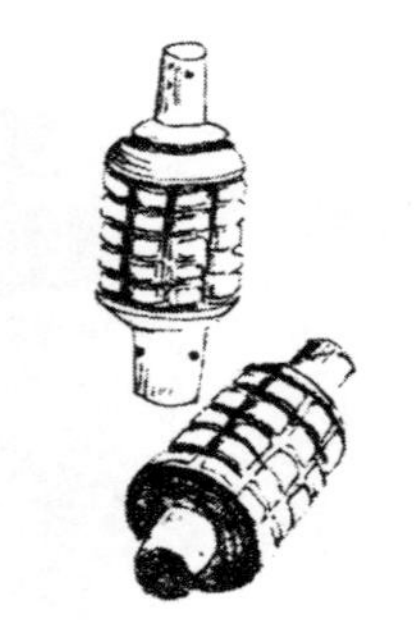

91式手榴弾。擲弾筒でも使用できた。

しかし、相変わらず犠牲者も出た。——真崎一郎と菊地宇一郎の二人の分隊長である。真崎兵長は頭部貫通銃創で、ラパック戦闘中に即死した。本籍は秋田県仙北郡角館町である。菊地分隊長はラパック戦闘中に腰部貫通銃創で倒れ、銃剣に伏して自決した。本籍は秋田県北秋田郡大阿仁村であった。

(5) サンホセ丘の夜襲

高橋茂中隊長が爆死

一九四五（昭和20）年3月18日、第二大隊第六中隊は、イババオ部落の水汲み場付近の陣地から、数㌖北に隔たった第二大隊主力のクエンカ陣地に移った。そして翌19日には、周辺地域制圧行動の一環として、サンホセ丘の夜襲を実行した。その兵力はラパック攻略に出ていた第二小隊とクエンカ周辺の砲兵陣地対策に専念していた第三小隊を除いて、約五〇名前後だった。

高橋茂中隊長は何時ものように先頭に立ち、兵士は黙々とそれに続いた。そして間もなく、三〇〇高地の八合目付近に辿り着こうとした時である。兵士たちは、簡単な低鉄線網が目の前に張られているのに出会った。

高橋中隊長は「ちょっと待て」と声をかけ、隊列を止めてから、自分だけでその鉄線網の右端の方向に離れて行き、姿が見えなくなった。

ところが、ほどなく「ドカン」と大爆発が起こった。続いて爆発が一～二度続くと、目の前が一面、真っ赤に染め上がった。――恐らく、友軍の砲兵隊が残していった三個連発式の応急施設地雷が爆発したものと考えられるが、この爆発で高橋中隊長は無惨にも、右の半身が飛び散り、右手と右足が千切れて、完全に即死した。

多数の戦死者が続出

サンホセ丘の夜襲は、その帰路でも多数の戦死者を出した。

高橋中隊長の即死後、第六中隊は鈴木政一曹長が指揮をとったが、幸い、三〇〇高地の頂上までは何も起らなかった。さらに頂上も平穏だったので、鈴木曹長以下は、その頂上に兵士たちのタコツボを掘って、あらたな陣地を構築することにした。

陣地を構築した後、第六中隊主力は、休む間もなく帰路に入ろうとしていたが、ちょうどその時である。敵の迫撃砲が突然鳴り響いた。集中攻撃が始まった。

夜はようやく明けはじめ、周囲には靄（もや）が一杯立ち込めていたが、そのなかに、アメリカ兵の姿が相当数、はっきりと見て取れたのであった。
途端に激しい撃ち合いになった。そして、この帰路の戦闘で第六中隊は、あらたに八名の戦死者を出したのであった。その名前は次のとおりである。

掘　堅司　軍　曹　秋田県由利郡北内越村
高橋弘司　伍　長　秋田県秋田市楢山登町
高橋春三　兵　長　秋田県由利郡南内越村
斎藤久男　一等兵　秋田県由利郡上郷村
梅村清一　上等兵　秋田県能代市清助町
大沢　正　一等兵　秋田県北秋郡二井田村
高橋　堯　一等兵　秋田県仙北郡千屋村
森元了二　一等兵　秋田県仙北郡畑屋村

マレブンヨにて

第5章　マニラ陥落で東方山地へ

【日付表】

一九四五（昭和20）年

2月3日　アメリカ軍の陸軍第十四軍団などが現地ゲリラとともに、四ヶ所から首都マニラに突入。収容所となっていた聖トマス大学を解放。七〇万マニラ市民の圧倒数がアメリカ軍に協力。全市の通信網を遮断。一斉蜂起。

2月4日　アメリカ軍、日本軍陣地に砲爆撃を展開。日本軍がこれに応ずるも衆寡敵せず。市街地は瞬く間に灰燼と化した。

2月6日　サンファンで本格的な戦闘開始。日本軍は三日間で潰走。マニラ南西のナスグブ方面にもアメリカ軍上陸。パラシュート降下。マニラへ進攻。

2月7日　アメリカ軍第37師団、マラカニヤン宮殿地区からマニラに向けて渡河を開始。

2月11日　アメリカ軍、南下の第一騎兵師団と北進の第1空挺師団がマッキンレイ西方で接触。第31師団もマニラ包囲に参加する。

2月11〜18日　日本の振武集団（横山静雄中将）は六個大隊をもって総反撃に出たが、死傷者六〇〇名以上の損害を出し、17日には「全マニラ部隊の撤退」を発令。18日には退却。

2月19日　フオート・マッキンレイ陥落。日本軍は完全に孤立した。

2月23日　マニラ陥落。アメリカ軍カランバに進攻。ロスバニオス捕虜収容所奪還される。

2月25日　市内の日本陸軍部隊本部は、包囲からの脱出を試みたが失敗。

2月28日　日本軍の守備隊六〇〇〇名が全滅。

3月3日　アメリカ軍はマニラでの戦闘終結を宣言。振武集団はマニラ東北方面に脱出した。

(1)　マニラ防衛隊の「二つの道」

市街戦か山岳戦か

さきに日本軍は、第十四方面軍（山下奉文大将）の指揮の下に「振武集団（横山静雄中将）」を編成し、この部隊に「首都マニラ防衛隊」の任を与えていたが、攻防戦が激化した一九四四

（昭和19）年11月27日、新たな体制強化のために、歩兵第十七連隊傘下の第三大隊と清水部隊、それに第四大隊（註33）を「振武集団」に加えた。

ところで、この時期、第十四方面軍は、軍司令部を首都マニラに置くか、あるいは首都を避けてルソン島北部のバギオに置くかを巡って、最高司令部である大本営と鋭く対立していた。――第十四方面軍の山下奉文大将はマニラを避け、山岳地帯であるバギオに本部を置いて、長期持久の山岳戦を展開するつもりであった。そうすればマニラの市街戦は回避できるし、民間人の被害も少なく抑えられると思ったのである。それで山下大将は、すでにアメリカ統治下で採用されていたマニラの「無防備都市宣言」を、再び実行しようと考えていた。

しかし、大本営ではまず、陸軍部が「山下案」には同意しなかった。現地でも第四航空軍（司令官は富永陸軍中将）は強硬なマニラ死守派だった。また海軍でも「山下案」に反対する勢力が、「マニラ海軍防衛隊」をあらたに組織して、マニラ市街戦の体制をとった。

一方、第十四方面軍のなかには、山下大将の方針に賛意を示し、これに従う勢力もあった。――海軍の南西方面艦隊司令長官大川内伝七中将や、振武集団の横山静雄中将などである。振武集団の傘下に加わった秋田第十七連隊の第三・第四大隊もまた、このグループに加わっていた。

マニラ市街戦に突入

マニラ戦は一九四五（昭和20）年2月3日から3月3日まで、ほぼ一ヶ月間、市街地を中心にたたかわれた。

2月3日、アメリカ軍と現地ゲリラ三〇〇〇名は、四ヶ所から首都マニラに突入し、その日のうちに聖トマス大学の収容所を解放した。圧倒的なマニラ市民はこぞってアメリカ軍とゲリラ隊を支援した。

翌4日には、アメリカ軍が日本軍陣地を一斉に砲爆撃開始した。これに応戦する日本軍の迎撃を含めて、マニラ市内は火の海となった。――数週間後、市街地はほとんど灰燼に化したのであった。

アメリカ軍と現地ゲリラ、それに市民の抵抗はますます強化された。――サンファンでも本格的な戦闘が始まり、日本軍は僅か三日間で敗走した。マニラ南西のナスグブ方面にもアメリカ軍が上陸し、パラシュート部隊も加わってマニラ進攻の勢いは急速に高まった。マラカニヤン宮殿地区に入ったアメリカ軍第37師団も、マニラに向けて渡河を開始した――。

こうした相手側の攻撃に対して、それでは日本軍の体制はどうなっていたのか、次にこの点に触れよう。

まず、山下大将の方針を支持した振武集団である。振武集団はマニラを含むルソン島南部が守備地域であったが「マニラ防衛隊」の三個大隊だけはマニラに残し、他の部隊はすべて東方山地に退去させていた。また、強固な「マニラ死守」派であった第四空軍の富永陸軍中将は、アメリカがルソン島上陸をしたその日に「第四空軍のマニラ撤退」を独断で命令し、自分はこれも山下大将の許可を得ず、無断で台湾に移動した。

さらに海軍防衛隊はどうか。——海軍防衛隊は二六〇〇〇名の軍人・軍属を有していたが、兵器不足のため、約一〇〇〇〇名を他地域に移動させていた。また兵器製造を行っていた約六〇〇〇名を東方山地に脱出させていたために、残っていた兵士は約一〇〇〇〇名程度であった。

——これではアメリカ軍とゲリラに勝てる訳がない。

敗北・そして東方山地へ

アメリカ軍は間もなく、マニラを包囲する体制を完全に仕上げた。

2月11日には南下して来た第一騎兵師団と、北進して来た第1空挺師団がマッキンレイ西方で結び合い、第31師団もマニラ包囲に参加した。

日本軍の振武集団は、六個大隊をもって最後の総反撃に出たが、死傷者六〇〇名以上の損害を出し、2月17日には遂に「全マニラ部隊の撤退」を発令。翌18日には陣地を放棄して退却した。

日本のマニラ守備隊にいよいよ最後のときが来た。市内の日本陸軍部隊本部は、アメリカ軍とゲリラ隊の包囲から脱出を試みたが失敗。――自殺や投降者が数多く出た。日本軍の守備隊六〇〇〇名は、ついに全滅した。

3月3日、アメリカ軍はマニラでの戦闘終結を宣言した。


本稿の最後に、マニラ戦を振り返って、感想を一つだけ述べよう。

マニラ戦の際立った特徴の一つは、日本軍が多大の戦死者を出し、三年間のフイリピン支配の幕を閉じたことである。――しかし、それ以上に世間を驚かせたことは、七〇万のマニラ市民が日常生活をしているなかで殺戮と破壊が行われ、一〇万人の民間人の命を犠牲にしたことであった。その意味でマニラ戦は、「太平洋戦争中で、最も大規模な市街戦」とも呼ばれている。

――ちなみに、それぞれの死亡者数を挙げておこう。

	マニラ戦参加者	戦死者	民間人死者
日本軍	一四三〇〇名	一二〇〇〇名	一〇〇〇〇〇名
アメリカ軍	三五〇〇〇名	一〇一〇名	（数字は概数）

(2) 東方山地で彷徨（さまよ）う兵士たち

この項は、歩兵第十七連隊から振武集団の傘下に入り、東方山地に移駐した第三大隊の兵士の手記をもとに、筆者が必要な部分を意訳して纏めた記事である。――ちなみに、以下、三名の出典は、すべて『歩兵第十七連隊比島戦史・追録』（前掲＝註4）からである。

真田鶴治の場合（平鹿郡平鹿町浅舞字蛭野）

※ 3月中旬に入り、三角山を皮切りにして、必勝山・四〇〇高地などで戦闘態勢に入った。アメリカ軍も間もなく振武山に進出し、振武台に陣地を作った。――ところで、その「新たに作られた振武台陣地を奪還せよ」という命令があったので、我々は第一陣・第二陣の斬込隊を編成して、敵の陣地に夜襲をかけた。しかし第一陣・第二陣とも、帰還者は一人

もいなかった。

※　5月22日夜半、部隊長より「撤退」の命令が下り、各部署に伝達された。午前2時頃から撤退行動が始まったが、医療洞窟には相当数の負傷者がおり、実に悲惨な光景だった。――自力で脱出した者もいたようだが、ほとんどは自殺したものと思われる。

※　撤退当日である。マリキナ川に沿って、上流の悠久山麓集結ということになっていたが、途中、アメリカ軍の照明弾攻撃を受けて、相当数の死傷者を出してしまった。また、その日、日没を待って「放棄陣地の物資奪還」「生存者の救出」のために、機関銃中隊の斎藤曹長以下五〇名が斬込隊に出されたが、その部隊からは、四～五日経っても、一人の帰還者もなかった。

痩せこけて生気を失った兵士たち

畠山仁助の場合（北秋田郡比内町扇田字白砂）

※　撤退命令が出ると、重病者は歩けないのでどうしようもない。あちこちから手榴弾の爆発音が聞こえるようになった。――重病の兵士たちが自決した音である。

　私のすぐ傍で自決した兵士は、大隊砲部隊の曹長であった。私もまた、前の戦いで負傷して動けなくなっていたので、その曹長と一緒に自決しようと心に決めていた。――しかし、幸いなことに、身近にいた寺戸衛生兵が手厚く看護をしてくれた。そして、退却するときは他の衛生兵と一緒に、私を負(お)ぶって行進についていってくれたのであった。

　さらに、同年兵の佐藤伍長は、足を傷つけて軍靴を履けない私を見て、包帯を使い、足を幾重にも巻いてくれた。――草履代りである。お蔭で私は、戦友の助けを借りながら、やっとのことで行進について行くことができたのである。

※　密林のなかを大きく蛇行した川岸に添って、周囲の立木が途切れた僅かの空間があった。動物たちの水飲み場のようにも見えたが、偶々その場に迷い込んだ私は、予想もしていなかった恐ろしい場面に遭遇した。驚いたことに、そこには、無数の兵士の死体や重傷者、

餓死寸前の兵士などの姿が、地獄絵のように広がっていたのである。

愕然と立ち竦んでいる私の前に、痩せこけた一人の女性が、ヨボヨボと近づいてきた。

「兵隊さん、助けて下さい！」

と、食べ物を欲しがったのである。従軍看護婦のようだ。

※　川岸には、水を飲みに来て息絶えたのだろう。兵士たちが七〜八人、俯せになって死んでいた。

ここまで一緒に来た同年兵の一人が、かすれ声で私に耳打ちした。

「俺は駄目だから、お前だけはさきに行って呉れ」

と言ったのである。

私は急に悲しくなり、大声で泣いた。――一緒に来た戦友たちも、仲間を一人残して、自分たちだけで勝手に立ち去ることはできないと言った。

一緒に来た戦友たちは、それから寝ころんで、郷里のこと、家族のこと、食べ物のことなど、思い出すままに話し合った。そして、いつの間にか眠ってしまった。

朝になって、目を覚ました私は、仲間の一人ひとりをソッと揺すぶった。――ところが、二人は反応したが、他の二人は全く反応がなかった。昨夜の話が最後になってしまったのである。

海風貞治の場合（秋田市新屋元町）

※　最後に辿り着いたところは、菊地川の畔であった。――何の目的もなく、ただ食べ物を探しながら着いた場所である。ここは第三大隊の生き残り全員の集合基地あったが、何一つ食うものはない。ほとんど飢餓状態であった。

第九中隊の村上敏雄准尉、照井健蔵兵長、三浦弘兵長、佐藤三郎上等兵他数名がここで餓死した。――同様に、他の部隊でも何人かの餓死者を出したようである。

※　他部隊の兵士も疲れ切った足を引きずりながら、食い物を探して歩いていたが、出合うことが恐ろしかった。――友軍同士で食べ物の奪い合いがあると聞いていたからである。（註34）

周囲には、病気のためか、それとも餓死したのか、道端や川のほとりなど、いたる所に死体が転がっていた。また二～三名、四～五名と、集団で死んでいる場所が何ヶ所も見られた。まるで「死体をバラ撒いた」ような惨状だった。

※　一人で月を眺めながら考えた。――俺はもう生きて行けなくなった。戦争は負けた。戦友は皆死んだ。それに、軍人である俺はやるだけやった。死んでも構わない。しかし、俺が今ここで死んだら、「一人の女の子」が父親の生きた姿、父親の愛情も全く知らずに、味気ない一生を過さなければならないのだ。その「女の子」は出征するとき、妻のお腹の中にいて、生まれてからはまだ逢ったことがない。――せめて夢の中でもいい。逢いたい。逢って抱きしめたい。――と、胸は切なくなり、涙が止めどなく流れるのであった。

（註）第五章の文中、三角山・必勝山・振武山などの山の名前は、マニラ東方山地の山々に日本軍が付けた名前で、一般的に通用している呼称ではない。本書15頁の地図▲印を参考にされたい。

第6章　クエンカ部落の一ヶ月

【日付表】

一九四五（昭和20）年

3月20日　小林一郎が第六中隊長代理に。

3月20日～4月20日　この間、クエンカ陣地イババオ方面で死闘が繰り返された。第二大隊第六中隊だけでも十五名が戦死し、多数の戦傷者が生まれた。また、クエンカ左陣地デタ方面の激戦では、七名が戦死した。さらに中央陣地クエンカ正面の戦いでは八名が戦死した。

4月3日　アメリカ軍はサンタクララに進攻。第十七連隊主力はマレブンヨ山に包囲された。

4月20日　クエンカ陣地は全面的にアメリカ軍の戦車に蹂躙された。同夜、第二大隊はクエンカ陣地を放棄してマコロド山頂へ退却。新たな陣地を構築して六ヶ月間の遊撃戦に入った。

(1) 新たな体制で出発

第二大隊本部の洞窟

一九四五（昭和20）年3月20日、小林一郎は高橋茂中隊長の戦死とサンホセの戦闘結果を報告するため、第二大隊本部を訪れた。

大隊本部の洞窟は、クエンカの山腹を掘り込んだもので、入口は小さいが、中は比較的広い道路状になっていた。框（かまち）（周囲の枠）は組まれていない。――通路には傷付いた兵士がごろごろ寝転がっていて、医務室の壕は本部の壕の向こう側、左陣地の右端に接していた。負傷者がいっぱいで、しかもほとんどが重傷である。

一番奥の大隊長の部屋まで行くためには、重傷者の頭の上を、一人ひとり跨（また）いで行かなければならない。――奥は少しばかり広場になっていて、空き箱を並べてあり、蝋燭や椰子油を灯していたが、そこが大隊長の「部屋」である。

大隊長室には市村大隊長と萩野副官が座っている。傍には書記の伊藤鉄三郎准尉も同席していた。

市村大隊長に向かって、小林准尉は、高橋茂中隊長の戦死やサンホセの戦闘の様子を報告した。さらに、敵の観測眼鏡やカルビン銃など、分捕品を披瀝（ひれき）した。

大隊長は小林准尉の報告を静かに聞いていたが、戦死者・戦傷者にいたわりの言葉を述べてから、高橋中隊長の戦死の後を継いで、小林一郎を中隊長代理に任命した。

僅か一ヶ月のクエンカ陣地

あらたに設営された第二大隊の主陣地は、イババオ部落からクエンカ部落を通ってエタ部落に至る場所で、壕の大きさは正面約四キロメートル、奥行は約二キロメートル、その背後には高さ一〇〇〇メートルのマコロド山とその麓原が一帯に拡がっていた。

当時の兵力の実態はどうか。——まず市村勲大隊長であるが、最近は病気勝ちを理由に、洞窟の外にはほとんど出てこない。また第五・第七中隊は連隊長直轄とされ、約半分の兵力になっていた。

第二大隊のなかで、従前どおりに体制を確保している部隊は、大隊本部・第六中隊・第二機関銃中隊・第二大隊砲小隊だけである。兵士数は五〇〇名はいたと思われる。

第二大隊の兵力を全体として見ると、特殊任務を持つ協力部隊は多いが、主兵たるべき一般中隊は、僅かに第六中隊だけだったと言って良い。——事実、第六中隊とこれを支える機関銃隊だけは、最も激しい戦闘に、いつも真っ先に加わってきたのであった。

　第六中隊は、こうした条件の下で、3月20日から三十二日間、息をつく暇もなくクエンカ陣地を守備してきた。

　マコロド山麓とクエンカ部落を隔てる深い谷間や、塹塞（ようさい）と恃（たの）んだ壕やタコツボなども、アメリカ軍の機械化部隊によってすぐ埋め立てられてしまう。そして埋め立てられた直後には、速射砲を備えた戦車が、火焔放射器まで積んで、タコツボを片端から潰して迫ってくるのである。——爆撃と砲撃が間断なく加えられる。機関銃弾などは本当に「雨あられ」で、僅かでも押し返すと、翌朝にはまた、すぐに押し返されるのであった。

　こうして日本軍は、弾薬をほとんど撃ち尽くしてしまった。戦死者はどんどん増えるばかりである。——すべてのタコツボがアメリカ軍のキャタピラで押し潰され

あらたな陣地を構築する兵士たち

てしまった一九四五（昭和20）年4月21日、第二大隊は遂に、クエンカの陣地を事実上放棄せざるを得なくなった――。

(2) イババオ方面の死闘

井出四三上等兵の死

井出上等兵は在満州招集だったので、四〇歳を過ぎていた。陣地では斎藤分隊の軽機関銃射手を勤めていた。

その井出が負傷して医務室の壕に収容された日、鈴木征一小隊長も負傷して、同室で枕を並べていた。鈴木小隊長の方は比較的平静だったが、井出上等兵はひどい高熱に魘（うな）されていた。

――軽機関銃で撃ちまくっていた時、砲弾が炸裂して吹き飛ばされたのである。この時、小笠原倉之助一等兵は即死し、斎藤一郎分隊長と井出上等兵は土砂に埋もれて重傷を負った。井出上等兵には、右大腿部に一〇チセン程の砲弾破片創があった。

診察を担当した植野軍医は、破傷風が心配だと言った。傷口をすぐ清水で洗っておけば良かったが、井出上等兵が爆風で埋もれた土から掘り出された時には、もうすでに異域瘴癘（しょうれい）（風土伝染病）の土に毒されていたのであった。――破傷風予防カプセルを多めに注射したが、すでに手遅れで、一九四五（昭和20）年4月6日、井出上等兵は永眠した。

タコツボに埋められて

京極上等兵が守備していた陣地も、ついに陥落の時がきた。――一九四五（昭和20）年4月19～20日である。

スコールのような迫撃砲弾に混じって、時折、プスッ、プスッという鈍い爆発音が聞こえた。そして、突然異臭が鼻をつく。「ガス弾だ！」と声がかかった。兵士たちは急いで防毒面を被った。

毒ガスの匂いと一緒に、敵の戦車が目の前に現れた。――少なくとも五台以上、整然と等間隔で壕の前に並んだ。そしてさらに、それらの戦車の蔭には、数百名のアメリカ兵が随伴して来たのであった。

京極上等兵は、タコツボから首だけを出し、夢中になって三〇発以上を連射した。しかし、今日の敵はいつもと全く違う。後退はしないで、二瓩包括の爆薬を片端から、順序良くタコツボに投入してきたのである。――もう既に、アメリカ兵が数名、京極上等兵の頭上にまで迫っていた。京極は慌てて身体を折り曲げ、頭を引っ込めてタコツボの片隅に身を隠そうとした。

ところがその時、石ころのようなものが投げ込まれ、足許から離れた場所で破裂した。——敵の手榴弾である。

続いて、土砂が頭上から崩れ落ち、タコツボと京極の体は、瞬く間に土で埋まった。——壕の一隅でどうやら呼吸はできたが、意識は朦朧とし、そのまま眠ったらしい。ただ「OK、OK」というアメリカ兵の合図らしい声だけが耳に残っていた。

京極が目を覚ました時、周囲は真っ暗だったが、焼夷弾のエレメントが燃えて、目の前だけは火の海だった。——京極上等兵はその火焔の傍を這いつくばって動き、やっとのことで加藤小隊長の壕に辿り着くことができた。

防毒マスクで窒息死

敵の毒ガス攻撃で、第六中隊にはもう一つの事件が起った。——在満州の招集で年配者の一人だった市野照樹一等兵は、補助衛生兵として小隊長の傍にいたが、敵のガス弾攻撃が始まったときに、防毒面を被って突然洞窟から飛び出し、敵に突進していった。しかし途中で蜂の巣のように集中攻撃を受け、その場で即死した。

後刻、市野一等兵の体を調べて見ると、防毒面の底栓を締めたままだった。恐らく、底栓が抜けずに苦しんだのか、あるいは、底栓が抜けないために直接ガスを吸って倒れたかも知れない。――いずれにせよ不幸な事件であった。

左眼を失った藤原兵長

藤原喜一郎兵長は、一九四五（昭和20）年4月20日に負傷した。クエンカ陣地で一個分隊（六名）が守っていたその正面に、大型戦車二台と約三〇〇名のアメリカ兵が攻めて来たのである。六名の兵士はジッと待ち構えていて、陣前五〇メートルまで来たとき、軽機関銃を発射した。弾丸は二名のアメリカ兵に命中した。

敵側では進撃を一時中止し、今度は迫撃砲の攻撃に切り換えた。物凄い集中攻撃である。――その一発が目の前で破裂し、ハッと思った瞬間、藤原兵長は左目をやられた。

負傷したのは20日の朝8時頃だったが、藤原兵長らはそれから陣地を放棄し、マコロド山に向けて後退した。――朝も昼も食べずに、水筒の水もない。マコロド山麓に着いたのはその晩の8時だったから、負傷の痛手を抱えながら、飲まず食わず12時間歩き通した。しかも、山麓からは登り道である。――最終目的地にたどり着いたのは翌21日の朝であったから、負傷した体で24時間歩き通したことになる。厳しい生還であった。藤原兵長は結局、目の手当ができず、完全に左目を失った――。

(3) デタ方面の激闘

数多くの戦死者

デタ方面はクエンカの左陣地側に位置し、激しい戦闘が交わされた地域の一つだった。

一九四五（昭和20）年3月26日、芹田正道一等兵が戦死した。――タコツボに入っていたが、迫撃砲弾の直撃を受け、腰から下の両足が飛散し、壮絶な死を遂げたのである。デタ方面では最初の犠牲者だった。

第三小隊長の鈴木政一曹長もこの戦闘で亡くなった。――壕の上に立ったところを、約一〇〇〇メートル離れた三〇〇高地から狙撃されたのがその原因と思われる。――臍の真上を銃弾が貫通したためであった。4月6日の死亡である。

伊藤鋼蔵と菊地銀治の両一等兵も、4月9日に亡くなった。二人はともに、数少ない初年兵の仲間だった。また、4月15日には阿﨑喜左衛門上等兵も戦死した。――第二小隊長付の伝令として活動していたが、つい数日前、上等兵に昇格したばかりであった。

4月18日、アメリカ軍は火焔放射機やガス弾などを使い出し、攻撃は最高潮に達した。この日、陣地では、高橋謙一郎一等兵・畠山千代吉一等兵の二名が戦死し、斎藤一郎伍長・田村要蔵伍長の両分隊長が重傷を負って担ぎ込まれた。また左陣地では鈴木栄一一等兵が戦死した。――鈴木一等兵は柄付爆雷を持って敵戦車に迫り、敵戦車を擱座（かくざ）させることに成功したが、しかしその際、敵戦車天蓋からの拳銃射撃に倒れ、死亡したのであった。

アメリカ軍はこの日、自分の陣地からの砲撃と戦車からの射撃を集中させ、クエンカの左陣地をほとんど壊滅させた。――日本軍が必死に掘り続けたタコツボも、アメリカ軍の戦車や重機によって、跡形もなく踏み潰されたのであった。

(4)　敵前逃亡罪で処刑

拾ってきた兵隊

歩兵第十七連隊のなかには、自分の所属していた部隊が消滅し、別の部隊に入隊する兵士たちがいた。いわゆる「拾われた兵隊」である。

ここでは名を秘すが、第二大隊に「拾われた」某伍長以下五名が、ある夜勝手に陣地を離れて消息を絶ち、数日後に舞い戻った。そして、陣地内に保存してあった少量の糧食を盗んで持ち出し、再び離隊しようとした。――それを歩哨に見つかったのである。

市村第二大隊長は何回か尋問を重ねた後に、その伍長以下五名に「敵前逃亡を企てた」という理由で「死刑」を宣告した。一九四五（昭和20）年4月か5月のことである。

死刑の執行に当たって

刑の執行は、本部書記の伊藤鉄三郎准尉と作業小隊長最上善一郎曹長が命令された。刑執行の場所は、大隊本部壕と医務室壕の間の空地であった。

本部と作業小隊の兵士は装塡（そうてん）着剣（弾丸をつめ、銃剣を装着）した姿で、五名の「犯罪者」を空地に引き出した。――逃亡しないようにロープでつないだまま、それぞれ小円匙（えんぴ）一丁を手渡された。処刑執行の前に、自分達が埋められる墓穴を自分達が掘るのである。襟章はすべて剥ぎ取られていた。――ほかの兵士たちが見守る炎天下、五名の「犯罪者」たちは、ただ命じられるままに黙々と、自分たちの墓穴を掘り続けていた――。

午後六時ちょうどである。すべての準備が整ったところで、伊藤准尉は五名の射撃手に対し「撃て！」と命令した。――五名の「犯罪者」はドッと倒れて、半日がかりで自ら掘った墓穴に崩れ落ちた。

五名の墓穴は間もなく、元の地面のように埋め戻された。そして、その死体が埋められた場所には、一基の卒塔婆（そとば）さえ立てられなかったのである——。

(5) クエンカ中央陣地

味方を装った敵の歩哨

クエンカ部落に通ずる谷間の道は、峡谷の丸木橋付近から隘路になっていて、そこには、作業小隊の多田分隊が歩哨を立てていた。——しかし、何時ごろからだろうか。この下の道を通ると、必ず敵の銃弾を受けるようになった。——不思議なので調べてみると、多田分隊の歩哨任務期間が終わったあと、時間外で歩哨がいない筈なのに、やはり「歩哨」は立っていた。

——阿部分隊は、その「歩哨」を直ちに拘束した。

驚いたことにその「歩哨」は、黒人のアメリカ兵が日本兵の服を着た「偽歩哨」だった。

——日本軍の小銃を持ち、日本軍の鉄帽をかぶり、雑嚢から巻脚絆（まききゃはん）、小円匙（えんぴ）（スコップ）まで日本軍そっくりの扮装（ふんそう）だった。——この「偽歩哨」のために、少なくとも二名の日本人兵士が射殺されていたことが、あとで判った。

「蟷螂の斧」日本軍の戦況

戦況はジリジリ切迫するばかりで、敗北は既に時間の問題であった。――それにしても、クエンカ陣地は余りにもお粗末である。コンクリートの設備はただの一ヶ所もない。対戦車砲も一門もないのだ。それで何十台のアメリカ軍戦車と対抗するのであるから、まさに「蟷螂の斧（はかない抵抗の意味）」もいいところである。「死ねよ。餌食になれよ」というに等しい対策だった。

敵の戦車が洞窟の上に止まり、次々に爆弾を仕掛けて来た時、隣の洞窟から突然飛び出した兵士がいた。――何故か。その理由は判らない。その兵士は敵弾に撃たれて即死した。

兵士が即死した場所のすぐ前には、谷を隔てた場所に「台地」があり、その「台地」の後部に日本軍が放棄した壕があった。――アメリカ軍はその「日本兵の元の壕」を占領し、マキシム機関銃を据えて、日本軍のタコツボを狙い撃ちしていたのである。

敵が「絶好の場所」から狙い撃ちしているときに、日本兵が壕から飛び出して助かる訳はない。――ところが、隣の壕からは、一人が飛び出すと、それを合図のように、次々に飛び出す兵士が増えた。そして、それらの兵士たちはことごとく敵のマキシム機関銃で撃たれ、二〇名以上の兵士が戦死したのである。——正木部隊で起こった出来事だった。

「当って砕けろ」と厳命したが

一九四五(昭和20)年4月20日のことである。市村第二大隊長は各隊長あて、次の命令を発した。

命　令

大隊は本夜、全員玉砕を期して出発する。各隊は全員斬り込みの服装とし、歩けない者は陣地に残置、日没を待ってそれぞれ陣前に集結し、別命を待つべし。

しかし、各隊が集結した夜22時、大隊本部が兵士に示した具体的な「別命」は、死守を誓った現在のクエンカ陣地を放棄し、マコロド山頂を目指して退路を切り開くための行進だった。——端的に言えば「クエンカからの退却」だったのである。

その夜、クエンカから望むマコロド山頂は霧に覆われ、白いカーテンが垂れ込めているようであった。道路は、くねくねと曲がった草原の一本道である。兵士たちはこの狭い一本道を、言葉を交わすこともなく、一列縦隊になって黙々と歩いた——。

なお、第二大隊がクエンカを退却しマコロド山頂を目指して移動していた頃、藤兵団（歩兵第十七連隊）主力もまた壊滅的な打撃を受け、マレブンヨの陣地からバナハオ山頂目指して移動していた。——第二大隊の正木隊と漁撈隊、海軍などはこの時、本部の指示により、第二大隊を離れてバナハオ山に向かっていたが、途中で度重なる襲撃に逢い、多数の兵士を失った。——バナハオ山に辿り着いたのは僅か数名だったという。

(6) マレブンヨー方面で

サンパブロの町を全焼

アメリカ軍は山岳地帯で、ジープで山岳砲を運んで来ては一日中砲撃を繰り返し、夕方には引き揚げていった。しかし、時には一晩中砲撃を続けることもある。日本の

マコロド山麓のタール湖畔から山頂を臨む
二機のアメリカ軍機（P38）が攻撃をしている

兵士たちは、こうした砲撃を「不寝番砲（ふしんばん）」と呼んだ。またグラマン・ロッキードが昼間低空飛行で攻撃してくるが、飛行士の顔がはっきり見えるほどになると、日本兵士はこれを「街道荒し」と呼んだ。――とにかく、敵の攻撃は間断がなかった。

ある風の強い夜である。憲兵隊の建物が敵の攻撃目標になるというので、その建物を焼き払うことにした。――早速火をつけたのであるが、折からの強風で火の手は拡がり、結局、一つの教会を残して、サンパブロの町全部を焼きつくした。――思わぬ大失火であった。

本部の兵士たちは敵の攻撃を避け、夜に限って焼け跡の処理に奔走した。焼け残った電柱を切り倒して道路に横たえ、戦車の障害物に使った。また、樹木に引っかかった不発の落下傘爆弾を下ろして、信管を抜き、爆弾を一纏めにして道路に埋めたりした。さらに、町全体が焼け野原になり、隠れる場所がないので、大通り両側の溝（深さ一メートル）から道路下にトンネルを掘った。

しかし、日本軍の劣勢は変え難く、サンパブロから退却した時点で、兵士の数は「大隊」の名には全く価しないほど、ごく少数の兵士しか残っていなかった。

「命の水汲み」で落命

本部が置かれた背後の谷間には、少量だが、飲み水の湧き出る場所があった。各部隊の兵士たちは、とくに夕方になると水汲み場に集まった。ところが、アメリカ軍は、その集まった時刻を狙って猛攻撃をかけるのである。——水場周辺には、飯盒を片手に、岩間に首を突っ込んで死んでいる兵士や、水筒を持って、水の中に顔を入れたまま死んでいる者もいた。

アメリカ軍は四方八方から野砲・戦車砲・迫撃砲を撃ち込み、空からは猛爆撃・機銃掃射を仕掛ける。おまけに油の入ったドラム缶を落として山を焼くのである。さらに、山麓からはゲリラが草山に火を付け、焼き討ちを狙った。——日本軍の隠れ場所をすべて取り払う戦法であり、日本の兵士にとっては、まさに「この世の地獄」とも言える状態であった。

第7章　追い詰められた日本軍

【日付表】

一九四五（昭和20）年

4月21日　第二大隊、マコロド山頂に到着し最後の布陣。自活とゲリラ戦に入る。クエン力陣地偵察斥候派遣、展望哨・分哨の常時配置を決める。

4月21日　第十七連隊主力が、隠密裏に脱出して、サンタクララからタヤバス州バナハオ山へ移駐。

5月13日　第十七連隊主力はサンタリストハル山頂でゲリラ戦を展開。第二大隊との連絡は途絶。

6月18日　アメリカ軍マッカーサー司令官が、ルソン島の戦闘は終了したと声明。

8月15日　天皇の「終戦」詔勅放送。

9月17日　二人の軍使がマコロド山頂に現れ、投降と下山を説得。

9月19日　第二大隊が軍使の説得を受け入れ、武装解除して下山・投降。
9月21日　第十七連隊主力もバナハオ山頂で降伏を決定。
9月27日　連隊主力、バナハオ山頂を下山、カンルーバン収容所に入る。

(1) 大隊本部の権威失墜

中隊本位の集落中心に

マコロド山頂に撤退してからの第二大隊は、大隊長と大隊本部の威信を急に低下させた。――兵士には「全員玉砕」を訴えながら、自らクエンカ陣地を放棄して撤退したからである。マコロド山頂に布陣してからの大隊本部は、撤退理由の他にも、さらにいくつかの「不信の原因」を自分で作っていた。

その一つは、大隊本部は布陣に際して、例えば「谷間の水」に最も近い場所に陣取るなど、特別に好条件の場所を「独り占め」してきたことである。二つ目は、兵士の身体維持に最も必要としていた「塩」を持っていながら、兵士には全く分配しなかったことである。さらに第三は、大隊本部自身が藤兵団（連隊本部）との連絡手段を失い、すでに各部隊を統率する力量を失っていたことである。

第二大隊は、大隊として布陣をするのではなく、各中隊や小隊が、それぞれ自主的に集落を形成して自活自衛する「屯田兵」のような形態になっていた。

第二大隊がマコロド山頂に入って約一ヶ月間は、どの「集落」も、防戦準備と生活のための分隊壕つくりに忙しかった。——いつ登ってくるかしれない住民ゲリラに対して、または山麓からマキシム機関銃やカルビン銃で打ち上げてくるアメリカ軍に対して、兵士たちは、取りあえず自分のタコツボと銃座を作るのに懸命だった。また、分隊が一緒に眠るための分隊壕作りを急いだ。そこには乾草を敷いて、腰掛兼寝床のような場所と、テーブル風の道具まで並べた。

アメリカ軍の「飛び道具」

ここで、アメリカ軍の軍備について述べておこう。

まず、飛行機からの銃撃と爆撃である。さらに地上軍からの迫撃砲やバズーカ砲、戦車からの速射砲、それに照明弾・信号弾・火焔放射機・マキシム機関銃・カルビン銃などである。——どの兵器を見ても日本軍のそれより精巧で、数量も圧倒的に多い。飛行機だけを見ても、ボーイングＢ29（註35）の巨大さ、ノースアメリカンの黒い蝙蝠やダグラスＴＢＦ（註36）の快速、グラマンＦ６Ｆ（註37）の軽快な艦載戦闘機など、こうした高性能の航空機が、一〇〇機～二〇〇機の規模で襲いかかってくるのである。――アメリカ軍の飛行機の数が、日本軍兵士の小銃の数より多いと言われた戦闘である。「勝ち目がない」のは当然であった。

佐藤栄太郎一等兵の負傷

中隊の陣地には、常時二ヶ所に監視所を設けて、特にゲリラの侵攻を警戒していたが、その一つはクエンカ正面の一本道上り付近に置かれていた。またもう一つは、その左の稜線の突端、タール湖岸の通路口にあった。

ところで、６月だったろうか。このタール湖畔の展望硝が、ある日、不意に住民ゲリラに襲われ、立哨中の佐藤栄太郎一等兵が狙撃された。――山麓で人の気配がするので、樹上から双眼鏡で監視していたとき、一発の銃弾が佐藤の胸を前方から貫いたのであった。

戦友に負われて治療室に入った佐藤一等兵の傷口は、射入孔が両乳のほぼ中央部で、小指が入るほどの大きさだった。そして背中の射出孔の方は、握り拳が入るほど大きく広がっていた。ひどい出血である。

中隊は、大隊本部から軍医を大至急呼んだ。――軍医はマーキュロクロムで傷口を消毒し、止血の処理をしてから、粉薬を一服飲ませた。そして、しばらく様子を見守ってから、いかにも自信ありげに「急所から外れているから、出血さえ止まれば、あとは心配ない」と言った。

——こうして、佐藤一等兵が一命をとりとめたことは、兵士たちにとって、全く予想ができなかっただけに、本当に嬉しい結果だった。

(2) マコロドの食料事情

糧秣受領班の活動

第六中隊は全員を三班に分けて、それぞれの任務を全うすることにしていた。——A班は糧秣受領班、B班は警備勤務班、そしてC班は待機休養班である。

糧秣受領班は通常「イモ掘り隊」と呼ばれていたが、班員は日没を待って、ズックの背嚢や麻袋（ドングロス）を持ち、山麓まで約一〇キロの距離を下山し、食料を集めてくるのである。

——出発時には中隊長に挨拶し、小銃は必ず二丁以上を持ち、日没に出て朝日の出までは帰ってくる仕組みだった。

糧秣受領班の最大の狙いは、常食の「地隙イモ」と呼ばれる里芋の一種である。またカモテカホイと呼ばれる甘蔗に似た木薯がある。こうした薯類が、モンキーバナナの蒸し焼きとともに、マコロド山の主食となっていた。

糧秣にはその他にも副食物として、バナナ・パインアップル・セントレース・シャンヤップ・パンの木・椰子の実・ザボン・パパイヤ・マンゴー・オレンジ・アポガドなどを手当り次第に取った。野菜類では日本とほぼ同じ隼人瓜・芽生姜・唐辛子・茄子・ささげ類・トマト・南瓜・オクラなどであるが、兵士たちはこれらの農作物を、住民がいなくなった畑に入り込んで、勝手に掠めてくるのである。――兵士たちはこうした行為を、もともとは「ガメてくる」と言っていたが、最近は「受領してくる」と言い換えるようになっていた。

糧秣受領のノルマ

糧秣受領班は、それぞれの班長の指示に従って、まず薯を三人分＋アルファだけは必ず掘らなければならない。ひとり一日分三本とすれば、九本プラス二本＝十一本がノルマである。これは、警備勤務者の分と待機休養者の分と自分の分になり、あとの二本は中隊本部壕に貯蔵するのが一本と、植えるための苗が一本である。――貯蔵分は万が一、下山不能の時に備えての分であり、さらに苗の分は、長期対策のため、ガンペ農園に計画通り植え付けられた。

蛋白源に牛十一頭を確保

山豚（アポイ）は鉄砲玉より早く走るといわれる。また鶏（マノ）は雉より遠く飛ぶので、なかなか捕まらない。おにぎり大の蝸牛や小さな沢ガニ、蛇・ネズミ・蜥蜴などは時折捕まるが、大きな蛇はいなかった。

ところで、兵士たちが動物蛋白の不足に悩んでいるとき、第六中隊では、とんでもない情報が入った。——阿部軍曹の分隊六名が、生きた牛を十一頭連れて、一〇キロ離れた山麓から山頂にやってきたという情報である。

阿部軍曹らが出かけた場所は、タール湖畔の五～六軒続いた民家だった。——全部空き家で、近くに船着き場がある。そして傍の立木には、牛が十一頭繋がれていた。湖の沖合からは大型バンカー（丸木舟）が二隻、こちらに向ってきたのを見ると、恐らく、この十一頭の牛を、向島のボルカノ島に運ぶつもりではなかったろうか。

阿部軍曹らは、急いで牛に手をかけ、手分けして引っ張り始めた。ついでに、干してあった煙草の葉も「調達」し、マコロド山頂目がけて急いで引き返したのであった。

途中まで来て、住民たちが追ってこないと判断した兵士たちは、連れて来た子牛を一頭、潰して食べた。さらに、途中の一軒家でパライ（籾）を発見したので、靴下で籾擦りをして玄米を作り、六人で腹いっぱい食べることができた。

牛肉の分配と大隊本部

牛を引き連れて第六中隊に帰った阿部軍曹らは、「殊勲甲の大手柄だった」と、全員から英雄視された。——とくに阿部軍曹は湯沢市の農家出身で牛の扱いに慣れており、「人間の登る山坂は、牛も必ず登る」と言っていた。それで一〇キロメートルの険しい山道を十一頭も引き連れてくることができたのだろうと、もっぱら評判だった。

その夜、第六中隊は、一頭を屠殺して近隣の各部隊へ配った。さらに一頭を料理し、第六中隊全員で食べた。そして残った肉はそれぞれの飯盒に詰めて、本当に久しぶりの満足感を味わった。

ところで、小林中隊長代理は、第二大隊本部が塩を独り占めにしたことを遺恨に思い、第二大隊本部に対しては、「一片の肉も分ける必要はない」と、頑なに頑張った。

しかし、大隊本部は牛肉の件を知って、翌朝、第六中隊に早速伝令を寄越した。——「牛が鳴くとゲリラが登ってくる。牛を早く屠殺するように」という指示である。

指示内容が余りにも幼稚なので、中隊側では暫らく黙殺した。――が、間もなく一枚の通信紙で、再び大隊長の指示が入った。

作戦命令第〇号

第六中隊長は明〇日〇時までに牛を屠殺すべし

大隊長　　市村　勲

という内容である。

日本の軍隊では、上級機関からの作戦命令は絶対である。もし違反したら、牛の屠殺に止まらず、中隊長の命に直接かかわる問題ともなる。――第六中隊ではやむを得ず、その日のうちに二頭を特別任務で離れている加藤小隊へ、他の五頭は乾燥肉として、各分隊に均等に分配した。

(3)　大隊と中・小隊の確執（かくしつ）

岩井芳夫一等兵の戦死

第二大隊本部と第六中隊との確執（かくしつ）（不和）は、塩だけではなく、水飲み場の問題でも起こっていた。湧き水の場所を本部が独占したことに対する不満である。

第六中隊は、本部前の水汲み場が利用できない場合は、若干遠いが、デタ方向の崖下まで行くことにしていた。――途中でゲリラに襲われる危険を知っていたが、やむを得なかった。

しかし、その危険が現実となった。――作業隊の兵士が牛を連れて帰ってきたとき、その後を尾行してきた現地ゲリラとアメリカ兵が、たまたまそこに水汲みに来た岩井一等兵を見つけて、小銃で射殺したのである。――岩井一等兵はそのとき、クエンカで負傷した左手を、首から包帯で吊っていた。また、戦友の分まで水を汲むため、首から肩まで水筒をぶら下げていた。それでいて片手で岩場を下り、水を汲んでいたのである。不意の襲撃を躱(かわ)すことなど全く不可能であった。――頭部を撃たれて即死である。

岩井一等兵の遺体はマコロド山頂に運ばれ、他に戦死した三名の遺体とともに、手厚く葬られた。――第六中隊ではこれまで、一〇〇名近い兵士が戦死したが、墓標を建て、葬儀を行った兵士はこれが初めてであり、そして最後であった。

加藤第三小隊の特殊任務

マコロド山から尾根伝いに約一〇〇〇米(メートル)離れたところに、閉鎖的な地形の突端がある。マコロド山の搦手(からめて)に相当する場所だが、ここは密林から離れ、健康上申し分のない高地で、重傷者の休養には最高の適地であった。

大隊本部はここに、一個小隊を配置するよう第六中隊に命じた。それで派遣されたのが、加藤貞克准尉の率いる第三小隊であった。

第三小隊には、安部忠雄と山崎金松という二人の衛生兵がいた。——加藤小隊に特別配属された重傷者を看護することが、この二人の衛生兵の任務であった。

重傷者の一人は、某協力部隊の見習士官であった。この士官は斬込隊長としてアメリカ軍幕舎を夜襲し、相手の部隊を潰滅したが、その際、敵弾に顎（あご）を撃ち抜かれた。だが、それでも血刀を振り回し、単身で脱出したという逸話の持ち主であった。

しかし、顎（あご）がないのでは、話すことも食べることもできない。衛生兵たちは、万事筆談で相手の希望や意見を聞き、またゴム管を使って、イモ汁などを咽喉に流し込んでいた——。

いま一人の重傷者は、佐藤鉄次という擲弾筒手であった。——加藤小隊で奮戦中に、左大腿部を砲弾でやられ、ガス壊疽（えそ）になった。

ところで、安部衛生兵が止血帯をしているとき、「加藤小隊は中隊主力に合流せよ」と命令が入った。それで兵士たちは、佐藤重傷者を代わる代わる背負い、一〇キロメートルの険しい山道を歩き通した。

壊疽が悪化すると、人体には生きながら蛆が湧く。衛生兵はこの蛆を、毎日のように一つ一つ箸で取り除いた。

しかし、こうした衛生兵と戦友たちの看護も空しく、顎を失った某見習士官は一九四五（昭和20）年7月26日、佐藤擲弾筒手は同年8月3日に、それぞれ息を引き取った。

ある逃亡軍曹の消息

正木重砲隊のある古参軍曹が、突然離隊し逃亡したという噂が以前からあった。名前は高橋政雄で年齢は40歳を越していた。

第二大隊がマコロド山で戦闘中のある日、高橋軍曹は、タール湖畔で、加藤小隊の某兵士に偶然会ったという。――背負い袋を肩に、小銃は持たず、帯剣だけだったそうである。また別の兵士の話では、湖岸の岸壁に座禅を組んで座っている姿を、遠目に見たという。

こうした「噂」を耳にした市村第二大隊長は「見つけたら即刻射殺せよ」と、部隊に厳命した。ところで、その高橋軍曹がある日、忽然と加藤小隊の洞窟を訪ねて来たのであった。――「マラリヤに罹ったので、二〜三日休ませてください」という話である。

軍律をもってすれば、殺害命令の出ている脱走兵を、加藤小隊は受け入れることはできない。

——しかし加藤第三小隊長は、この脱走兵を潔く受け入れたのであった。

加藤小隊長の決断は、間もなく、市村第二大隊長にも伝わった。——そして大隊本部からすぐに、「加藤小隊長は、明日、高橋軍曹を大隊本部に連れてこい」という通知が入った。

ところが、その大隊からの通知が届くか届かないうちに、当の高橋軍曹は、第三小隊に迷惑がかかると思ったのか、どこかへ飄然と姿を消してしまったのであった。

その後、高橋軍曹がどうなったか誰にも分からない。収容所でも帰還船でも、その姿を見た者はなかった。——密林の奥で一人寂しく死に果てたのか。あるいはゲリラの仲間になって、フィリピンの何処かで生き延びてきたのだろうか——。現在まで全く不明である。

日本兵の首に懸賞金

一九四五（昭和20）年7月14日、菊地軍曹ら数名が、マコロド山中腹斜面の甘蔗畑に糧食「調達」に出かけた時のことである。不幸にして住民に発見され、銃撃を受けたが、その時の銃弾で菊地軍曹は即死し、他の負傷した兵士は逃げ帰った。——このとき、菊地軍曹の左腕と上衣が住民ゲリラに持ち去られたのであった。

それから一ヶ月経った同年8月14日、菊地軍曹の命日でもあったので、第二大隊本部付の武本清巳中尉は、本部付兵士を連れて第六中隊を訪れ、菊地軍曹の霊を弔うために、現地の甘蔗畑まで出かけた。

ところが、この武本中尉の現地訪問が、再び現地ゲリラの標的となったのである。——武本中尉はその場で即死し、他の兵士は逃げ帰ったが、この時に殺害された武本中尉の左腕と上衣も、やはりゲリラに持ち去られた。

そのころ、ゲリラが殺害した日本兵の左腕と上衣を持ち去る「異様な行為」は、決して偶然ではなかった。——戦後になって初めて知ったことであるが、当時の現地住民には、日本兵を殺害すると賞金にあり付ける仕組みができていた。——将校は10万ペソ、下士官は5万ペソ、兵士は1万ペソ、などである。……殺害死体から奪い取った左腕と上衣が、その証拠品であったことは間違いない。ちなみに、当時、バナナ一本が10ペソ（軍票で10円）であった。

第8章　投降と収容、軍事法廷

(1)　投降・降伏をめぐって

アメリカ軍の投降作戦

この頃、朝になると、山麓のデタ村周辺からマコロド山頂向けて、毎日のようにスピーカー放送が行われるようになった。

まず始まるのが日本語の「懐かしのメロデイ」である。「空にさえずる鳥の声」と「美しき天然」の曲が流れる。――それから女性の声で「日本の兵隊さん、お早うございます」と挨拶が続く。「勇敢な市村大隊の皆さん。日本の敗戦はもう決定的です。無益な戦争は止めて、一日も早く、可愛いい妻子や父母が待つ日本へ帰りましょう」といった調子である。

さらに「傷病兵の皆さん。白旗を持ってクエンカの道路に出てください。見通しの良い場所で、手拭でも結構です。それを振ってください。アメリカ軍のジープがあなたを野戦病院に運びます」ともアナウンスした。

こうした放送が終ると、再び銃弾がマコロド山頂目がけて撃ち込まれた。――頭上で炸裂する空雷めいた爆弾が増えたようでもある。

夕方になると今度は、アメリカ軍の一隊が山麓を半周し、豆を撒くように、銃弾を闇雲(やみくも)に撃って帰ってしまう。こうした行為が彼らの日課であった。――まさに「和戦両様の構え」で、日本軍に「揺さぶり」をかけてきたのであった。

「二人の軍使」が登場

一九四五(昭和20)年9月17日、分哨の任務に当たっていた杉田重三郎兵長によると、山麓の台地までアメリカ軍のジープが三台入ってきて、一個分隊程の兵士を下ろし、すぐ引き返したという。――いつもと様子が違うので、杉田兵長は、登ってくる敵の兵士軍に向けて、小銃を一発撃った。

しかし、敵の兵士たちは、何か喚(わめ)いて手を振っている。兵器は持っていない。全員が両手を挙げて立ち止まったが、その兵団のなかから、日本人か二世らしい二人の兵士が姿を現した。そして、静かな口調の日本語で「私たちは軍使です。心配しないでください」と告げた。

杉田分哨長は、この「二人の軍使」を小林中隊長代理に案内した。小林中隊長代理はすぐ「二人の軍使」を連れ、大隊本部に出向いた。――軍使の一人は海軍主計大尉某といい、もう一人は海軍上曹某といっていたが、二人とも銃剣や軍刀、襟章などは身につけていなかった。

徹底抗戦かまたは投降か

徹底抗戦かそれとも投降か、この二つの路線を巡って、兵士たちの意見は大混乱となった。しかし、日本はすでにポツダム宣言を受諾し、8月15日には天皇陛下の詔勅放送で敗戦を認めていた。――大勢が決まった以上、第二大隊もその路線に従うのは当然の帰結であった。

ただ、多くの兵士たちが抱いた不安は、仮に投降した場合、果してアメリカ軍や現地ゲリラが、約束どおりに日本人兵士の帰国と安全を保障するかどうかであった。

第二大隊の兵士たちは、約束が反故にされた場合を考え、食料や兵器の一部を敵側に渡さず、マコロド山頂上の壕の中に埋めておいた。また、下山のときは、山頂から山麓までは一本道で「一列縦隊」を取らざるを得ないが、丘陵に出たら、「だまし討ち」と判った場合、すぐ隊形を変えて「散開攻撃前進」の隊形を取るように、あらかじめ秘かに「打合せ」をしておいた。

(2) 黙々と武装解除へ

第二大隊の武装解除

武装解除の時点で、第二大隊の隊員は総勢二〇〇名もいたろうか。延々と一列に続いてマコロド山正面の道を下山した。一九四五(昭和20)年9月19日、眩しいほど晴れた霧深い朝であった。大隊はデタ部落の裏側の小高い丘に下り、そこで武装解除が行われた。——市村第二大隊長は通訳を伴って敵将の前に進み、腰の佩刀を敵将に渡した。

やがて、向こうの通訳を通して指示があり、将校の軍刀や拳銃、兵士の銃と剣、弾薬などが草原に積み上げられた。——自分の銃に捧げ銃をしてから手放す兵士もいた。誰も言葉はない。引き渡し式はごくスムーズに、短時間で終了した。なお、鉄帽だけは収容所まで被って行くようにと、通訳から特別に指示があった。

護送トラックに住民の怒り

間もなく、トラックが数台到着した。トラックには一台約五〇名の兵士が積み込まれ、荷台の幌(ほろ)が下りた。トラックの周囲にはカルビン銃を小脇に抱えたアメリカ兵が護衛に当たっていた。――誰も、何も言わない。車のなかは静まり返っていた。

沿道の村々では、住民が走りながら幌（ほろ）を抉（こ）じ開け、「イカオ・パタイ（お前ら死ね）」などと罵（ののし）られた。石を投げつけ、嘲笑（あざわら）っている住民もいた。――トラックは、できるだけ住民のなかでは停車しないように走り続けた。

リパ市を通過するときだったと思う。住民のなかで、トラックに向かって発砲した者がいた。護衛のアメリカ兵は、すぐ威嚇射撃で返したが、下手をするとトラックも立ち往生させられ、住民・アメリカ軍そして日本兵を巻き込んだ騒擾に発展する可能性を含んだ沿道の雰囲気だった。

第十七連隊本部の武装解除

さて、一九四四（昭和19）年9月にリパで第二大隊と別行動をとって以来、後退に後退を重ねた第十七連隊本部と主力は、一九四五（昭和20）年4月29日、サンタクララからさらにバナハオ山に移駐し、七合目に兵団本部を設定してゲリラ戦を展開していた。

やがて、8月15日の終戦日が過ぎると、アメリカの飛行機は連日のように飛来し、終戦の報せと降伏勧告のビラを撒くようになった。

こうした情況のもとで、藤重正従（まさとし）連隊長は同年9月15日、上原善一少佐と伊藤正康大尉を呼び寄せ、「投降工作について、軍師としてアメリカ軍の陣地に赴くように」との指示を下した。

連隊長の指示を受けた二人の「軍使」は、白旗を掲げ、丸腰になり、アメリカ軍の陣営に臨んだ。そして、さらにモンテンルパの収容所に出向き、収容中の元第八師団長横山静雄中将と面会して、「降伏と下山」の口頭命令を受けた。

二人の「軍使」から横山元師団長の命令を聞いた第十七連隊長藤重正従は、ここで初めて正式に「降伏・下山」の意を決し、9月25日、その旨を隷下の部隊組織に伝えたのであった。

連隊本部の最後の砦・バナハオ山中で

一九四五（昭和20）年9月26日、第十七連隊はバナハオ山を下山し、数ヶ所に分かれてアメリカ軍による武装解除を受けた。――連隊本部と主力はタヤバスの小学校前で武装解除され、そのまま捕虜となって全員がトラックに乗せられ、当日夕刻には、カンルーバンの日本人捕虜収容所に入った。

(3) カンルーバン収容所へ

収容所の実態について

フィリピンには、琵琶湖ほど大きいラグナ湖がある。その湖畔にはカランバの町があり、カンルーバン草原が広がっているが、この草原の一角にカンルーバン第一収容所があった。――周囲には三重に有刺鉄線が張り巡らされ、四隅に火の見櫓風の監視塔が立っていた。

ゲートを潜る（くぐ）とき、必ず身体検査がある。素っ裸にされて散粉器で消毒され、褌まで取り上げられ、アメリカ兵のお古を着せられるのであった。その古着の背中にはＰＷ（捕虜）と、ペンキで大きく書かれている。――個人的に支給されたものは、ステン製の食器とコップそれにチリ紙だけである。以前からの個人の持ち物や衣服類は野外に運び出され、すべて焼却された――。

食事は一列に並んで、幕舎長立ち合いで配食される。食塩一個とお粥（かゆ）、それにお茶だけであった。

お茶は時折コーヒーやミルクと変わることがあるが、給食の行列から一度はみ出すと、あとは食事に有りつけない。栄養失調で野垂れ死してしまえば、その死体はテントの横に莚(むしろ)をかけて寄せられ、ゴミ同様に車に積まれて野外に運ばれていく。――こうして絶命した男たちが、この収容所では、数日間に数十人も見られたのであった。

(4) 戦争裁判と判決

アメリカ軍の裁判

フィリピンで武装解除され、戦犯容疑者としてカンルーバン収容所に収容された日本人兵士は約二万名であったが、これらの兵士たちは収容所内で「予備審問」に付された。

戦争犯罪を裁く軍事裁判は、第一回がアメリカ軍によるマニラ軍事裁判で、一九四五（昭和20）年10月8日に開廷し、一九四七（昭和22）年4月15日に終わった。――この裁判では「予

カンルーバン収容所の一部

備審問」者のなかから二一二名が起訴され、一一七名が有罪となった。その判決内容は、死刑六九名、終身刑三三名、有期刑七五名である。

次に、アメリカ軍の裁判で有罪とされた歩兵第十七連隊の関係者を列記しておく（註38）。

★歩兵第十七連隊本部関係
・藤重　正従（まさとし）　連隊長　大佐　絞首刑
・上原　善一　連隊付　少佐　絞首刑
・大野　肇　連隊付　中尉　絞首刑

★サンパブロ関係
・中田　善秋　軍属　懲役30年

★カランバ関係
・種市　幹雄　第七中隊長　中尉　懲役15年
・坂田　勇蔵　懲役15年
・山田　太一　懲役15年
・菅藤　文治　懲役15年

★ タール・バウアン関係

・萩野　舜平　大隊副官　少尉　銃殺刑
・最上善一郎　作業小隊長　曹長　終身刑
・小林　一郎　中隊長代理　准尉　終身刑
・伊藤鉄三郎　指揮班長　准尉　懲役30年
・福岡千代吉　砲兵小隊長　少尉　懲役25年
・保坂　信吉　懲役20年

フィリピン軍の裁判

一九四六（昭和21）年7月、フィリピンは独立した。この独立によってアメリカ軍による軍事裁判は中止され、残りの業務はフィリピン軍が引き継いだ。

フィリピン軍による軍事裁判は、一九四七（昭和22）年8月から一九四九（昭和24）年末まで続けられた。この間、あらたに起訴された兵士は一六九名で、うち一三三名が有罪となった。その内訳は死七八名と終身刑以下五五名である。

次に、フィリピン軍の裁判で有罪とされた歩兵第十七連隊の関係者を列記しておく（註39）。

★フィリピン軍による裁判結果

・工藤忠四郎　第十中隊長　中尉　絞首刑
・伊藤　正康　連隊本部付　中尉　絞首刑
・正木　将一　重砲中隊長　大尉　絞首刑
・増田　正七　重砲隊所属　准尉　無　期
・浜田　義男　一一九漁撈隊　絞首刑
・石川　明　第一大隊員　無　期
・佐藤　勝美　野砲八連隊　無　期
・市村　勲　第二大隊長　大尉　無　期
・尾張　三郎　第二大隊副　中尉
・小林　正貴　一〇六漁撈隊　絞首刑
・山本　徳蔵　第中隊長　中尉　無　期
・小林　勇作　飛行場大隊　無　期
・鳩貝　吉昌　憲　兵　准尉　銃殺刑

・片山　栄　憲　兵
・佐藤　又三　タール関係　無　期
・佐々木春夫　カランバ　絞首刑
・後藤　祥造　タガイタイ　絞首刑
・藤井六次郎　〃　〃　無　期
・畑山　芳美　飛行場大隊　絞首刑
・高橋　寅吉　〃　〃　絞首刑
・浅野　敏男　〃　〃　絞首刑
・中嶋　昌平　〃　〃　絞首刑
・堀江　留吉　〃　〃　絞首刑
・佐藤　一郎　〃　〃　銃殺刑
・小野山政一　〃　〃　絞首刑
・根本　武二　〃　〃　絞首刑

第9章　戦争終結に向けた動き

(1)　軍事裁判による処刑執行の数々

アメリカ軍下の処刑執行

アメリカ軍による死刑執行は、首都マニラの南東部でラグナ湖周辺に位置するマンダルヨソグ・カンルーバン・ロスパニオス南部の三ヶ所で行われた。日本軍の主な「戦犯」は、山下奉文大将・田島彦太郎中将・洪思翊中将・河野毅中将・大杉守一中将らであり、歩兵第十七連隊では連隊長藤重正従（まさとし）大佐・上原善一少佐・大野中尉などであった。——上原少佐と大野中尉は一九四六（昭和21）年6月14日、藤重連隊長は同年7月17日に処刑された。また萩野舜平少尉（大隊副官）は一九四七（昭和22）年9月3日に銃殺刑となった。

なお、アメリカ軍下で有期刑・終身刑を受けた「戦犯」は、モンテンルパ近郊のニュービリビット刑務所に収容されたが、この収容所には間もなく、米軍キャンプに収容されていた未執行の死刑「戦犯」者二一名も新たに加えられた。

一九四七（昭和22）年3月、フィリピンが独立すると、アメリカ軍は軍事裁判を中止し、その業務をフィリピン軍に引き継いだ。カンルーバン収容所は閉鎖され、無期懲役以下の日本兵「戦犯」既決者は日本の巣鴨に送られることになった。そして約五〇〇名の未決者は、すべてマニラ郊外のマンダルヨング・キャンプに送られた。さらに同年12月1日には、この時点で残っていた一三九名のアメリカ軍事裁判下の未決者全員がモンテンルパの収容所に入り、名実ともに、フィリピン政府の管理下で裁判が行われるようになった。

フィリピン軍下の処刑執行

フィリピン軍下の裁判で「死刑第一号」に挙げられたのは、第十七連隊の第十中隊長工藤忠四郎中尉であった。起訴理由は「バイにおける住民殺害の責任」であった。

ところで、工藤被告と同じ事件の被告であった伊藤正康中尉は、工藤被告の証人として法廷に立ち、「工藤被告と第十中隊はバイの住民殺害と無関係である」と、事実に基づいて証言した。——しかしフィリピン側の検事は、「証人自身も同じ罪名で起訴されており、証言は信用に価しない」と主張し、伊藤正康証人の口を封じたのであった（註40）。

こうして工藤忠四郎被告の「死刑」は確定した。そして、その判決から間もない一九四八（昭和23）年8月13日（金曜）の夕方、工藤被告は何の予告もなく呼び出され、処刑台の露と消えたのであった。

裁判権がアメリカ軍からフィィリピン軍に移ってから、極刑の人数は増えた。また処刑もスピードをあげた。――工藤忠四郎の処刑に続いて、同年11月10日、さらに二名が処刑された。なお、一九四九（昭和24）年と一九五〇（昭和25）年は処刑がなかったが、一九五一（昭和26）年1月19日には、突如として十四名が呼び出され、処刑が執行された。

(2)　講和条約締結と「戦犯」釈放の運動

講和条約をめぐる国際的な動向

一九四五（昭和20）年8月15日、日本政府がポツダム宣言を受諾したことで、第二次世界大戦はようやく終わりを告げた。

ポツダム宣言は「日本が完全に軍国主義を駆逐し、平和的民主的国家を樹立するまで、連合国の占領軍は引き続き日本に駐留するが、こうした新しい国家を樹立するに相応しい政府が樹立された場合、連合国の占領軍は、日本から直ちに撤収する」ことを明確にした。――この宣言の署名国は、アメリカ・イギリス・中国・ソ連そして日本である。

ところが、その後、ポツダム宣言に署名したこの五ヶ国のなかに、新しい変化が起った。――ポツダム宣言の趣旨に反して、アメリカが日本の単独駐留を恣にし、日本政府と歩調を合せながら保安隊（自衛隊）を創設させて、これを軍隊として育成し始めたのである。

一九五三（昭和28）年4月28日に締結された「講和条約（日本国との平和条約）」は、「ポツダム宣言に反した講和条約」であった。アメリカと日本政府は、戦後の日本に特定国（アメリカ）の長期駐留を許し、日本をソ連・中国などの社会主義国に敵対する「反共防堤」に組み込むために、、「日本の再軍備」を着々と進めていったのであった。――これに対し、ソ連・中国・インド・ビルマなどがこの講和条約に反対したのは、極めて当然であった。

ポツダム宣言はまた第九条で「日本国軍隊は完全に武装を解除せられたる後、各自の家庭に復帰し、平和的かつ生産的な生活を営む機会を得しめらるべし」とも明言していた。――ところが、アメリカ主導の新たな講和条約では、このポツダム宣言の主旨も生かされず、フィリピンに収容されていた日本人兵士と、一日も早い帰国を待つ家族の不安は、日増しに大きく拡がっていった。

こうした時期に、収容された兵士と家族の願いを取り上げた大ヒット曲が生まれた。――歌手渡辺はま子の歌った「あゝ　モンテンルパの夜は更けて」である。作詞・作曲ともに第十七連隊の元兵士であった。参考まで、次に紹介しておこう。

あゝ　モンテンルパの夜は更けて　　作詞　代田銀太郎
　　　　　　　　　　　　　　　　　作曲　伊藤　正康

モンテンルパの夜は更けて
つのる思いにやるせない
遠い故郷　しのびつつ
涙に曇る月影に
優しい母の夢を見る

燕はまたも来たけれど
恋し吾が子はいつ帰る
母の心はひとすじに
南の空へ飛んで行く
定めは悲しい呼子鳥

モンテンルパに朝が来りゃ
昇る心の太陽を
胸に抱いて今日もまた
強く生きよう倒れまい
日本の土を踏むまでは

フィリピン大統領の英断＝特赦

ところで、ポツダム宣言の第九条「日本人兵士の家庭復帰」が、新たな講和条約（日本国との平和条約）のもとで「事実上の棚上げ」をされてきた時期、フィリピンでは突然、大きな朗報が齎（もたら）された。——一九五三（昭和28）年7月4日、エルピデオ・キリノ大統領が日本兵士に向けて「特赦」を発表し、すでに死刑の判決が下っていた兵士を含めて、すべての日本兵士を無罪とし、直ちに日本に返すことを約束したのであった。

実は、キリノ大統領はマニラの攻防戦で、自分の妻アリシアと長女、次男と三女を日本軍に殺害されていたのであった。——しかし、それにも拘わらず「特赦令」で日本人兵士の命を救ったキリノ大統領の英断は、世界中から大きく歓迎された。

アメリカ軍とフィリピン軍の軍事裁判で有罪判決を受けた「戦犯」たちは、既に処刑された兵士を除いて、一九五三（昭和28）年7月22日、フィリピン裁判で処刑された一七名の遺骨とともに、無事横浜に上陸した。そして、終身刑と有期刑の兵士たちはすぐその場で即時釈放され、家族のもとに帰った。——なお、死刑判決を受けた兵士たちは一時巣鴨拘置所に収容されたが、一九五三（昭和28）年12月30日には晴れて釈放され、彼らもまた、懐かしい家族のもとに帰ったのであった。

完

【追録】　蔦屋氏の戦争体験記録

【前　記】

蔦屋勝四郎氏は、九人兄弟の四男として横手市に生まれた。尋常小学校を卒業後東京・浅草の草履店に奉公したが、父から「兵隊でまんま（ご飯）を食べるよう」に言われて自ら軍隊を志願。一九四二（昭和17）年、秋田市の陸軍歩兵第十七連隊に入隊した。

入隊後、蔦屋氏は歩兵第十七連隊の一員としてフィリピンに向かったが、途中、釜山で連隊内部の改編が行われた際、第一大隊第一機関銃中隊に配属され、フィリピンに渡って以後は、第三小隊長斎藤末五郎准尉の指揮下に入った。軍曹で分隊長を勤める。

次の引用文はすべて「横手郷土史研究会」（第90号）の拙稿「横手市民二人の戦争体験記録」からの転載である。同研究会に謝意を表しながら、次にその全文を紹介したい。

あらたな任地を見廻る歩哨の兵士

❶ 秋田で基礎的な訓練を受けた後の同年3月末、蔦屋氏は満州に渡ったが、「役に立たない」と現地の中隊長に判断され、基礎訓練を受け直させられた。

その後、中隊長の推薦を受けて兵隊の統率役である下士官になり、洗濯など身の回りの世話をしてくれる当番がついた。――当番がついて有難かったが、任務の初年兵教育は忙しかった。午前は実技、午後は学科の授業に追われた。

特に実技は、初年兵の目の前でやって見せないといけない――。

冬季演習が行われたのは、ソ連（当時）との国境地帯であった。――背嚢（はいのう）に入れた弁当は全て凍る。手袋をしたまま握れるフォークで食べ物を口に運ぶのだが、怪我をしないためにはコツがいる。フォークが口に触れないように、食べ物を口に放り込むようにして食べないといけない。蔦屋氏は古参兵からコツを伝授されていたが、初年兵は悲鳴を上げた。――鼻を擤（か）むと、鼻毛がバリバリと音を出し、鼻水も凍るのである。

ところで、蔦屋氏は、満州では戦闘に巻き込まれることはなかったが、しかし、満州における下士官としての「実技指導の経験」は、その後のフィリピンで、とんでもない「残酷な実技指導」の土台となったのである。

（8／12　朝日新聞）

❷ 陸軍歩兵第十七連隊がフィリピンに到着した一九四四（昭和19）年9月頃には、日本の敗色がはっきり見えていた。
　この時期、フィリピンでは、現地人ゲリラが捕虜になると、「人突き訓練用」ということで、銃剣で胸を突き刺す訓練の「道具」にされていた。これらの捕虜は、実際、蔦屋氏の部隊にも送り込まれてきたのであった。――蔦屋氏は、自分の体験をもとに、「銃剣で人間を刺し殺すことは難しい」と述懐する。――肋骨が邪魔になるし、躊躇すると人体の弾力にも阻まれる。銃剣の使用経験の浅い初年兵たちは、何よりも、殺される捕虜の恐怖や無念を思って不安になり、銃剣を手にしてたじろぐのであった。

（8／13　朝日新聞）

❸ 蔦屋氏は、初年兵を指導する下士官として、捕虜を相手に「銃殺の見本」を示すことになった。――ある日のこと、蔦屋氏は、「銃殺の見本」とするため連れてきた捕虜に対して、まず「目隠しが必要か」と聞いた。しかし捕虜は「いらない」と言う。「何か言い残すことはないか」と尋ねると「何もない」と答え、それから「アーメン」と叫んだ。――これがその捕虜の最後の言葉であった。――蔦屋氏は、最後の言葉を確認してから、捕虜の左胸をひと突きした――。
（8／13　朝日新聞）

❹ その頃、フィリピン周辺の制海権は、すでに米軍に握られていた。日本から南方に向かう輸送船などは次々と沈められ、後方からの食料など、物資支援は望むべくもなかった。

こうした食料事情のもとで、軍司令部から部隊に出された命令は、「現地で自活せよ」であった。

――蔦屋氏たちは、現地の住民から食料を掠奪するしか方法がなかったのである。――日本兵はフィリピン人たちの集落や畑に行き、掠奪を繰り返しては食い繋いだ。それで日本兵は、原住民からダロ（兵隊）、「ドロボー」と呼ばれて怨みを買ったのであった。

（8／13朝日新聞）

❺ 一九四五（昭和20）年3月、蔦屋氏が、マニラの南方にあるアラミノス地区で、道路脇に掘った壕（ごう）の中に潜み、敵の歩兵を待ち伏せする作戦に参加したときのことである。――ところが、敵の歩兵は現れなかった。そして、その代わりに、地響きを立てて現れたのが敵の戦車であった――。その戦車は、壕のすぐ横に止まった。

蔦屋氏が驚いて壕から顔を出すと、戦車の上のハッチが開き、敵兵とバッチリ目が合った。

蔦屋氏は次の瞬間、ハッチから顔を出した敵兵に、無我夢中でピストルを撃ちまくった。

一瞬、相手が倒れて動かなくなったので、蔦屋氏は壕を飛び出し、急いで逃げ出した。——周囲は爆風で草木が吹き飛ばされ、身を寄せるような物陰は何一つなかった。——この出来事について、蔦屋氏は後に、「フィリピン戦場で体験した数多くの局面のなかでも、最も緊張した局面の一つであった」と述懐している。（8／14　朝日新聞）

❻米軍に追い詰められ、食料調達も困難を極めた状況のなかで、現地住民に対する日本軍の掠奪行為は、いっそう強められた。——ところが、こうした極端な食料不足は、現地住民向けの掠奪だけではなく、日本軍の内部にも考えられないような「変化」を造り出した。——いままで、日本軍の兵隊が「食料の現地調達（掠奪）」に出かける場合は、通常「3人組」であったが、ところが、これが「2人組」に変わったのである。——何故か。蔦屋氏は次のように告白した。——3人組になっていると、一番弱っている兵隊が他の2名の兵隊に襲われ、殺害されて「食べられる危険」があったからである——と。

例えば蔦屋氏には、こんな体験があった。

ある日、蔦屋氏は、ゲリラ討伐の帰り道、他の部隊の兵士から声を掛けられた。「食べ物があるから」と言うので「何か」と質問すると、「ももだ」という答だった。——よく見ると、

軒先から、人間の片足が足首を上にしてぶら下がっていたのである。（8／14　朝日新聞）

❼ 米軍はまずゲリラを前に出し日本軍の戦力を確かめる。米兵の損傷を少しでも減らそうということだろう。日本兵の居場所が分かれば、後方から徹底的に砲撃する。日本兵の抵抗が少なくなれば、またゲリラを放つ。それが米軍の戦いだった。

日本兵を襲ったのはゲリラだけではなかった。赤痢やマラリア、そして激しい飢えが兵士たちを苦しめた。食料の補給は完全に途絶えて餓死者が続出した。また、日本軍には「生きて虜囚（りょしゅう）の辱（はずかしめ）を受けず」という戦陣訓があり、それが兵士たちを拘束した。「降伏」は堅く禁じられ、「敵前逃亡」は銃殺刑にされた。――伝染病にかかった者はそのまま死亡するか、多くは手榴弾で自決した。（4／8　秋田さきがけ）

❽ 秋田歩兵第十七連隊の戦友と一緒にマレプンヨまで退去した蔦屋氏は、毎日がタコツボ（穴）掘りだった。縦穴だけではなく、上空の爆撃から逃れるためには、横穴も掘らなければならない。いつも頭上を米軍の観測機が飛び回っていた。――穴掘りとはいっても、2人か3人がかりで一日以上はかかる重労働である。――こうして難儀して掘ったタコツボが

たった一回の爆撃で、一瞬にして消えてしまうのであった。

一方、米軍機の方は先ず、観測機で日本兵の位置を確認する。そしてその後に爆撃機が来襲し、大量の焼夷弾をバラまいていくのである。

米軍には、地上攻撃にも一つのパターンがあった。――まず、ゲリラがしらみ潰しにタコツボを探索し、それを戦車に知らせる。そして戦車がタコツボめがけて砲撃をしかける。――さらに加えて、反撃に出た日本兵を、遠くから米軍の狙撃兵が狙い撃ちをするというパターンである。そして、こうした攻撃を幾度も繰り返しながら、日本軍の抵抗がなくなったのを見て、掃討のための陣地を構築し日本兵が潜んでいた洞窟を、火炎放射器を使って焼きつくすなど、徹底した作戦であった。

（4／8　秋田さきがけ）

❾

蔦屋氏は次のように証言した。

「山は坊主(ぼうず)山になった。いくらヤシの葉っぱで陣地を隠しても、すべて露わになってしまう。タコツボは狙い撃ちされ、多くの将兵がやられた。生き埋めになり、焼夷弾を落とされ、多くの兵士が焼け死んだ」。

米軍はまた、山の中への進攻に当たって、ブルドーザーやショベルカーを導入した。日本側では「山くずし」と呼んだが、山を崩して地形を平坦にならし、戦車やトラックが通れるように道路用の鉄板を敷き詰めるのであった。――物量に物をいわせた米軍の進攻に、日本側は、全くなすすべもなかったのである。（4／8　秋田さきがけ）

⑩ こんなこともあった。

病気で衰弱していた戦友が「おいしい水を飲みたい」と言ったが、その時は食べ物がなかったので「水を求めた」と思う。――拾って来た缶に水を入れて飲ませたら、「あー、うまい。アバ（母）！」と小さな声で言うと、目の前で途端に息を引き取った。

終戦の間際になると、蔦屋氏の周囲は、病人や戦傷者でいっぱいになり、手当など全くできない状態にまでなった。

日本の敗残が色濃くなった時期、蔦屋氏は上部の指示に従い、部下に対して「捕虜になってはならない。自爆しろ」と云って、自殺用の手投げ弾を手渡した。――軍隊の戦意は全く失われ、行軍についてこられない病人や怪我人などは、すべて置き去りにされ、与えられた手投げ弾で自殺する爆発音が、背後から容赦なく聞こえた。

この時期になると、日本軍に残された手段は、もう決死隊による「切り込み」しかなかった。――闇に紛れて米軍陣地に迫り、軍刀で切り込み、手榴弾を抱きかかえて飛び込む方法であるが、しかしこの方法が成功したのは最初だけであった。米軍側でも「切り込み」に備えて、徹底的に防備を固めた。――まず、前線の最も危険な場所には小さな壕を掘り、そこに電話機や聴音機を置いて通信網を仮設していった。そして「危険」が近づいたと察知したときは、米軍砲兵によって、砲弾の雨を一晩中降らせるのである。――この間、米軍の兵士たちは、はるか後方の安全な地点まで引き下がっていたのであった。(4／8　秋田さきがけ)

⑪　蔦屋氏が日本の敗戦を知ったのは、一九四五（昭和20）年9月、仲間がバッテリーを盗んできて、始めて聞いたタイのラジオ放送だった．その時、蔦屋氏は真剣に考えた――敵国の奴隷になるか、それとも首を斬られるか――と。

やがて蔦屋氏は、近くの沢に下りて身を清め、下着を変えて山を下った。その時は既に、約一五〇人いた隊員は、僅か五〇人に減っていた。

その後、蔦屋氏は収容所に入り、一九四七（昭和22）年まで捕虜生活を続けるが、「負け戦」の惨めな想いだけは、どうしても断ち切ることができなかった。

それで蔦屋氏は仲間と箝口令（かんこうれい）を敷いて、「戦争のことは誰にも話さない」と約束した。

帰国後、戦友の両親から、「うちの子は、どんな風にして死んでいったのか」と聞かれるのが一番辛かった。――手投げ弾による自爆死や、行軍途中からの行方不明が多かったが、国の公報はすべて「戦死」だった。――「本当のことは、絶対に言えなかった」と、蔦屋氏は述懐している。

（8／14　朝日新聞）

【後　記】

蔦屋勝四郎氏の「戦争証言」は、NHKの「戦争証言アーカイブス」特集にも組み込まれている。――シリーズ証言記録「兵士たちの戦争」のなかに「ルソン島悲劇のゲリラ討伐作戦」のテーマで、蔦屋氏を始め七名の第十七連隊元兵士が証言しているので、参考まで、その証言者の名前を挙げておこう。（敬称略）

蔦屋勝四郎・鷹田源一郎・金森　俊・遠藤仁次・萩原金四郎・清水川多左衛門・藤田三司栄。

【余録】　義兄の戦死と姉ハルのこと

この「余録」は、フイリピン戦で夫を亡くした私の姉ハルが、「どんな人生を送ったのか」を粗描した実録である。

「戦争の裏側」で、封建的な家族制度の犠牲になりながら、幾多の不幸を強制されて生きた女性の「一つの事例」として、いささかでも関心を持ってお読みいただければ幸いである。

【1】

最初に、上に掲げた写真を説明しよう。

――私の姉ハルが佐藤正太郎と結婚したと

きの記念写真である。

姉ハルの誕生日は、一九二四（大正13）年2月21日である。佐藤正太郎と結婚したのは一九四〇（昭和15）年6月15日であるから、「16歳4ヶ月で結婚」をしたことになる。

当時の日本は軍国主義一色で、出征を間近に控えた若い男子の結婚が、何処でも急がれていた時代であった。佐藤正太郎もその一人である。彼は医師として市立病院に勤務していたが、当時の世情のなかで、いずれは赤紙（招集令状）が来て戦地に赴くことになると、内心覚悟を決めていたことは間違いない。

さて、ハルの方であるが、ハルの生家は教育者一家で、父は高等師範を出て小学校長を歴任した後、県視学（教育行政官）の職務にあったが、まだ四十歳代で腎臓病を患い、亡くなった。ところで、女学校の生徒だったハルは成績抜群で、学校では、父親の後を継いで師範学校を受験するように勧めていた。——実は、ハルもそのつもりだったのである。
しかし、そうはいかなかった。ハルの家では戸主の祖父が絶対権力を持っていたが、その祖父がハルの進学に強く反対したのである。——理由は
「——お前は女の子で、すぐお嫁に行くのだから、師範学校に入る必要はない。いまから嫁入

りの準備をしておきなさい」

ということだった。——ハルが正太郎と結婚したのは、元を糺せば、「戸主が結婚相手を決めて、ハルがそれに従った」からである。祖父は、ハルの気持ちなどは全く聞こうとしなかった。

——が、こうした経過の是非やハルの気持ちとは無関係に、正太郎とハルの結婚話は順調に進んだ。お互いの家族だけではなく、両家の親戚・縁者の祝福を受けて、正太郎とハルの結婚式は、めでたく無事終わったのであった。

結婚式を済ませた後、二人は、正太郎の勤務する病院の近くに一軒家を借りて、新婚生活に入った。——この時から、やがて正太郎がフィリピンに出征するまでの二年間、私が傍目で見た限りでは、二人の生活は結構仲睦まじく、何かと幸せに過ごしている様子だった。

しかし、一九四一（昭和16）年12月、太平洋戦争が勃発すると、日本政府の急速な戦線拡大に伴い、正太郎にも、軍隊関係の仕事がどんどん増えていった。——そして、開戦から一ヶ年も経ったころ、佐藤正太郎にも遂に赤紙（召集令状）が届いたのであった。

正太郎とハルの新婚生活は終わった。——ハルが、僅かに18歳のときである。

【2】

正太郎の出征が決まったことで、二人は借家を引き払った。そして夫の出征後、ハルは正太郎の実家に移り住むことになった。

正太郎の実家である佐藤家は、大きな農家だった。常雇いの「若勢（わかぜ）」（下男）や女中が二～三人住み込んでいたし、馬も二頭飼っていた。

佐藤家に引っ越したハルは、その勝手向きが今までと余りにも違うのに驚いた。

まず、食事のとり方である。

佐藤家では、食事のときはいつも、戸主である正太郎の父と母が、お膳付きで上座に坐る。続いて、ハルから見れば小舅（こじゅうと）（姑）である当家の息子と娘たちが、同じお膳付きで次席に並ぶのである。そして、嫁のハルは若勢や女中と一緒に、当家の家族からは一段下がった次の通し間で、お膳ではなく、同じテーブルの上で食事をとるのであった。――食事の作法もハルには初めてである。戸主である正太郎の父親が「それでは、いただきましょう」と言って食事に手を付けない限り、誰も食べてはいけないのだ――。

次はハルの仕事である。

ハルの仕事は、姑の指示に従い家事一般に目配りし、手落ちのないようにすることだった。しかし、ハルには未経験な仕事ばかりである。――佐藤家では、ご飯を炊くとき、一回で十数人分を炊ける大釜を使う。女中などは手慣れたものでその大釜を一人で持ち上げるが、ハルは、誰かの手を借りなければ持ち上げることが出来なかった。

佐藤家でご飯を炊く燃料は、最初から最後まで稲藁である。――稲藁の燃え具合でご飯の炊き上がりが判らなければ、一人前の主婦とは言えなかった。

洗濯も大変だった。近くの小川から分水して流れを堰き止めた「溜め池」が、佐藤家の洗濯場である。冬でなければお湯は使わない。女中と一緒に毎日のように洗濯をするのだが、汚れ物は後を絶たない。ハルの手は荒れ放題だった――。

洗濯との関係でハルが一番困ったことは、洗濯場の行き帰りに、必ず馬小屋の前を通ることだった。――前の通路は狭く、否が応でも馬の鼻と触れ合う。佐藤家の馬は人馴れしており、誰かが通ると必ず長い顔を近づけてくる。――通路は狭いので逃げ場がない。……姑は「わが家の馬は大丈夫！」と言うが、ハルが「馬の鼻先」を通るときは、その都度「死ぬ思い」であった。

「正太郎の嫁」として実家に入ってから、ハルは、自分の将来を見通すことが出来なくなっていた。――夫がいない現在の生活には、どうしても馴染めない。誰一人として頼れる人もいない、一人ぼっちのハルであった。

毎日のように正太郎の帰りを待ち続けながら、ハルは、佐藤家で「終戦」を迎えた。しかし夫は帰ってこない。ハルはただひたすら「待ち続ける」しか生きる術（すべ）はなかった。

――そして五年半が過ぎ、18歳のハルも24歳になった。

佐藤家に「佐藤正太郎戦死」の公報が入ったのは、戦争が終わって二年以上も過ぎた一九四七（昭和22）年10月のことであった。――「死亡通知書」は10月3日付きで、差出人は秋田県知事蓮池公咲名になっていた。文面は次のとおりである。

ご子息佐藤正太郎氏はさる昭和20年6月30日、レイテ島カンギポット山の戦闘で死亡されました。ここに哀悼の意を表し、謹んで通知させて頂きます。

さらに、この電報の数日後、「正太郎の骨壺」が届いた。しかしその骨壺には、古ぼけた戦闘帽が一つ入っていただけで、遺骨はなかった。

【3】

「夫の戦死」を知ってから、ハルの行動や態度には、異様な変化が生まれた。――何をしてもボーッとしているのが、他人目にも判るようになったのである。

「死亡通知書」から数十日経ったある朝である。

いつもの朝食準備が始まる時間になっても、ハルは自分の部屋から出てこない。

不思議に思ってハルの部屋を覗（のぞ）くと、なかは蛻（もぬけ）の殻（から）である。

佐藤家では、警察や消防とすぐ連絡をとった。――捜査の範囲を大きく拡げ、駅周辺や街外れの田圃と河川、山麓の藪の中まで踏み込んでハルを探した。――しかし、ハルの行方は判らなかった。

やがて、日没寸前になった時刻である。河川敷を丹念に捜査していた消防隊から「若い女性を発見」の報せが入った……。そして間もなく、一人の女性が担架（たんか）に乗せられ、正太郎の実家に運ばれて来た。――水浸しになって死人のように蒼ざめたハルであった。

河川敷で見つかったハルは、その後、突然大声で泣き出したり、真夜中に村中を徘徊したり、あるいは、ものすごい形相で相手を睨（にら）みつけたりするようになった。――明らかに「精神異常の症状」が現れたのである。

その頃、ハルの実家である私の家は、祖父・祖母・父はすでに他界し、母親と高校生の私の二人暮らしだった。――母と私は相談をして、「夫が戦死した以上、ハルをそのままにしては置けない」と考え、「ハルを引き取って、こちらで面倒を見よう」ということになった。――母と私にとっては、極めて深刻な、重大な決断であった。

冷たい木枯しが吹き荒ぶ晩秋の朝、母と私はハルを連れて、佐藤家を出た。母と私の家までは、約一〇キロメートルほどの距離だった。――まだバスやタクシーも儘ならない戦後の時期である。

二人はハルを引きずるようにして歩いた。ハルは時折、咽喉の奥から発する異様な声で泣き叫ぶ。慌(あわ)てて口を塞(ふさ)ぐと、今度はピクピクッと、首筋に痙攣(けいれん)が走るのである。

二人が手を離すと、ハルは途端に逃げ出した。ようやく捕えると、また異様な声で泣いた。……こうして母と私は気の狂(ふ)れたハルを連れ、夕方になって、ようやく自分の家へ辿(たど)り着いたのであった。

【4】

ハルを連れ戻った母は、ハルの監視のため、近所の男衆と主婦に、昼夜交代で四六時中付添いを頼んだ。

実家に帰っても、ハルの精神状態は変わらなかった。普段は自分の部屋に閉じ篭り、好きな毛糸編に没頭しているが、しかし月に二〜三度は決ってヒステリーを起こす。さらにヒステリーが嵩じて暴力沙汰になる。——テーブルをひっくり返し、本や箒を手当たり次第に投げつける。また、母や男衆の胸倉をつかんで「殺してやる」など、恐ろしい形相に変わることもあった。ハルの狂気が始まると、母は決まって逃げ出し、近所の家に隠れた。そして入れ替わりに近所の男衆が入って来て、ハルを力ずくで抑えにかかる。——場合によっては、危険を侵して刃物を取り上げることもあった。

母はハルを、一日も早く精神病院に入院させたかった。しかし、終戦直後の医療施設はまだ数が少なく、入院も儘ならない。しかも、本人のハル自身が絶対入院したくないのである。私の母は、一方では病院のアキ（空室）を探しながら、他方ではそのアキ（空室）に合わせて、ハルを入院する気にさせなければならない。——母の悪戦苦闘は、約半年間続いた。

しかし、それでも母は、やっとのことで願いを叶えることができた。——母は、ハルの趣味が毛糸編だったことを利用し、「病院から毛糸編を頼まれた」と何度もハルに頼み込み、ようやくハルを入院する気持ちにさせたのであった。

その後、ハルは、同じ精神病院に何度も入退院を繰り返した。——小康状態になれば退院するが、感情が昂ぶれば再び入院するという「繰り返し」だった。
ハルの「入退院の繰り返し」は、約四年間続いた。この間、ハルは少しずつ回復し、ヒステリーや暴力沙汰も、一ヶ月に数度が数ヶ月に一度と、次第にその度数を減らすようになった。——「常人並みの生活」に近い状態が、次第に定着し始めたのであった。

そんなある日のことである。
私の母は、病院の担当医師から呼び出された。始めて聞く「優生保護法」の話である。
担当医師は、私の母に
「——ハルさんのヒステリーや常軌を逸した行動は、女性ホルモンと関係があるんですね。……それで、過剰な女性ホルモンを抑えて情緒を安定させるために、今回、とても良い制度ができたんですよ——優生保護法といってね。どうです、考えてみませんか？」
と耳新しい話を母に持ち掛けた。
私の母は初めて聞く話なので
「……そのお話、本当にハルに効果があるんですか？」

と問い返した。すると担当医師は
「そりゃそうですよ！　女性ホルモンが調整されると性格が温和になり、ヒステリーも少なくなる！　……ただ、子供は産めなくなりますがね――」

と、さほど問題はないという態度だった。

担当医師は続けて
「――今回の新しい制度では、さらに、本人の了解がなくでも手術ができるようになったんですよ！　……手術そのものは比較的楽ですし、――今回の制度の優れた点だと思いますよ！」

という話だった。

「…………」

結局、私の母は、担当医師にどう返事して良いか判らなかった。

担当医師は重ねて
「ま、いろいろ心配はあるでしょうが、病院に任せて頂けませんか？　決して悪いようにはしませんから！」

と、自信あり気に云い切ったので、母はただ、無言で頷(うなず)いたのであった。

【5】

それから数日後、今度はハルが担当医師に呼ばれた。

「ハルさん！　レントゲンで検査したら、下腹部に小さな腫瘍があってね！　放置しておくと大変だから、どうだい？　小さいうちに取ってしまったら……。何も怖がることはない。手術はすぐ終わるから――」

という話である。――傍には母親もいて、担当医師の話をジッと聞いていた。

「…………」

ハルはどう答えたら良いか判らない。

しかし、その時すでに病院側では、手術の準備を着々と進めていたのであった。

こうしてハルの「優生手術」は、ハル自身の了解や承諾なしに進められ、そして終わった。

それから数日過ぎて、手術の糸を抜くようになってから、ハルは母親に問い糺した。

「お母さん。下腹部ってどこなの？」

母親はしどろもどろに
「……なんでも、子宮に近い場所という話だけど――専門的な話は判らないわ……」

と、言葉を濁した。するとハルは
「ふーん？　子宮に近い場所ね？　それなら、子供を産むのに関係があるよね。お母さん！
どうなの？」
と、母親を再び問い詰めた。——このハルの質問に対して、母は
「——そうね。……先生に聞いてみるわ」
としか答えようがなかった。

さらに数日経った。

母親から話を聞いた担当医師は、不機嫌な顔でハルの病室に入ってきた。
「——手術のことで、お母さんにいろいろ聞いたそうだね！　それで、私が答えられることは、患者のために必要と思った手術を、医師の責任で実施したということに尽きるね！　最近できた優生保護法に基づいた手術で、すべてが患者のために、医師の責任で実施した手術だから、ハルさんは、それ以上を知る必要はないと思うがねえ……」と担当医師は一方的な話をして、あとは問答無用とばかり、病室を出て行ったのであった——。

担当医師が去ったあと、ハルは母親に怒りをぶっつけた。

「何よ！　あの先生の態度！　私が子を産めるかと聞いているのに、全く答えないのよ！　答えられないのは、つまり、子を産めなくしたってことでしょ！」

「………」

母に言葉はなかった。ただおろおろしながら、ハルから目をそむけ、隠れるようにして涙を拭(ぬぐ)っていた――。

その後のハルは、母親をいつも睨(にら)みつけ、終始無言を貫いた。――医師や看護婦に対しても冷淡で無口になった。

やがて退院したハルは、家に帰るとすぐ自分の荷物を纏(まと)め、数日後には、さっさと引っ越しを始めた。

行先は誰も知らない。あとで判ったことであるが、ハルは家出のついでに、母親の預金通帳から、普通預金の殆どを持ち去っていたのであった――。

【付記①】　旧優生保護はその第一条に「この法律の目的」として「優生上の見地から、不良な子孫の出生を防止する」とある。――旧優生保護法による不妊手術は「ヒステリー緩和のための手術」などではない。その真の狙いは「弱者に対する社会的差別と人間疎外の政策」であった。

【付記②】二〇一九（平成31）年4月24日、「強制不妊救済法」が国会の全員一致で成立したが、この法律は「犠牲者救済の第一歩」として評価されるが、その内容は極めて限定的である。被害者とその家族を納得させてはいない。――政府は、引続いて救済に万全を期さなければならないと私は考える。

【付記③】最後に、姉ハルの名誉のために付記したい。――姉ハルはその後、自力である国家資格を取得し、自活して独身生活を送り、その一生を全うした。

以　上

（註）

1・『歩兵第十七連隊比島戦史』＝（一九八一年四月・同戦史編集委員会編）。

2・前掲誌二〇五〜二〇六頁。

3・小林逸路著『マコロド戦記』＝（一九七〇年八月・第六中隊マコロド会発行）。

4・『歩兵第十七連隊比島戦史・追録』＝（一九八六年七月・同戦史編集委員会編）

5・大岡昇平『レイテ戦記（上）』＝（二〇一五年七月・第35刷・中央公論新社発行）。七三〜七四頁。

6・前掲『レイテ戦記（下）』三九八頁。

7・同前三九三頁。

8・第八師団＝第十四方面軍（山下奉文大将）の指揮下にあって、横山静雄中将を責任者に、ルソン島バタンガス地区に責任を持った師団。「振武集団・杉兵団」とも呼ばれ、歩兵第十七連隊もこの傘下に入っていた。

9・綏南＝現在の中華人民共和国黒竜江省にあった綏陽県の一部。県都綏陽からは約三〇キロ離れた場所にあり、歩兵第十七連隊の駐屯地となった地域である。

10・綏陽＝現在の黒竜江省東寧市北部に位置した都市。旧満州綏陽県の県都。

11・門峴廠舎＝門峴（もんけん）は釜山南部の地区名。廠舎（しょうしゃ）は軍隊が泊る仮宿舎。第十七連隊はこの宿舎に、一九四四年8月8日から19日まで宿泊した。

12・馬公港＝台湾の澎湖諸島のなかで最も古い港。馬公は澎湖諸島の県都のある都市。

13・北サンフェルナンド＝ルソン島北部ラ・ウニオン州の州都。イロコス地方の政治・経済・産業の中心都市。

14・38式歩兵銃と99式＝38式歩兵銃は一九〇五年、99式小銃（制式名「九九式短小銃」）は一九三九年に陸軍で採用したが、38式を99式に取り換えた利点を挙げれば、おおよそ次のとおりである。
　①99式は、軽機関銃も99式を採用することによって、弾薬を共通利用できる。
　②99式は38式（6・5ミリ）より大口径（7・7ミリ）で、殺傷力や対物攻撃力が一段と強化された。
　③また99式は銃身が短縮され重量も軽い。ジャングルやゲリラ戦に効果的である。

15・11年式軽機関銃と99式＝11年式軽機関銃は一九一〇～二〇年代に陸軍に採用された兵器で、銃身長四四三ミリ、装弾数最大三〇発、発射速度五〇〇発／分の威力を持っている。しかし99式はさらに威力を加えて、銃身長を四八三ミリに延ばし、銃口も6・5ミリから7・7ミリに大きくした。

16・擲弾筒＝小型の携帯用迫撃砲のことで、手榴弾や発煙弾、照明弾などの発射に使用する兵器。

17・魔のバシー海峡＝バシー海峡は、台湾とフィリピン領バタン諸島の間に挟まれた約一〇〇キロの海流。太平洋戦争中、この海峡で日本の多数の輸送船団がアメリカ軍の潜水艦や艦上航空機の攻撃で「海の藻屑」となった。――ちなみに、一九四四（昭和十九）年九月の日本軍統計記録によれば、日本からフィリピンに向けて送った資材でフィリピンに無事着いたのは十万五千トンのなかで20％。人員輸送計画でフィリピンに到着した人員は、二万八千人のうち15％であった、と記録されている。

18・バタンガス＝ルソン島最南端のバタンガス州都。カラバルソン工業地帯の中心都市であり、バタンガス湾やタヤバス湾を挟んでミンドロ島やシブヤン島などを結ぶ交通の要所でもある。また日本軍の第八師団と歩兵第十七連隊が進駐した最終目的地でもあった。

19・マシンロック＝ルソン島西海岸。首都マニラ北方サンパレス州の港町。

20・リパ＝ルソン島南部バタンガス州で、州都バタンガスとならぶ主要な商業都市。

21・デング熱＝熱帯病の一つで、主にネッタイシマカなど蚊の吸血活動によって媒介され、人から人へ感染する。潜伏期は一週間ほどであるが、現在の日本では、輸入患者以外は存在しない。

22・ラグナ大湖＝ルソン島南部にあるフィリピン最大の湖で、マニラ南東部からラグナ・リザール両州に跨って広がっている。バエ湖ともいう。湖水面積は日本の琵琶湖（六七〇平方㌖）より大きく、八九一平方㌖である。

23・第二小隊長の小林准尉は『マコロド戦記』の著者であるが、すでに紹介したように、筆名は「小林逸路」で、帰国後はその筆名で通している。しかし、戦時中はすべて戸籍上の「小林一郎」になっているので、本書では混乱を避けるため、「小林一郎」の名前だけを使用することにした。なお、小林一郎氏は第六中隊長代理を務めて終戦を迎えたが、敗戦と同時に戦犯として収容所に入り、終身刑の判決を受けた。しかし特赦で放免。帰国後は神奈川県川崎市に居住した。——本籍地は秋田県山本郡峰浜村（現山本郡八峰町）。

24・この部分は原文『マコロド戦記』の儘であるが、「ノースアメリカン社」には私の知る範囲で、「黒い不吉な蝙蝠のような姿」「無数の焼夷弾をバラ撒いた」（五九頁）などの表現が該当するような機種はない。「黒い塗装」となれば夜間戦闘機がほとんどと思うが、ノースロップ社のＰ61「ブラックウィドウ」がこの表現にもっとも近いのではないか。――いずれにせよ、機種の明記が欲しいところである。

25・振武集団＝前掲（註８）参照。

26・カービン銃＝銃身がおよそ八〇チセン以下の短い小銃。騎兵銃ともいう。

27・マキシム機関銃＝全自動式機関銃で、発射速度毎分五〇〇発など、殺傷能力が高い。

28・小野田寛郎少尉＝『わが回想のルバング島』（朝日新聞社一九九二年）の著者。戦後三〇年間ジャングルで過した。

29・グラマン＝アメリカの航空機メーカー。代表的な機種には、Ｆ４Ｆ「ワイルドキャット」艦上戦闘機、Ｆ６Ｆ「ヘルキャット」艦上戦闘機などがある。

30・ロッキード＝アメリカの航空機メーカー。代表的な機種には、山本五十六連合艦隊司令長官の乗機を撃墜した双胴のＰ38「ライトニング」戦闘機がある。

31・四一式山砲＝歩兵連隊に配備された山砲で、歩兵砲・連隊砲とも呼ばれていた。当初の山砲は弾丸一発を発射する度に砲体が後退し、一発発射するごとに体制を組み直してきたが、四一式になってから砲体の後退を抑止し、発射速度を毎分一〇発程度に引き上げることができた。それ以来、一九三〇（昭和五）年に開発された九四式山砲とともに、日本陸軍の主砲としての役割を果した。

32・フク団員＝第二次世界大戦中、フィリピン共産党の指導のもとに結成された抗日人民軍のメンバー。フクはフクバラハップ（タガログ語で抗日人民軍）の略。

33・第四大隊＝日本軍の敗北がすでに決定的と見られた四四（昭和19）年11月27日、連隊本部の指示で急遽結成されたが、結成と同時に十七連隊から切り離され、第三大隊等と一緒に振武集団の直属となった。大隊長には上杉善一少佐が任命されたが、組織実態は明らかではない。

34・「人肉喰い」の話＝ここでは一事例として、吉田裕『日本軍兵士』（二〇一九年二月・中央公論新社）七九頁から、次の一文を引用しておこう。

（ルソン島で）敗戦を知らずに山岳地帯に残留していた山宮たちの部隊は、日本兵を殺害して食糧を強奪し人肉食を続ける将校に率いられた小グループに対して、一九四五年九月、「討伐隊」を出動させ、その陸軍大尉を捉えることに成功した。陸軍大尉は人肉を常食していたことを認め、その場で「討伐隊」たちによって射殺されている。

35・ボーイングB29＝日本本土を襲った爆撃機として余りにも有名である。米国戦略爆撃調査団によると、第二次世界大戦中、B29が日本本土を爆撃した機数は、広島・長崎の原爆投下や東京大空襲を含めて、実に三三四〇一機となっている。――さらにその性能は、七・二五トンの爆弾を積んだ状態で六六〇〇キロメートルの航続距離があり、高度八五〇〇メートル以上の飛行が可能であった。また、日本の代表的な爆撃機であった四式重爆撃機「飛龍」の五～一〇倍の爆弾を積んで、速度を落さずに飛行することができるという。

36・ダグラスTBF＝一九四二年のミッドウエイ海戦で、初めて登場したアメリカ海軍の「雷撃機（艦船や潜水艦に向けて魚雷を発射できる戦闘機）」である。——魚雷を発射するために、超低空で海面すれすれに、しかも速度を落さずに飛行する機能を備えており、両翼とその背後に一二・七ミリ(メートル)の重機関銃を三基、それに航空魚雷一発と二二七キロ(グラム)爆弾四個を備えるなど、攻撃力が極めて高い。

37・グラマンF6F＝アメリカ海軍の主力艦上戦闘機で、愛称はヘルキャット。太平洋戦争中はとくに、日本の「零戦」との戦闘に勝利するためにグラマンF6Fが使われ、制空権を握った。——アメリカ海軍の発表によると、空中戦には最も適した艦上搭載機であり、太平洋戦争中に撃墜した日本軍機の八〇％近くは、グラマンF6Fが挙げた成果だったと言われる。

38・アメリカ軍の裁判＝『歩兵第十七連隊比島戦史』（前掲）七二〇〜七二一頁。

39・フィリピン軍の裁判＝（同前七一七〜七一八頁）。

40・伊藤正康元死刑囚は、後日次のように述べている。——『フイリピン軍による戦犯裁判』（別冊『歴史読本』一九九三年七月号）からの引用（要約）である。

工藤忠四郎氏は私と同じ連隊（歩兵第十七連隊）であり、起訴項目（バイの住民殺害事件）には、彼と彼の中隊は全く無関係であることを、私はよく知っていた。

ところが、開廷冒頭、検事側証人が私を指して、「この男が現場の責任者だった」と供述したのには驚いた。——私はバイという場所へ一度も足を踏み入れたことはない。

マレプンヨにて

第二編　歩兵第十七連隊の戦没者名簿

【前　記】

① 本書に掲載した「第十七連隊の戦没者名簿」は、『歩兵第十七聯隊比島戦史』（同誌編集委員会）が作成した「戦没者名簿」を、全員再掲載したものである。ただ、異なった部分を挙げると、住所の詳細部分はプライバシー保護の視点から割愛した。また遺族の人数は紙面の関係で二名以内に限定した。その他はすべて原文のままである。

② 秋田県には「第十七連隊の戦没者」に関する公文記録はない。『秋田県史』や『秋田市史』その他の自治体史にも「第十七連隊の最後」と「戦没者の記録」は残されていない。——こうした状況下にあって、『歩兵第十七聯隊比島戦史』発行のために集まった元兵士たちは、

亡くなった戦友の遺族や生還した戦友たちを探し歩いて、名簿作りに全力を挙げた。そして出来上がったのが、同誌編集委員会の発表した当該戦没者名簿の原本である。名簿作りに貢献した元兵士の皆さん方に、心から敬意を表したい。

③ 原本と本書の名簿との間に、編集上の大きな違いがあるのは、次の二点である。

(1) 原名簿は「部隊ごとの配列」であるが、本書の名簿は「市町村ごとの配列」としている。——現在では市町村別の方が「名簿を活用しやすい」と考え、訂正した次第である。その際、市町村は原名簿どおりに「平成の大合併」前の行政区画別とした。

(2) なお、この点も利便性を考え、市町村内の戦没者の名前は、すべて五十音順に配列した。併せてご理解頂きたい。

④ 最後に「戦没」という言葉の意味に関して一言触れておこう。——次の一文は、吉田裕著『日本軍兵士』(二〇一九年二月・中公新書、32頁)からの引用である。

(フィリピン防衛戦で陸軍の戦没者は)約35~40%が直接戦闘(対ゲリラ含む)によ

るもので、残り約65～60％は病没であるように思われる。しかも病没者のうち、純然たる悪疫によるものはその半数以下で、その他の主体は、悪疫を伴う餓死であったと思わざるを得ない。

（『大東亜戦争陸軍衛生史』）

◎秋田・南秋田地区　計　二七一名

平成十七年の河辺町・雄和町との合併以前の旧秋田市（本籍地の字・地番は不掲載）。
戦没年の記載がない場合は昭和二十年を示す。

秋田市

氏名	階級	年齢	本籍地	戦没地	戦没日	遺族
会場　安治	伍長	26	牛島町	タヤバス州バナハオ山	7・30	父喜一郎・母ヤス
朝倉　孝一	兵長	23	楢山	マニラ東方山地東光輝山	6・17	父金一郎
浅利　勝治郎	伍長	23	上北手	マニラ東方40km	7・20	父金之助・母アキ
安宅　源一	上等兵	32	下浜長浜	バタンガス州サントトーマス	4・4	兄善八
安宅　三四郎	上等兵	22	川尻町	タヤバス州タヤバス	5・25	父竹二郎・母ハツエ
安藤　兼吉	伍長	?	寺内	バタンガス州マレブンヨ山	4・29	母トメ
安藤　政一	兵長	24	土崎港中央	マニラ東北方4km	5・18	父政治・母ハツエ
安藤　貞一郎	軍曹	26	下米町	タヤバス州バナハオ山	5・3	母サダ
池田　正雄	兵長	?	土崎港南	マニラ市東方8km	6・9	父寅吉
石郷岡　善吉	伍長	?	泉	マニラ東北方陣地	6・19	?
伊勢　忠五郎	伍長	30	土崎港本山町	タヤバス州タヤバス付近	?	母カツ
伊藤　茂	伍長	?	亀ノ丁	ラグナ州カランバ	3・7	父潔
伊藤　誠次	伍長	22	川尻町	ラグナ州カランバ	3・11	父重信
伊藤　浩	伍長	25	大工町	ラグナ州ラグナ湖東岸	7・5	母キエ
伊藤　政美	伍長	25	川反	ラグナ州ロスパニオス	3・27	父政治・母ヨシノ
伊藤　正安	伍長	22	四ツ小屋	マニラ東方40km	5・15	養父円助・養母トミ

岩間　正雄	曹長	？	土崎港旭町	バタンガス州サンガイ山	2・16	正之助・母シン
宇佐美鉱之助	伍長	24	下新城	バタンガス州	9・18	父鉱造
宇佐美林治郎	兵長	23	下新城小友	マニラ東方40㎞	6・9	父林蔵・母フヨ
榎　専治	少尉	31	四ツ小屋	マニラ東方陣地	6・28	母リサ
大窪　光一	上等兵	26	楢山	バタンガス州マレブンヨ山	1・9	兄忠一郎
大澤　勝一	軍曹	23	新屋町	ラグナ州カラワン	4・26	父勝太郎・母イリ
大田　一郎	伍長	？	田町	マニラ東方40㎞陣地	6・1	母カウ
加賀谷　融作	伍長	26	土崎港中央	バタンガス州マレブンヨ山	2・28	父忠治・弟清作
加賀谷　良蔵	伍長	24	長町	タヤバス州バナハオ山	5・15	母レイ
鎌田　安雄	軍曹	26	根小屋町	ラグナ州リザール	1・20	父與太郎・母チヨ
川和田　謙治	伍長	24	楢山	マニラ東方40㎞陣地	6・1	妻芳子・長男
川辺　謙太郎	上等兵	？	？	マニラ十二陸軍病院	3・20	？
川辺　作太郎	伍長	25	広面	バタンガス州マレブンヨ山	5・2	父銀次郎・母ソノ
川辺　武雄	伍長	24	広面	タヤバス州サリアヤ北方4㎞	7・24	父吉太郎
川村　孝	曹長	26	保戸野	マニラ東方40㎞菊池川流域	7・15	父儀三郎・母キン
熊井　春三	伍長	25	豊岩小山	ルソン島	7・14	父佐五郎
栗田　敏夫	軍曹	24	下中城町	ルソン島	4・26	父幸吉・母ウタ
小坂谷　武丸	兵長	26	楢山	ラグナ州イムック・ヒ	4・4	父武治・母ミツ
腰山　勝雄	伍長	25	新屋町	バタンガス州オリラ山	3・20	父千代吉・母セン

児玉　金一	伍　長	26	土崎新城町	リザール州モンタルバン	4・3	母いさ
後藤　善二郎	軍　曹	23	上北手猿田	マニラ東方40km陣地	8・20	父彦太郎・母ヤエ
小林　明	兵　長	24	川尻	マニラ東方40km陣地	6・14	父保吉・母ウメ
小林　鐵治	少　尉	？	上新城中	マニラ東方40km	7・28	父喜代司
根布谷　英吉	伍　長	23	土崎港	ラグナ州ロスパニオス	5・15	母きつ
根田　正司	軍　曹	26	川尻町	ミンドロ島サンホセ	9・10	養父喜代治・養母オキノ
斎藤　岩吉	上等兵	23	仁別	バタンガス州マレブンヨ山	4・18	妻睦子
斎藤　佐一	伍　長	33	横森	マニラ東方陣地	7・17	妻チヤ
斎藤　隆	伍　長	24	土崎港中央	マニラ東北方40km	8・28	父小三郎・母リエ
嵯峨　源太郎	上等兵	23	柳田	バタンガス州マレブンヨ山	4・18	父源八郎・母トメ
佐賀　佐太雄	伍　長	23	浜田	マニラ東方陣地	7・21	母フヨ
嵯峨　文男	伍　長	23	豊岩豊巻	マニラ東方40km	6・20	母イネ
佐川　佐太郎	伍　長	25	牛島町	マニラ東北方40km	4・12	母キサ
佐々木繁二郎	兵　長	23	川尻町	マニラ東方40km陣地	6・9	父喜太郎・兄与一郎
佐藤　銀一	伍　長	？	太平山谷	バタンガス州マレブンヨ山	4・1	父銀之助
佐藤　金治郎	伍　長	？	豊岩豊巻	バタンガス州南部	6・3	母テツ
佐藤　金三	上等兵	？	上新城	バタンガス州マコロド山	3・10	？
佐藤　伍助	伍　長	25	金足片田	バタンガス州マレブンヨ山	5・2	兄直蔵
佐藤　茂雄	伍　長	26	金足片田	マニラ東方40km	6・30	兄茂一郎

佐藤　資郎	曹長	24	牛島町	タヤバス州バナハオ山	5・10	父長蔵・母ヨシ
佐藤　鉄次	兵長	22	金足中田	バタンガス州マコロド山	7・20	父清助
佐藤　俊夫	伍長	25	土崎港寺内	マニラ東方60km	10・30	父兼三郎・母テツ
佐藤　敏夫	兵長	?	土崎港寺内	マニラ東方60km	5・30	母テツ
佐藤　政男	伍長	22	川尻	マニラ東方40km	7・20	父政治・母エチ
佐藤　正男	伍長	?	赤沼	マニラ東方40km陣地	7・22	母リサ
信田　勇市	上等兵	23	新屋町	タヤバス州バナハオ山	5・17	父運治・母ハルノ
柴田　賢治郎	伍長	23	下新城	マニラ東方40km	6・9	弟金助
清水　正雄	大尉	?	田中町	リザール州モンタルバン	4・3	父勝蔵
東海林　清一	兵長	24	土崎港旭町	バタンガス州マレブンヨ山	4・14	父清五郎・母チエ
鈴木　金十郎	中尉	27	楢山	マニラ東方	7・15	父勝二郎・母タカ
鈴木　春一郎	伍長	23	上新城白山	バタンガス州サンタローザ	6・20	父喜代治・母エス
鈴木　多一郎	伍長	26	楢山	ブラカン州イポ陣地	4・3	弟昭二郎
鈴木　武吉	伍長	?	大工町	マニラ東北方陣地	5・29	父良助・母テツ
高橋　弘司	曹長	23	楢山	バタンガス州サンホセ	6・20	父吉之・母エツ
高橋　為之助	伍長	23	土崎港壱騎町	バタンガス州クエンカ	3・10	父為治・母イシ
高橋　博	伍長	23	牛島町	ミンドロ島サンホセ	3・10	父弁之助・栄子
武田　武四郎	伍長	25	新大工町	ミンドロ島カラバン	3・10	母ナミ
館山　政雄	見習士官	23	豊島町	ミンドロ島サンアングステン	昭19・11・5	父重雄・母コン

棚橋　由雄	兵　長	23	上北手猿田	ラグナ州イムック・ヒル	4・4	父清助
塚田　竹松	伍　長	？	新屋町	マニラ東方ノバリチェス	7・13	父隆蔵
筒井　吉一	兵　長	？	飯島	マニラ東北方40km	6・9	父兼蔵
筒井　喜平	兵　長	23	飯島	マニラ南方バッシング	2・4	兄平助
寺門　文一郎	伍　長	25	仁井田	マニラ東方80km	7・20	父西蔵・母サト
豊間　治雄	伍　長	23	土崎港	マニラ東方40km	6・20	母ハル
永井　金治郎	伍　長	？	太平中関	マニラ東方山地	6・9	父喜市郎
永井　政敏	伍　長	23	太平中開	マニラ東北方	5・8	父喜久治・母トキ
中村　六郎	大　尉	21	東根小屋町	ラグナ州イムック・ヒル	4・4	母マサ
奈良　周喜治	中　尉	28	金足小泉	マニラ東北陣地	7・10	父周治郎・母キセ
西山　京造	兵　長	24	寺町	ラグナ州ロスバニオス	2・26	父清之助・母ツヨ
能登　勇	伍　長	29	寺内	ミンドロ島サンホセ	3・10	父吉蔵
長谷川　栄吉	上等兵	？	下新城	バタンガス州リパ・ヒル	？	？
長谷部　良蔵	軍　曹	26	四十間堀町	マニラ東方40km	7・5	母ハル
畑　善治	伍　長	？	寺町	バタンガス州マレブンヨ山	5・8	父善次郎・母カネ
林　勇	曹　長	25	川尻	ラグナ州カランバ	3・7	父次郎・母千代志
林　正男	兵　長	26	追廻町	バタンガス州	4・18	父恭助・母ヒサ
布施　敬一	曹　長	28	土崎港一騎町	マニラ東方40km	8・14	母ハル子
布施　信一	伍　長	？	土崎港一騎町	マニラ東北方陣地	5・28	母ハル子

船木　善次	兵長	23	濁川	マニラ東北方陣地	6・11	父銀治
古木　善吉	兵長	28	寺内町	バナハイ島	5・17	妻マサノ
堀野　政雄	伍長	25	上北手古野	タヤバス州チャオング	5・9	父金之助・母キン
丸山　清一	伍長	23	楢山	マニラ東方陣地	4・3	母リヨ
三浦　一男	兵長	？	泉	マニラ東方40km陣地	5・14	父久助・母ノブ
三浦　兼治	上等兵	26	上新城	ラグナ州	4・7	母モヨ
三浦　興一郎	兵長	25	金足黒川	タヤバス州バナハオ山	4・5	父三治
南　茂勝	兵長	23	土崎港相染町	ラグナ州ロスパニオス	3・26	父又蔵・母フジエ
宮田　良之助	伍長	29	保戸野八丁	ラグナ州イムック・ヒル	4・3	美穂子・長男良明
武藤　與三郎	軍曹	？	川尻町	マニラ東北方四〇〇高地	5・15	母キヨ
村越　銀之助	伍長	24	下北手寒川	バタンガス州タナワン西方	3・11	父銀蔵
村田　龍太郎	曹長	25	亀ノ町	マニラ東方30km	8・3	父勝蔵・母トク
森合　栄吉	兵長	28	太平目長崎	ルソン島	4・4	父久之助・母タケ
森川　郁二	曹長	？	新屋町	アンチポロ附近	5・6	父祐太
安田　欣弥	伍長	23	土崎港	マニラ東方40km	6・14	父金蔵・母キヨ
山田　正次	兵長	24	下肴町	タヤバス州タヤバス西北4km	6・11	母テツ
山村　忠	少尉	？	土崎港	バタンガス州マレブンヨ山	4・30	父清太郎・母キヨ
若松　義郎	伍長	26	楢山	マニラ東方60km	5・15	父正友・母カツ
渡辺　周郎	伍長	26	下新城笠岡	バタンガス州	5・8	母マツ

男鹿市

平成十七年の若美町との合併以前の旧男鹿市（本籍地の字・地番は不掲載）。
戦没年の記載がない場合は昭和二十年を示す。

氏名	階級	年齢	本籍地	戦没地	戦没日	遺族
天野　久治	伍長	23	船越	バタンガス州	3・7	兄長蔵
安藤　喜市	兵長	29	船川港女川	バタンガス州マコロド山	4・18	兄善次郎
浅井　勇二郎	伍長	21	北浦	マニラ東方陣地	5・14	父寅之助
石垣　新太郎	兵長	25	戸賀	バタンガス州マレブンヨ山	2・26	父新之助
石垣　龍二郎	伍長	22	五里合神谷	マニラ東方40km	5・7	父利吉・母ソメ
石川　留吉	兵長	23	北浦	バタンガス州マレブンヨ山	4・29	父長市・母ヤス
太田　昇光	伍長	26	戸賀塩浜	マニラ東北方拠点	6・10	義兄権太郎
太田　芳吉	伍長	24	船越	ラグナ州	4・3	父甚之助
大山　賢之助	伍長	23	船越港双六	バタンガス州マレブンヨ山	4・29	父末吉
大和田億太郎	上等兵	23	船越	バタンガス州マレブンヨ山	4・8	父翁治・母リエ
大和田　敏夫	一等兵	？	船越町	タヤバス州バナハオ山	4・24	？
小野　耕作	兵長	23	船越港	リザール州モンタルバン	8・26	父耕三・母キク
加賀谷喜久三	兵長	24	船越	バタンガス州マレブンヨ山	5・3	父喜代松
加藤　憲太郎	曹長	24	脇本	ラグナ州	3・13	父憲義
金谷　文男	軍曹	23	脇本富永	ラグナ州三一七高地	3・13	母ハチ
鎌田　喜代蔵	伍長	23	戸賀加茂青砂	リザール州モンタルバン	4・3	父喜代治・母イト

小玉　金司	兵長	27	脇本富永	タヤバス州	7・27	父三次郎
小玉　留太郎	伍長	？	脇本	マニラ東北方40km	4・16	兄秀雄
佐藤　三郎	伍長	32	船川港増川	マニラ東方40km	4・16	父三蔵
佐藤　長三	伍長	26	五里合琴川	タヤバス州バナハオ山	7・24	兄孫吉
澤木　亥吉	兵長	23	船川港字	ラグナ州	4・3	父勘蔵
澤田　庫太郎	軍曹	24	脇本	ラグナ州	7・5	父庫吉
下間　清吉	上等兵	23	脇本	バタンガス州クエンカ	4・18	父敬吉・弟敬之助
杉本　定一	伍長	26	五里合箱井	バタンガス州	5・2	父貞次郎・母ハツ
杉本　徳蔵	伍長	23	五里合神谷	ラグナ州イムック・ヒル	4・6	父末吉・母サト
鈴木　才吉	伍長	23	船川港	マニラ北方40km	8・8	父多助
薄田　正治	准尉	27	五里合箱井	リザール州モンタルバン	9・1	父丈吉
薄田　新治郎	軍曹	26	北浦	ラグナ州バイ	2・6	母ハナ
高桑　兼松	兵長	23	男鹿中滝川	バタンガス州	昭21・1・20	父運治・母ツル
高桑　義夫	伍長	23	脇本横町	バタンガス州マレブンヨ山	5・4	父冨治
登藤　正巳	上等兵	24	北浦西水口	ラグナ州バナハオ山	7・30	祖父専蔵
夏井　市三郎	伍長	24	船川港	バタンガス州マレブンヨ山	4・6	父長市
根田　春夫	伍長	23	船越	バタンガス州	4・18	父銀蔵
畠山　敬吉	兵長	23	戸賀塩浜	バタンガス州クエンカ	3・10	父忠吉
原田　勝蔵	伍長	32	船川港比詰	マニラ東方40km	7・6	妻ミヨ

藤田　末吉	伍長	23	五里合箱井	タヤバス州チャオング	5・30	父厚吉
船木　吉蔵	伍長	23	船川港女川	マニラ東方40㎞高地	7・30	父吉三郎・母トメ
船木　清	伍長	27	船川	バタンガス州マコロド山	7・15	父幸助
舟木　養吉	?	?	船川港	ラグナ州ニグナ山	4・4	?
三浦　金弘	軍曹	25	脇本浦田	マニラ東北方	7・8	兄誠治
三浦　清俊	伍長	25	脇本	マニラ東方40㎞	6・10	父清五郎
三浦　禮太郎	軍曹	26	北浦湯本	バタンガス州マレブンヨ山	4・11	母ナオ
目黒　庫松	兵長	23	男鹿中滝川	ルソン島	2・3	兄庫之助
目黒　芳七	伍長	24	男鹿中滝川	バタンガス州マレブンヨ山	4・12	父芳徳・母ミナ
本川　三五郎	上等兵	?	北浦町大字相川	ラグナ州カラワン	4・3	母マツエ
安田　喜助	上等兵	?	脇本	バタンガス州マレブンヨ山	4・18	兄栄太郎
山内　金蔵	伍長	?	北浦真山	マニラ東方40㎞	5・7	妹オミワ
山内　仁一郎	伍長	24	脇本富永	マニラ北方高地	8・15	父三治・母キツ
吉元　喜代蔵	兵長	23	五里合鮪川	ラグナ州イムック・ヒル附近	5・4	母きよ
渡部　一雄	上等兵	23	脇本	タヤバス州バナハオ山	8・14	父三太郎・母タノ

五城目町

本籍地の字・地番は不掲載とした。
戦没年の記載がない場合は昭和二十年を示す。

氏名	階級	年齢	本籍地	戦没地	戦没日	遺族
石井　由蔵	軍曹	34	内川黒土	ラグナ州ロスバニオス	3・15	長男雄作
石川　克二	伍長	25	馬場目	マニラ東方20km	6・1	父良吉・母キエ
伊藤　勇二	伍長	22	富津内中津又	ルソン島	5・4	父善太郎・母チヨ
伊藤　三郎	軍曹	26	上町	マニラ東方60km	6・5	父豊治・母ヨ子
伊藤　綱蔵	兵長	22	内川	バタンガス州	4・8	兄鉄治
伊藤　満之助	伍長	23	富津内中津又	ルソン島	5・4	父勘助・母ミヨ
小熊　喜一郎	伍長	23	大川	バタンガス州マレブンヨ山	4・9	父亥一郎・母ナオ
小熊　喜三郎	伍長	25	大川西野	バタンガス州マレブンヨ山	4・18	父竹蔵・母ナオ
加藤　徳太郎	伍長	25	大川石崎	マニラ東方40km	6・19	父岩治・母キノ
工藤　源四郎	伍長	26	内川	バタンガス州マレブンヨ山	4・27	父伝四郎・母カネノ
斎藤　政之助	兵長	23	舘越	ブラカン州イポ	5・20	父米吉・母ハル
佐々木慶次郎	伍長	23	馬場目	マウンテン州	4・25	父慶吉・母ナヨ
佐藤　敬之助	兵長	26	大川谷地中	タヤバス州	7・3	父仁三郎・母サダ
畑沢　徳己	伍長	24	五城目町	タヤバス州チャオング	5・3	父徳次・母ゲン
宮崎　寛	伍長	25	下タ町	タヤバス州バナハオ山	7・8	父爲蔵・母フチノ
渡部　彦太郎	伍長	?	上野	マニラ東方40km	6・1	母ときえ

昭和町

平成十七年に三町が合併して現在は潟上市（本籍地の字・地番は不掲載）。
戦没年の記載がない場合は昭和二十年を示す。

氏名	階級	年齢	本籍地	戦没地	戦没日	遺族
鐙　貞夫	大尉	27	豊川竜毛	ラグナ州	3・10	父金治・母チタ
伊藤　良雄	軍曹	？	豊川山田	リザール州モンタルバン	5・10	父幸助
大澤　廣治	伍長	26	豊川	マニラ東方陣地	6・7	父巡治・母モト
近　正次郎	一等兵	？	昭和町	マニラ東方	3月	？
澤畑　太郎	軍曹	31	豊川船橋	バタンガス州マレブンヨ山	4・28	父雄太郎・母タケノ
進藤　正行	伍長	24	大久保	マニラ東方報国山	7・12	父菊治・母トメ
進藤　勇吉	伍長	23	大久保	タヤバス州タヤバス	7・12	父雄太郎・母キツ
菅原　兼次郎	兵長	23	大久保	ラグナ州カラワン	2・17	父運蔵・母フヨ
菅原　久治郎	伍長	23	大久保	バタンガス州マレブンヨ山	4・29	父久祐・母ミナ
菅原　鳳城	軍曹	23	大久保	タヤバス州バナハオ七〇〇高地	5・10	父鳳之助・母チル
舘岡　幸一郎	軍曹	？	大久保	レイテ島カンギポット山	6・30	母カネノ

八郎潟町

本籍地の字・地番は不掲載とした。
戦没年の記載がない場合は昭和二十年を示す。

氏名	階級	年齢	本籍地	戦没地	戦没日	遺族
石川　重一郎	兵長	29	一日市	ミンドロ島サンホセ	3・10	父重治・母ノエ
一ノ関弥三郎	伍長	31	一日市	マニラ東方60km	5・15	父弥吉・母カ子ノ
伊藤　徳蔵	兵長	25	面潟川崎	マニラ東方四〇〇高地	4・25	父徳治・母テツ
工藤　長之助	伍長	28	面潟真坂	バタンガス州サントトーマス	4・8	妻ヨシノ子
斎藤　泰司	准尉	24	一日市	マニラ東方40km	7・23	兄洋光
土橋　耕一	軍曹	23	一日市	ラグナ州	4・1	父兼松・母カチ
安田　貞三	兵長	23	一日市	マニラ東方山地	6・9	父貞治・母ヨシ
渡辺　正蔵	准尉	23	潟夜叉袋	タヤバス州バナハオ山	5・18	父長之助・母チヤ

飯田川町

平成十七年に三町が合併して現在は潟上市（本籍地の字・地番は不掲載）。
戦没年の記載がない場合は昭和二十年を示す。

氏名	階級	年齢	本籍地	戦没地	戦没日	遺族
伊藤　重蔵	兵長	26	飯塚	ラグナ州カランバ	3・9	父惣市
宇瀬　義一	伍長	21	飯塚金山	タヤバス州バナハオ山	5・18	父順治郎・母ヨネ
小玉　俊雄	伍長	23	飯塚	マニラ東方陣地	3・30	妻ヒデ・長男俊秋

斎藤　義雄	伍長	26	下虻川	バタンガス州マコロド山	3・22	父金治・母和子
千種　東衛	兵長	24	飯塚	タヤバス州バナハオ山	7・31	母キノ・兄有正
二田　謙治	兵長	23	飯塚	バタンガス州オリラ山	3・10	兄庄之助
門間　利光	伍長	25	飯塚	バタンガス州	4・18	父留蔵・母タケノ

天王町

平成十七年に三町が合併して現在は潟上市（本籍地の字・地番は不掲載）。
戦没年の記載がない場合は昭和二十年を示す。

氏名	階級	年齢	本籍地	戦没地	戦没日	遺族
菊地　銀治	兵長	23	上出戸	バタンガス州マコロド山	3・28	母サダ
櫻庭　清雄	兵長	23	塩八	タヤバス州バナハオ山	6・2	兄兼三郎
佐々木勘次郎	伍長	26	下出戸	マニラ東北方四〇〇高地	5・6	父清次郎
佐藤　俊雄	一等兵	？	天王町	バタンガス州マレブンヨ山	6・5	？
菅原　金助	伍長	23	細谷	一マニラ東方60㎞	5・15	父冨治
藤原　啓太郎	伍長	23	二田	バタンガス州マレブンヨ山	4・22	父利吉
三浦権左エ門	伍長	24	大崎	マニラ東方40㎞	7・10	兄権五郎
三浦　米三郎	伍長	23	大崎	マニラ東北方	6・18	父米吉
松村　竹之助	軍曹	26	児玉	ブラカン州イポ	3・14	父竹治
安田　喜三郎	伍長	24	羽立	バタンガス州マレブンヨ山	5・8	兄喜七郎

氏名	階級	年齢	本籍地	戦没地	戦没日	遺族
安田　喜助	兵長	26	羽立	バタンガス州マレブンヨ山	4・18	弟喜七郎
吉田　弘治	曹長	25	大崎	バタンガス州	3・30	兄吉次郎
渡辺　一夫	上等兵	23	天王	タヤバス州バナハオ山	8・14	父岩蔵・母タノ

井川町

本籍地の字・地番は不掲載とした。
戦没年の記載がない場合は昭和二十年を示す。

氏名	階級	年齢	本籍地	戦没地	戦没日	遺族
伊藤　菊治	伍長	23	上井川井内	タヤバス州	4・3	父佐吉・母カエサ
伊藤　友蔵	伍長	23	下井川今戸	マニラ東方60km	5・15	父兼吉・母キン
沢石　信吉	伍長	24	上井川井内	マニラ東方40km	5・15	父金治・母テツ
畠山　時雄	伍長	21	下井川北見尻	ラグナ州マキリン山	3・14	妻ユキ
渡辺　金作	少尉	32	上井川黒坪	バタンガス州チャオング西北	5・4	父礼治・母ハル

若美町

平成十七年に合併して現在は男鹿市（本籍地の字・地番は不掲載）。
戦没年の記載がない場合は昭和二十年を示す。

氏名	階級	年齢	本籍地	戦没地	戦没日	遺族
泉　運次郎	伍長	30	払戸	ラグナ州	2・7	長女三浦シゲ子

氏名	階級	年齢	本籍地	戦没地	戦没日	遺族
内田 金之助	伍長	23	払戸	マニラ東北方	5・18	父助吉・母ハナ
工藤 勝五郎	兵長	21	潟西野石	ルソン島	4・3	父勝治・母マツエ
小坂 清重郎	軍曹	26	潟西野石	マニラ東北方	7・23	父清吉・母ソコ
児玉 多郎吉	伍長	?	潟西角間崎	マニラ東方陣地	5・5	父四方吉
柴田 新一	上等兵	29	福米沢	タヤバス州バナハオ山	8・24	甥光治
高橋 吉夫	伍長	?	払戸	マニラ東方60km	6・9	母こん
富山 正憲	伍長	23	払戸	マニラ東方光明山	5・31	父怒之助・母キツ
中田 末吉	曹長	25	潟西福米沢	ラグナ州カランバ	7・15	父熊太郎・母ナヨ
中田 専之助	伍長	23	潟西福米沢	ラグナ州	4・3	母サト
畠山 好次郎	上等兵	22	潟西野石	マニラ市第一二陸軍病院	昭19・10・31	父好松・母ヨ子
畠山 好太郎	伍長	23	潟西野石	バタンガス州	4・29	父好松・母ヨ子
畠山 佐吉	伍長	25	潟西野石	ラグナ州	4・21	妻好枝・長女幸子

河辺町

平成十七年に一市二町が合併して現在は秋田市（本籍地の字・地番は不掲載）。
戦没年の記載がない場合は昭和二十年を示す。

氏名	階級	年齢	本籍地	戦没地	戦没日	遺族
伊賀利喜三郎	伍長	25	赤平	バタンガス州マレブンヨ山	4・29	兄伊太郎
石塚 金一郎	兵長	24	岩見三内	ラグナ州イムック・ヒル	4・2	妻フジエ

伊藤長右衛門	兵長	25	和田松淵	マニラ東方	6・10	父善蔵・弟善四郎
川上　英治	伍長	23	和田北野田高屋	マニラ陸軍病院	6・20	兄金一
熊谷　喜七郎	伍長	23	和田神内	マニラ東方60km	6・14	兄辰五郎
熊谷　金一郎	兵長	23	岩見三内	ラグナ州イムック・ヒル	4・3	父宇一郎・弟三男
金　銀一郎	伍長	26	和田野田高屋	バタンガス州サンタクラ	1・20	母サダ・甥慶一
佐々木　昌一	伍長	25	和田高岡	タヤバス州バナハオ山	7・10	父乙吉・弟隆治
鈴木　政美	伍長	？	和田松淵	マニラ東北方	7・23	父寛次郎
高橋　義雄	伍長	23	和田諸井	マニラ東方60km	2・8	父丹治・兄政雄
田口　銀治	伍長	24	岩見三内	マニラ東方40km	7・2	父銀之助・母ナツ
田口　剛	軍曹	25	岩見三内	タヤバス州チャオング	5・5	弟清
田近　義雄	伍長	26	和田諸井	ルソン島カランバ	3・14	弟一義
戸井田　傳蔵	兵長	26	岩見三内	ラグナ州ロスパニオス	3・26	父傳助・母キヨノ
戸井田吉治郎	伍長	24	岩見三内	バタンガス州サンチャゴ	4・15	父重治・母ユキ
戸沢　富雄	兵長	23	岩見三内	ラグナ州カランバ付近	2・10	兄幸雄
藤田　功	伍長	23	和田戸島	ルソン島	3・14	兄艶夫

雄和町

平成十七年に一市二町が合併して現在は秋田市（本籍地の字・地番は不掲載）。
戦没年の記載がない場合は昭和二十年を示す。

氏名	階級	年齢	本籍地	戦没地	戦没日	遺族
浅野 修次	兵長	27	大正寺神ケ村	ピリリヤ北方12km	7・23	父喜市・母ナツ
池田 万次郎	上等兵	22	川添下黒瀬	ミンドロ島	10・16	父専之助・母キイ
石井 由夫	伍長	?	戸米川戸賀沢	マニラ東方40km	6・30	父由蔵
伊藤 昌四郎	軍曹	25	川添草川	マニラ東北方40km	7・6	父隆太郎・母リサ
今川 伍郎	伍長	?	戸米川相川	タヤバス州バナハオ山	7・20	兄定治
岡部 葵四郎	兵長	23	大正寺新渡	マニラ東北方40km	8・10	母ノブ・兄久之助
加藤 久栄	伍長	33	種平種沢	ラグナ州イムック・ヒル	5・4	兄武美
工藤 正夫	兵長	25	大正寺宣沢	タヤバス州タヤバス東方20km	6・20	父辰五郎・母トメ
黒﨑 幸雄	兵長	24	川添椿川	バタンガス州クエンカ	4・13	父義三郎・母キエ
黒﨑 竹松	兵長	25	川添椿川	ラグナ州三一七高地	3・11	父惣一郎・母ハナ
斎藤 清寿	伍長	23	種平種沢	バタンガス州マレブンヨ山	3・29	父清・母サヨ
斎藤 金司	曹長	25	大正寺繋	バタンガス州マレブンヨ山	4・25	母ミツ・兄喜雄
佐々木 清治	兵長	23	大正寺神ケ村	ラグナ州カラワン	4・20	父勘左エ門・母ナツ
佐々木 傳一	伍長	33	大正寺神ケ村	バタンガス州オリラ山	3・30	妻チヨ・長男一男
高村 良太郎	?	?	川添	タイタイ北方	?	?
鳥海 敬治	兵長	23	戸米川相川	マニラ東方	4・10	兄源蔵

永沢　熊雄	伍　長	23	川添草川	バタンガス州ブンガバン	3・15	父吉太郎・母ハルエ
藤原　勇太郎	曹　長	32	川添田草川	マニラ東方60㎞	7・8	妻ワイ・長男勇治
松山　徳治	兵　長	23	種平平尾鳥	ラグナ州リザール	1・20	父孫太郎・兄政治
渡辺　金夫	伍　長	24	戸米川相川	マニラ東北方	4・27	父善八・母マツエ

◎大館・北秋地区　計　二三八名

大館市

平成十七年の田代町・比内町との合併以前の旧大館市（本籍地の字・地番は不掲載）。
戦没年の記載がない場合は昭和二十年を示す。

氏名	階級	年齢	本籍地	戦没地	戦没日	遺族
會澤　幸一	少尉	24	釈迦内	マニラ東方40km	6・20	父栄蔵・母サン
虻川　誠一	曹長	26	下川沿川口	マニラ東北方	3・28	父藤一・母イト
石田　永之松	伍長	27	長木下代野	マニラ東方40km	7・8	父正治・母フミ
石田　貞之助	准尉	28	中城	リザール州モンタルバン	7・20	父芳吉・母サダ
石戸谷　喜市	兵長	23	真中横崎	バタンガス州デタ	3・14	父喜代治・母ハル
伊藤　儀一	伍長	？	釈迦内	タヤバス州チャオング	5・4	母その
伊藤　義明	軍曹	25	二井田茅野市	タヤバス州バナハオ山	6・25	父由蔵・母タミ
伊藤　隆二	伍長	？	長倉町	バタンガス州マレブンヨ山	5・10	母キヱ
大澤　正	兵長	23	二井田	バタンガス州サンホセ・ヒル	3・20	母ツネ・弟政美
小野地　直衛	少尉	26	桂城	バタンガス州マコロド山	4・25	父久吉・母リノ
兼平　柾雄	兵長	23	中通三角	マニラ東北方40km	6・9	母キチ・兄重蔵
木次谷　秀男	伍長	？	十二所葛原	ラグナ州カランバ	1・27	父兵吉・母トワ
工藤　忠四郎	大尉	41	中道三角	リザール州モンテンルパ	昭23・8・13	妻コウ・長男博康
熊田　清春	上等兵	23	長木雪沢	ラグナ州ロスパニオス	2・26	父文治・母ヨキ
小濱　米蔵	伍長	21	中通三角	マニラ第一二陸軍病院	5・20	父吉太郎・母キヱ
近藤　久五郎	軍曹	26	十二所	マニラ東北方40km	7・3	父久之助・母カヨ

斎藤　忠雄	上等兵	？	新地	ラグナ州バイ	2・6	父惣市
斎藤　敏夫	伍長	26	下川沿片山	バタンガス州マレブンヨ山	4・10	母ヨシ・弟文雄
斎藤　三雄	上等兵	23	鉄砲場	ラグナ州イムック・ヒル	昭19・11・15	父徳治・母ウキ
斎藤　幸雄	上等兵	20	大町	ラグナ州三一七高地	3・13	父彦弥・弟忠彦
櫻田　功	伍長	24	花岡	マニラ東北方	7・20	妻マチヱ・三女和子
佐々木　正吾	兵長	？	十二所曲田	ラグナ州イムック・ヒル	4・2	父運吉・母ミナ
佐藤　俊一	伍長	27	下川沿川口	タヤバス州バナハオ山	5・5	母キク・兄千代松
茂内　隆	伍長	22	谷地町	バタンガス州バタンガス	1・26	父喜代治・母サダ
菅原　一三	准尉	28	釈迦内松木	バタンガス州マレブンヨ山	4・29	父亀松・母ナカ
菅原　正雄	曹長	35	釈迦内	マニラ東方80km	7・22	妻スモ・長男正克
高橋　三郎	曹長	26	大舘	マニラ東方	5・9	父千助・母ハル
高橋　久志	兵長	？	大町	マニラ東方40km	8・14	従兄弟茂
高橋　三好	伍長	23	二井田	マニラ東方40km	6・28	姉チヤ
武田　宇一郎	伍長	23	真中大披	マニラ東北方モンタルバン	2・24	父卯吉・母ハル
武田　三郎	伍長	23	花岡	ラグナ州カランバ	4・3	父巳之松・母フヨ子
武田　武夫	兵長	？	二井田大子内	バタンガス州ブンガハン	4・14	母ナツ・兄重雄
田中　一豊	伍長	23	長木東	ラグナ州イムック・ヒル	4・23	父巳之松
田中　久治	伍長	25	釈迦内	マニラ東北方40km	5・30	父米吉・母キワ
田中　松蔵	伍長	23	水門前	マウンテン州アムサルサル	6・13	父直吉・母美喜

田畑　清松	伍長	30	長木雪沢	ラグナ州ロスパニオス	3・7	父岩吉・長女レイ子
田村　良治	曹長	？	長木芦田子	マニラ東方50km	8・13	父佐七郎・母シテ
田山　金藏	兵長	23	釈迦内沼館	ラグナ州イムック・ヒル	4・4	父金二郎・母チヨ
仲谷　正一	曹長	37	二井田	マニラ東北方60km	7・8	父卯太郎・母ヨネ
奈良　茂	伍長	24	十二所道目木	タヤバス州バナハオ山	7・27	父新蔵・母フク
成田　三郎	伍長	？	花岡	マニラ市	4・3	妻ヤス・長男亮司
野口　栄一	伍長	26	馬喰町	ラグナ州三一七高地	3・13	父忠八・母タミ
畠山　卯一郎	伍長	26	二井田	バタンガス州オリラ山	3・31	父宇太郎・母シエ
畠山　千代吉	曹長	？	十二所	バタンガス州デタ	4・18	父五郎兵衛・兄常吉
畠山　正雄	伍長	26	十二所曲田	タヤバス州バナハオ山	8・13	父卯吉・母タミ
畑田　重治	兵長	24	長木雪沢	バタンガス州マレブンヨ山	4・8	父岩吉・母ナヲ
花田　駒之助	軍曹	35	十二所	ラグナ州イムック・ヒル	4・3	妻キヱ・長男一
花田　貞義	伍長	？	十二所	バタンガス州マレブンヨ山	5・20	父三郎・母ヨシヱ
浜松　菊治	伍長	22	一心院南	マニラ東方60km	6・15	父省一・母ミネ
原　忠治	伍長	32	長木川南	タヤバス州バナハオ山	4・25	父新蔵・母フク
藤盛　春次	上等兵	25	花岡	マニラ東北方	7・5	父亀治・母ナミ
本多　行雄	伍長	23	上川沿餌釣	マニラ東方40km	5・30	父柾吉・母イソ
三浦　真	上等兵	30	釈迦内	マニラ東北方モンタルバン	2・24	父徳次郎・母タミ
山口　與次郎	兵長	30	新地	タヤバス州バナハオ山	6・27	父菊蔵・母サキ

氏名	階級	年齢	本籍地	戦没地	戦没日	遺族
山内　清雄	伍長	23	下長木大茂	タヤバス州タヤバス	4・13	妻キミ・長女マキ子
山内　清聡	少尉	26	長木大茂内	バタンガス州マレブンヨ山	4・5	父清治・母リサ
山内　良春	伍長	21	長木大茂内	ラグナ州カランバ	3・8	父良蔵・母ヨシ
若木　鐵太郎	上等兵	24	矢立白沢	バタンガス州マレブンヨ山	4・22	父源二郎・母ナミ
若狭谷渡志男	伍長	24	新地	マニラ東方60km	4・29	父誠・母チヨ
渡辺　光次郎	兵長	27	護摩木道下	マニラ東方40km	6・20	姉文子
渡部　米蔵	伍長	？	釈迦内	マニラ東北方40km	7・15	父耕・母ナヲ

鹿角市

本籍地の字・地番は不掲載とした。
戦没年の記載がない場合は昭和二十年を示す。

氏名	階級	年齢	本籍地	戦没地	戦没日	遺族
浅石　七郎	兵長	27	宮川宮麓	マニラ東方80km高地	4・20	兄重次郎
阿部　久四郎	伍長	25	八幡平大字長井田	バタンガス州ブンガハン	3・14	父久吉
阿部　志郎	兵長	22	八幡平	ラグナ州ロスパニオス	3・26	母タカ
阿部　藤衛	兵長	25	大湯	マニラ東北方	6・15	母カヨ・弟定衛
阿部　藤男	曹長	？	宮川長谷川	タヤバス州バナハオ山麓南側	5・23	父藤一・母タミ
安藤　勝俊	伍長	23	錦木末広	ラグナ州カラワン	4・29	父勝太郎・母トク
池田　修造	曹長	27	毛馬内	マニラ東北方	5・15	父三郎・弟友次

石井　新太郎	少佐	40	花輪	ラグナ州	2・10	妻キミ・長男秀太郎
石木田　鐵夫	伍長	22	花輪	マニラ東方40km	4・29	父直吉・母ナヲ
岩泉　徳二	伍長	30	毛馬内	マニラ東方40km高地	8・14	母ナツ・甥正
大里　正蔵	曹長	26	花輪	タヤバス州西部	5・2	父万次郎・母シミ
勝田　清三	伍長	21	毛馬内	マニラ東北	5・3	父仁太郎・母カツ
川又　久治	伍長	24	柴平柴内	バタンガス州菊水城方面	4・11	妻ノリ・長女幸子
木村　晃	兵長	23	大湯	ヌエバビスカヤ州サンミゲル	6・20	父小助・母ナツ
木村　九一郎	伍長	27	曙松谷	バタンガス州マレブンヨ山	4・25	父九次郎
木村　降蔵	伍長	？	大湯	ラグナ州ラグナ山	4・4	妻ミヱ
木村　六郎	伍長	26	尾去沢尾去沢鉱山	マニラ東方厳山	6・1	父享之助・母ハル
金田一　與一	伍長	25	錦木	マニラ東北方	6・20	養父末吉・養女ノリ
工藤　嘉七	伍長	26	宮川宮麓	キャビテ州テルナテ	3・26	父直太郎・母サト
工藤　泰助	兵長	22	尾去沢尾去	バタンガス州クエンカ	2・18	父孫吉・母チヱ
工藤　忠雄	兵長	？	尾去沢尾去	マニラ東北方	？	父文弥・母タヱ
熊谷　勝美	少尉	32	花輪	ラグナ州三一七高地	3・13	父勝太郎・母いの
栗山　兵一郎	兵長	23	宮川長谷川	アラミノス附近	3・26	妻ヤヘ・長男英雄
斎藤　五郎	伍長	26	曙長井田	バタンガス州マコロド山	4・19	父道治・兄正男
斎藤　三郎	伍長	22	曙長井田	ミンドロ島サンホセ付近	3・10	父専太郎・母ヨシ
斎藤　清次郎	兵長	？	花輪	キャビテ州	4・29	父礼蔵・母ハナ

斎藤　徳治	伍長	22	毛馬内	バタンガス州マレブンヨ山	4・29	父寅吉
櫻田　誠	伍長	23	尾去沢尾去鉱山	マニラ東方40km	6・20	兄弘
佐々木勘次郎	上等兵	?	八幡平	?	?	?
佐藤　好祐	伍長	24	花輪	マニラ東方40km	5・15	父清助・亜はアサ
佐藤　享一	曹長	29	柴平平元	マニラ東北方	2・25	父長次郎・弟富夫
佐藤　正治	伍長	23	柴平柴内	マニラ東方40km	7・10	義兄久太
佐藤　武治	伍長	24	花輪	リザール州ワワ	7・5	父善松・母ハツ
佐藤　信廣	軍曹	?	尾去沢尾去	東カロリン群島クサイエ島	8・6	母チヤ
佐藤　義男	伍長	24	曙長井田	バタンガス州マレブンヨ山	4・29	父甚太郎・母フヂ
佐藤　義範	兵長	24	尾去沢尾去	マニラ東方40km	2・3	父和一郎・母コト
澤田　賢一	曹長	?	尾去沢尾去	タヤバス州ドロレス西方	5・2	弟金也
澤口　忠三	伍長	23	毛馬内	タヤバス州バナハオ山	7・10	父松太郎・兄伊太郎
高橋　正次郎	曹長	25	花輪	ラグナ州バイ	2・6	父敬吉・母キヌ
田口　栄	伍長	24	大湯	マニラ東方50km	6・10	父政吉・母ミチ
田原　亥三治	兵長	23	毛馬内	マニラ東北方	4・28	父兼松・母フテ
田原　武夫	伍長	41	宮川長谷川	バタンガス州アラミノス	3・26	母フク・兄平吉
豊田　慶作	軍曹	?	柴平平元	バタンガス州マレブンヨ山	5・3	父金次郎・兄金市
豊田　正美	軍曹	?	柴平柴元	ラグナ州カラワン	3・26	妻ツマ
豊巻　信一	兵長	29	花輪	ラグナ州イムック・ヒル	4・4	父兼治・母マツヱ

奈良　清志	兵長	23	毛馬内	マニラ東北方	5・10	父元治郎・母マツ
奈良　金一	伍長	22	大湯草木	ミンドロ島サンホセ	3・10	父重次郎・母マミ
畠山　善三郎	兵長	30	曙長井田	バタンガス州タガイタイ	8・7	父善吉・母フチ
林　勝雄	伍長	23	花輪	マニラ東北方	6・10	妻テリ
丸岡　忠雄	伍長	23	毛馬内瀬田石	マニラ東方40km	6・10	母クマ
三ケ田　修造	上等兵	24	花輪町	ルソン島	3・10	父平作・母俶章
宮守　金治郎	上等兵	22	大湯	ラウニオン州	昭19・10・10	父弥七郎・母チヨ
山口　與五郎	准尉	29	宮川長谷川	マニラ東北方	8・14	父卯八・母マツ
湯澤　一蔵	伍長	24	毛馬内	マニラ東方40km	6・10	父伊太郎・母ハル

小坂町

本籍地の字・地番は不掲載とした。
戦没年の記載がない場合は昭和二十年を示す。

氏名	階級	年齢	本籍地	戦没地	戦没日	遺族
池田　吉太郎	兵長	25	小坂	バタンガス州マコロド山	4・20	父豊吉・母シヱ
池田　喜代治	兵長	23	小坂	タヤバス州チャオング	5・26	父豊吉・母シヱ
池田　房雄	伍長	24	小坂	ミンドロ島サンホセ北方	7・15	父房治・母チヤ
尾山　三之助	伍長	23	小坂鉱山	マニラ東方40km	6・10	母ナツ・兄與三郎
亀田　武二	伍長	21	七滝大地	タヤバス州サリアヤ	2・18	父西蔵・母サン

氏名	階級	年齢	本籍地	戦没地	戦没日	遺族
川口　政直	軍曹	26	小坂	バタンガス州クエンカ	3・26	父助次郎・母サキ
木村　栄治	伍長	？	七滝荒谷	タヤバス州七〇〇高地付近	5・10	父佐次郎・母ハル
斎藤　菊雄	伍長	23	小坂鉱山	タヤバス州マハイハイ	8・1	母サキ・兄菊太郎
佐藤　助常	准尉	？	小坂鉱山	ラグナ州ロスバニオス	3・27	父直治
高橋　二郎	兵長	？	小坂鉱山	ラグナ州カラワン	8・24	父東吉
千田　耕作	曹長	24	小坂鉱山	ラグナ州イムック・ヒル	5・4	父謙治・母キクヱ
中村　長蔵	兵長	35	小坂	リザール州モンタルバン	8・14	父長五郎・母チヨ
中村　利巳	伍長	23	小坂端	ラグナ州イムック・ヒル	5・1	父利七・母シミ
成田　吉之助	曹長	？	七滝上向	タヤバス州バナハオ山	5・8	妻ヨク
成田　長雄	伍長	24	小坂鉱山	マニラ東方60km	7・8	父仁助・チヨ
本田　慶蔵	伍長	27	小坂鉱山	マニラ東方40km	8・14	父敬助・母スミ

鷹巣町

平成十七年に四町が合併して、現在は北秋田市（本籍地の字・地番は不掲載）。
戦没年の記載がない場合は昭和二十年を示す。

氏名	階級	年齢	本籍地	戦没地	戦没日	遺族
五十嵐定五郎	兵長	35	鷹巣	バタンガス州二〇一高地	3・11	妻チエ・長女弘子
石川　利永治	兵長	25	綴子	マニラ東方	7・9	父丹治郎・母フサ
大川　健市郎	兵長	23	七座黒沢	バタンガス州マコロド山	4・20	父鶴治・母ムラ

小笠原　栄次	軍曹	25	綴子	マニラ東方陣地	8・12	父為治・母ヨシ
柏木　與一郎	伍長	26	七日市	マニラ東北方陣地	5・26	父吉助・母サン
高坂　伊三郎	伍長	23	坊沢	ラグナ州イムック・ヒル	5・4	父万之助・リノ
近藤　金廣	兵長	23	沢口脇神	ラグナ州イムック・ヒル	4・4	父常蔵・母かね
佐藤　茂	伍長	22	鷹巣	ラグナ州ロスバニオス	5・27	父仁吉郎・母スイ
佐藤　博治	中尉	24	鷹巣	マニラ東北方	5・20	父為治・継母キサ
佐藤　又蔵	兵長	22	坊沢	バタンガス州クエンカ	3・26	父松明・母トメ
簾内　小市	伍長	23	七座今泉	リザール州ワワ	3・10	父末吉・母アキ
千葉　盛治	准尉	28	七日町横渕	バタンガス州マレブンヨ山	4・5	父市太郎・母リノ
長岐　幸雄	兵長	24	七日市	マニラ東北方	4・16	父千代治・母トメ
成田　喜久雄	伍長	23	鷹巣	バタンガス州マレブンヨ山	4・22	父喜久郎・母キノ
成田　政雄	曹長	24	七座今泉	バタンガス州	4・3	父万太郎・母キヨ
布田　祐亨	伍長	25	七日市品類	マニラ東方40km	7・22	父福松・母スモ
畠山　吉治	兵長	26	坊沢	ミンドロ島	6・13	父角之助・母マチ
畠山　富蔵	伍長	22	綴子	バタンガス州マコロド山	4・29	父寅五郎・母フク
花岡　竹雄	兵長	26	綴子	サンチャゴ	4・15	妻キヨヱ・長女キミヱ
花田　茂	軍曹	26	沢口脇神	マニラ東北方	7・23	父宇一郎・母ハツ
藤島　勇蔵	伍長	26	綴子	ラグナ州イムック・ヒル	4・29	内妻キクヱ
藤島　好道	兵長	24	綴子	マニラ東方	6・10	父利吉・母スヱ

氏名	階級	年齢	本籍地	戦没地	戦没日	遺族
藤原　市蔵	伍長	23	七日市	マニラ東方40km	6・1	長女レイ子
三浦　辰次	上等兵	23	綴子	バタンガス州マコロド山	6・10	父長吉・母ミサ
村上　徳一郎	上等兵	24	綴子	マニラ東方	6・10	父徳蔵・母チヨ
吉田　哲夫	伍長	26	鷹巣	バタンガス州マレブンヨ山	4・8	父喜吉・母シゲ

比内町

平成十七年に合併して、現在は大館市（本籍地の字・地番は不掲載）。
戦没年の記載がない場合は昭和二十年を示す。

氏名	階級	年齢	本籍地	戦没地	戦没日	遺族
大坂谷　喜一	伍長	26	扇田	バタンガス州マコロド山	3・20	父牛二郎・母キク
長内　末治	伍長	24	大葛	タヤバス州バナハオ山	5・10	長男勲
金谷　守正	伍長	26	扇田	リザール州モンタルバン	7・13	金義兄忠
小松　恒哉	上等兵	25	東館独鈷	バタンガス州マレブンヨ山	4・18	父栄太郎
佐藤　勝雄	曹長	27	大葛	ラグナ州イムック・ヒル	4・1	父市五郎
佐藤　清	伍長	25	扇田	マニラ東方80km	9・10	父喜之助・母トワ
佐藤　次作	伍長	24	大葛	バタンガス州マコロド山	4・18	父東太郎
柴田　與蔵	伍長	24	東館味噌内	タヤバス州バナハオ山	7・13	父與一
高松　正	伍長	20	西舘笹楯	マニラ東方40km	6・20	父兼松
野呂　善正	兵長	23	西舘笹館	マニラ東北方	7・23	長女勝子

氏名	階級	年齢	本籍地	戦没地	戦没日	遺族
高橋　政美	伍長	26	東館中野	ラグナ州マキリン山	3・14	父彦三郎・母ハツ
高橋　元美	軍曹	26	扇田	タヤバス州バナハオ山南側	8・6	母モト
武石　幸助	伍長	25	西舘笹楯	マニラ東北方40km	7・20	父幸吉・母ハル
長岐　竹松	兵長	23	扇田	リザール州ワワ	3・19	父佐七・母キク
長谷部　博	兵長	23	西舘八木橋	バタンガス州	4・25	母アキ
畠山　貞治	兵長	22	西舘八木橋	バタンガス州マコロド山	3・20	母マメ・兄福右エ門
羽澤　幸治	伍長	26	西舘達子	マニラ東北方	5・16	父友治
羽澤　豊治	伍長	23	西舘達子	マニラ東方40km	8・14	父助三郎
渡辺　勝則	兵長	23	西舘笹楯	ラグナ州	4・3	父雄一・義姉フヨ

森吉町

平成十七年に四町が合併して、現在は北秋田市（本籍地の字・地番は不掲載）。
戦没年の記載がない場合は昭和二十年を示す。

氏名	階級	年齢	本籍地	戦没地	戦没日	遺族
安東　喜久治	伍長	23	米内沢	バタンガス州マレブンヨ山	4・22	父寅吉・母リヱ
石崎　末藏	伍長	23	米内沢浦田	タヤバス州	8・10	父多郎吉・母チヨ
奥山　由蔵	兵長	23	米内沢浦田	バタンガス州	4・15	父石五郎・母ハル
佐藤　廣治	伍長	23	米内沢	マニラ東方40km	6・30	父政吉・母スエ
佐藤　廣	兵長	23	米内沢浦田	ルソン島南部	4・8	父佐吉・母トヨ

氏名	階級	年齢	本籍地	戦没地	戦没日	遺族
羽場　直吉	伍長	23	前田森吉	マニラ東方40km	5・20	父留之助・母はつ
古倉　勝郎	伍長	25	前田根森田	マニラ東方60km	7・8	父菊松・養母セキ
吉田　勘一郎	伍長	30	前田森吉	マニラ東北方	6・30	父金助・母スヱ
吉田　直蔵	兵長	23	前田森吉	マニラ	9・23	妻ノブヱ
吉田　政五郎	兵長	26	前田森吉	マニラ東方40km	7・14	父万助・母マツ
吉田　勇蔵	伍長	25	前田森吉	タヤバス州バナハオ山	6・2	父留五郎・母シヱ

阿仁町

平成十七年に四町が合併して、現在は北秋田市（本籍地の字・地番は不掲載）。
戦没年の記載がない場合は昭和二十年を示す。

氏名	階級	年齢	本籍地	戦没地	戦没日	遺族
伊藤　正男	伍長	23	阿仁合真木沢鉱山	マニラ東方40km	4・29	母キミヱ・姉ヨネ
伊藤　政雄	兵長	23	阿仁合真木沢鉱山	ルソン島東海岸	4・4	母フデ
上杉　直治	伍長	25	大阿仁萱草	バタンガス州オリラ山	4・11	父由松・弟直松
越前谷　鐵雄	伍長	23	大阿仁萱草	マニラ東方40km	7・10	母トク・兄政治
加藤　忠一郎	兵長	23	阿仁合水無	ラグナ州イムック・ヒル	4・18	父忠治・弟春吉
菊地　宇一郎	伍長	25	大阿仁長畑	バタンガス州ラバック	?	父留五郎・母リヨ
佐藤　務	兵長	23	大阿仁比立内	バタンガス州イババオ	3・1	甥忍
佐藤　芳雄	伍長	32	大阿仁根子	バタンガス州マコロド山	4・29	兄爲蔵

田代町

平成十七年に合併して、現在は大館市（本籍地の字・地番は不掲載）。
戦没年の記載がない場合は昭和二十年を示す。

氏名	階級	年齢	本籍地	戦没地	戦没日	遺族
佐藤　與助	伍長	23	大阿仁比立内	リザール州ワワ	7・15	父梅五郎・母シヱ
佐藤　義雄	伍長	？	阿仁合小沢銀山	マニラ東方60km	7・8	父幸一郎
鈴木　竹治	兵長	25	阿仁合水無	バタンガス州マレブンヨ山	5・10	父運太郎・弟兼治
鈴木　留治	兵長	23	大阿仁戸島内	リザール州モンタルバン	5・26	父勘助
鈴木　直蔵	伍長	23	大阿仁幸屋渡	マニラ東方40km	6・15	父長之助・義弟富蔵
高橋　勝美	上等兵	23	阿仁合宣草鉱山	アグナ州メガネ	2・26	母ミノ
高堰　国榮	伍長	23	大阿仁戸島内	ニンドロ島	7・18	父易吉・弟磯治
田中　實	上等兵	24	大阿仁宣草	ラグナ州	2・6	父西蔵・弟章
西根　直次郎	伍長	29	阿仁合荒瀬	マニラ東方光明山	5・31	弟信一
播磨　久一郎	伍長	24	阿仁合二枚鉱山	マニラ東北方	5・31	義兄幸一
蛭田　忠	兵長	23	阿仁合小沢鉱山	ラグナ州	1・20	父徳治・兄広治
松崎　健一郎	伍長	23	大阿仁比立内	バタンガス州レブンヨ山	4・29	父勇助・兄政之助
松橋　重蔵	伍長	23	幸原渡山根	マニラ東方40km	7・8	母クニ・兄運蔵
柳谷　市松	兵長	23	阿仁合小淵	マニラ東北方40km	5・13	父兼松・弟福松
山田　鐵雄	軍曹	26	大阿仁根	マニラ東北方モンタルバン	6・10	父由蔵・兄二男

氏名	階級	年齢	本籍地	戦没地	戦没日	遺族
浅利　信夫	伍長	23	山瀬山田	バタンガス州サンタクララ	4・22	妻キクエ
木村　宇三郎	伍長	24	早口	マニラ東北方	7・1	父宇一・姪サキ
佐藤　菊雄	軍曹	26	山瀬山田	タヤバス州バナハオ山	4・10	父吉太郎・妹トミヱ
佐藤　孝一	兵長	23	早口	ラグナ州イムック・ヒル	4・5	父藤太郎・母リツ
佐藤　直	伍長	23	山瀬山田	ルソン島	2・3	父吉太郎・妹トミヱ
関　熙	准尉	28	早口	タヤバス州バナハオ山	7・27	母キタ・兄巌
高橋　秀逸	兵長	25	早口	ラグナ州	4・29	父慶助
田村　重雄	伍長	23	山瀬岩瀬	タヤバス州バナハオ山	3・10	母ミヱ
照井　健蔵	軍曹	26	早口長坂	マニラ東方40km	6・30	父友之助・甥繁

合川町

平成十七年に四町が合併して、現在は北秋田市（本籍地の字・地番は不掲載）。
戦没年の記載がない場合は昭和二十年を示す。

氏名	階級	年齢	本籍地	戦没地	戦没日	遺族
工藤　與三郎	中尉	？	上大野上杉	マニラ東北方	4・2	父彦太郎・母キヨ
工藤　與之助	兵長	26	上大野上杉	ラグナ州方面	4・23	父久米之助・兄惣之助
斎藤　宇三郎	兵長	22	上大野下杉	マニラ東方40km	6・9	父米吉・母リツ
斎藤　勝治	兵長	？	落合新田目	ルソン島	2・3	父喜一郎・母サト
桜井　多一郎	兵長	？	下大野木戸石	マニラ東北方	3・26	父益吉・母おうた

氏名	階級	年齢	本籍地	戦没地	戦没日	遺族
桜田　繁治	兵長	22	下小阿仁根田	ラグナ州	3・11	父政治・母サナ
佐藤　清之助	軍曹	27	上大野川井	ラグナ州ロスパニオ	5・14	父卯太郎
佐藤　忠一	兵長	24	小阿仁根田	ミンドロ島	2・10	父憲二郎・母リツ
成田　源次郎	曹長	？	落合李岱	マニラ東方40km	5・30	父堅助・母サン
藤田　助吉	伍長	？	上大野川井	バタンガス州デタ	4・15	母スヱ・姉キヱ
吉田　三郎	伍長	22	上大野川井	タヤバス州タヤバス	2・10	母キヱ・弟留五郎
米倉　友二	伍長	23	上大野上杉	ルソン島	5・25	父善治・兄宇一郎

上小阿仁村

本籍地の字・地番は不掲載とした。
戦没年の記載がない場合は昭和二十年を示す。

氏名	階級	年齢	本籍地	戦没地	戦没日	遺族
鈴木　佐五郎	一等兵	？	上小阿仁	バタンガス州マコロド山	3・14	兄佐市郎
鈴木　末藏	伍長	22	南沢	リザール州ワワ	7・5	父長蔵・母リヨ
武石　金逸郎	？	？	仏社	北部ルソン・サラクサク付近	3・5	母トセ
田中　米蔵	伍長	23	五反沢	ラグナ州イムック・ヒル	3・20	父与助・母カネ
萩野　多一郎	兵長	24	堂川	マニラ東方40km	5・5	母ハル
山内　清雄	上等兵	23	沖田面	マニラ東北方	4・13	父亀治・母ナミ
山田　文夫	軍曹	？	沖田面	マニラ東方40km	7・20	叔父貞三郎

◎能代・山本地区　計　一五〇名

平成十八年の二ツ井町との合併以前の旧能代市（本籍地の字・地番は不掲載）。
戦没年の記載がない場合は昭和二十年を示す。

能代市

氏名	階級	年齢	本籍地	戦没地	戦没日	遺族
相沢　豊夫	兵長	23	柳町	ラグナ州	5・17	兄耕三
相沢　與太郎	伍長	23	能代町	マニラ東方40km	7・10	父與之助・母サタ
秋元　四郎	兵長	？	浅内	マニラ東北方陣地	6・11	姉シガ
浅野　文雄	伍長	24	鰄渕	ラウニオン州ラウエステー	10・10	父文蔵
池内　二郎	伍長	？	南仲	マニラ西方４km	8・9	父與五郎・母チヱ
石川　源太郎	伍長	？	柳町	マニラ東方40km	5・4	父徳太郎
石戸　茂	伍長	？	清助町	マニラ東方60km	7・8	父運治
伊藤　清之助	？	？	能代市	？	8・29	？
梅川　清一	伍長	21	下川反町	バタンガス州サンホセ・ヒル	3・19	父清之助・母トメ
梅田　富男	兵長	23	清助町	マニラ東方40km高地	6・20	父富三郎
越前　清高	伍長	？	中野	マニラ東方40km	8・14	父福松・兄福三郎
大高　勇	上等兵	23	向能代	タヤバス州バナハオ山	7・11	母サト
大塚　定吉	兵長	24	浅内河戸川	リザール州モンタルバン	1・15	兄追之助・妹スヱ
加賀　慶蔵	伍長	？	本能代	マニラ東方40km	7・8	妻初江
柏谷　福治	兵長	22	能代	バタンガス州マレブンヨ山	4・27	父政吉
鎌田　耕作	軍曹	26	須田	ラグナ州メガネ山	2・26	父敬吉

鎌田　長年	伍長	？	須田	ブラカン州イボ	5・20	父長一・弟捷一
岸部　俊雄	軍曹	21	清助町	バタンガス州アリタグタグ	3・9	父長太郎
工藤　国太郎	兵長	23	上川反町	バタンガス州マレブンヨ山	4・28	父栄吉
工藤　茂男	伍長	？	能代市	マニラ東方四〇〇高地	6・10	？
工藤　孫太郎	軍曹	26	朴瀬	バタンガス州	1・29	父賢一郎・母サヨ
工藤　万次郎	上等兵	31	常盤久喜沢	タヤバス州バナハオ山	7・27	父松五郎・母トメ
斎藤　忠一	軍曹	25	富町	タヤバス州	6・27	父佐市郎・母リサ
佐々木　栄治	兵長	26	上後町	タヤバス州バナハオ山	5・2	父豊太郎
佐藤　勘太郎	兵長	28	出戸	バタンガス州	3・13	妻クニ
佐藤　彦秀	伍長	23	落合	バタンガス州リパ・ヒ	6・3	父彦光・母チヨ
田中　雄記	伍長	？	上町	タヤバス州タヤバス	5・25	父寅蔵・母キタ
塚本　一郎	兵長	23	扇田	タヤバス州バナハオ山	2・22	父福蔵・母キサ
戸松　喜代治	上等兵	？	松山母体	ラグナ州バイ	2・6	父喜代松・母クラ
戸松　清之助	兵長	24	桧木母体	バタンガス州	4・25	父佐市・兄清三
直島　哲男	兵長	25	清助町	リザール州モンタルバン	6・10	父千代吉・母ハル
中村　正二	兵長	24	扇田	タヤバス州バナハオ山	2・22	兄正一
西宮　礼三	兵長	25	真壁町	ラグナ州	4・12	父源四郎
能登　堅蔵	伍長	？	能代	マニラ東方陣地	4・6	妻タカ
野呂田留五郎	伍長	？	向能代	マニラ東方40km	7・30	父繁蔵

野呂田　茂芳	少尉	?	浅内	バタンガス州	5・8	父豊作・母シゲ
袴田　正雄	兵長	23	能代	ラグナ州ロスバニオス	3・15	父堅三郎
林　瑞男	伍長	?	後町	マニラ東方40km陣地	5・5	父與助
原田　吉太郎	上等兵	?	浅内	マニラ東方振武台	3・26	?
原田　多仁夫	伍長	24	浅内	バタンガス州マレブンヨ山	4・21	原父多市
平川　栄悦	曹長	26	清助	マニラ東方40km	6・17	平父清四郎
藤田　一雄	伍長	25	坊ケ崎	マニラ東方	7・15	父勝松
保坂　勝雄	伍長	23	浅内	タヤバス州ドロレス	5・10	父三次郎・母キノ
堀内　重次	兵長	23	扇田	ラグナ州ロスバニオス	4・12	父運吉
松橋　勇	上等兵	23	鰄渕	バタンガス州アラミノス西方	3・29	父喜助
八木　修三	軍曹	?	向能代	マニラ東方40km	5・4	父直治・母ナツ
矢田部鉄太郎	伍長	25	桧山	バタンガス州ラバック	3・18	父弥吉・母フツ
山崎　金蔵	兵長	22	桧山	バタンガス州マレブンヨ山	4・20	父幸一・兄金一
若狭　市三郎	伍長	23	向能代	タヤバス州バナハオ山	6・22	父常三郎
若狭　金正	伍長	?	向能代	ミンドロ島サンホセ	3・10	父権八・母サヨ
若狭　清一	伍長	22	般若町	バタンガス州	4・14	父清治郎
若狭　誠一郎	上等兵	?	能代市	バタンガス州マレブンヨ山	4・14	?
渡部　強三	軍曹	?	松山	マニラ東方陣地	5・20	父清一・兄雄
渡辺　長治郎	兵長	25	落合	バタンガス州マレブンヨ山	4・8	父重吉

琴丘町

平成十八年に三町が合併して、現在は三種町（本籍地の字・地番は不掲載）。
戦没年の記載がない場合は昭和二十年を示す。

氏名	階級	年齢	本籍地	戦没地	戦没日	遺族
大山 健之助	兵長	22	鹿渡鯉川	ラグナ州リザール	1・20	父栄三・母キン
伊藤 金十郎	兵長	?	鹿渡	バタンガス州マレブンヨ山	6・13	父重五郎・母ハル
加藤 金雄	兵長	?	上岩川	ラグナ州ロスバニオス	5・25	父福五郎
鎌田 三次郎	兵長	?	鹿渡	リザール州ワワ	7・18	父三蔵・母エシ
川田 六郎	上等兵	22	鹿渡	バタンガス州マレブンヨ山	4・29	父政之助・母キエ
小玉 二郎	曹長	?	鹿渡	マニラ東北方拠点	5・2	父健三郎
近藤 義一郎	曹長	30	鹿渡鯉川	リザール州モンタルバン東方	6・15	父金太郎・母チヱ
斎藤 兼五郎	伍長	23	鹿渡天瀬川	マニラ東方40km	6・9	父粂吉・母キヨメ
佐々木甚之助	伍長	?	鹿渡	バタンガス州	6・3	父喜代松・母スミ
田中 勝儀	兵長	?	鹿渡鯉川	マニラ東北方	4・23	父友衛・母ヨミ
見上 玉次郎	上等兵	?	鹿渡	ラグナ州ラグナ山	4・5	妻キミ・長男敬

二ツ井町

平成十八年に合併して、現在は能代市（本籍地の字・地番は不掲載）。
戦没年の記載がない場合は昭和二十年を示す。

氏名	階級	年齢	本籍地	戦没地	戦没日	遺族
伊藤　宇一	兵長	31	荷上場	バタンガス州ナスグブ	2・28	妻チワ・長女郁子
今立　三郎	少尉	29	二ツ井	バタンガス州カランバ	10・10	父末吉・兄善次郎
菊地　栄作	上等兵	23	二ツ井	バタンガス州ボクトル	1・10	妻リン・長女トモ子
菊地　吉勝	伍長	？	荷上場	バタンガス州マレブンヨ山	4・27	父吉太郎・母シマ
工藤　吉松	上等兵	31	響切石	ラグナ州ロスバニオス	3・29	妻リツ・次女いね子
茂内　謙治	兵長	22	種梅種	マニラ東方40㎞	8・14	父福松・兄徳松
清水　金治郎	兵長	23	響田代	タヤバス州バナハオ山	7・23	清父徳治・母リワ
高橋　芳三	伍長	26	荷上場	マニラ東北方モンタルバン	5・18	母キワ・甥勝
田中　一	伍長	26	二ツ井	マニラ東北方	4・3	父徳治・母シマ
成田　清	伍長	23	種梅種	マニラ東北方	5・23	父傳吉・母ミノ
畠山　兼一	伍長	25	響仁鮒	マニラ東方40㎞	4・29	父金松・母キクヱ
藤田　正	伍長	25	響田代	バタンガス州クエンカ	3・19	父慶治・母トメ
藤田　福三郎	兵長	24	種梅梅内	ルソン島	6・10	父久助・母イト
米川　三郎	一等兵	31	富根飛根	バタンガス州菊水域	4・20	妻ヱジヱ・長女カヅ子

八森町

平成十八年に峰浜村と合併して、現在は八峰町（本籍地の字・地番は不掲載）。
戦没年の記載がない場合は昭和二十年を示す。

氏名	階級	年齢	本籍地	戦没地	戦没日	遺族
太田　幸吉	上等兵	23	八森	ラグナ州バイ	2・6	父作太郎・甥文雄
加賀　忠一	伍長	？	八森	マニラ東北方拠点	6・20	父勝造
菊地　三郎	軍曹	？	八森	マニラ東方60km	7・7	兄藤一
工藤　岩太郎	伍長	？	岩舘	マニラ東北方拠点	5・6	妻ミワ・弟岩吉
工藤　兼治	曹長	31	沢田	タヤバス州ドロレス	8・1	？
工藤　良蔵	軍曹	26	八森	タヤバス州バナハオ山	5・11	母ハギ・妹チヨ
斎藤　豊治	軍曹	29	八森町八森	タヤバス州バナハオ山	8・8	父浅吉・母？
下坂　武雄	伍長	23	岩舘	マニラ東方40km	5・4	父嘉之助・母キヱ
須藤　末治	准尉	28	八森	ラグナ州三一七高地	3・13	母リヱ・文四郎
奈良　喜八	伍長	？	八森	マニラ東方40km	4・29	父政基
三澤　弘	伍長	？	八森	バタンガス州	3・10	母イト

八竜町

平成十八年に三町が合併して、現在は三種町（本籍地の字・地番は不掲載）。
戦没年の記載がない場合は昭和二十年を示す。

氏名	階級	年齢	本籍地	戦没地	戦没日	遺族
伊東　伊久治	兵長	24	浜口	リザール州モンタルバン	7・12	母ミネ・弟三郎
加賀谷　賢造	上等兵	23	浜口大口	タヤバス州バナハオ山	6・14	母リン・兄春三
金子　富美雄	伍長	23	浜口大口	マニラ東方40km	5・30	妻富枝
工藤　兼治	曹長	31	浜口芦崎	タヤバス州バナハオ山	7・12	妻ミサ
小林　繁勝	伍長	23	浜口芦崎	マニラ東方40km	6・10	父礼吉・兄専助
佐々木　富雄	兵長	26	鵜川	マニラ東北方陣地	9・19	父富政・母リワ
佐藤　茂三	伍長	23	鵜川	バタンガス州マレブンヨ山	4・24	母カツ・兄貞吉
関　長治	兵長	26	鵜川川尻	ルソン島南部	3・26	兄長五郎
田森　太助	上等兵	23	鵜川富岡新田	マニラ東方拠点	5・5	兄浅治
日諸　正次郎	准尉	28	鵜川	リザール州モンタルバン	6・24	弟金作
牧野　兼治	兵長	24	浜口大口	マニラ東北方拠点	6・5	父慶之助・母サタ
牧野　久男	伍長	26	浜口大口	マニラ東方四〇〇高地	3・28	母イワ・弟直三
牧野　義光	伍長	25	浜口大口	マニラ東北方	5・19	父三治郎・母モヨ

山本町

平成十八年に三町が合併して、現在は三種町（本籍地の字・地番は不掲載）。
戦没年の記載がない場合は昭和二十年を示す。

氏名	階級	年齢	本籍地	戦没地	戦没日	遺族
安藤　一郎	兵長	21	森岳	バタンガス州マレブンヨ山	4・20	父三郎・母ヨシノ
石井　清	伍長	23	森岳	ラグナ州イムック・ヒル	5・15	父佐平・母ハナ
板倉　定蔵	伍長	31	下岩川	バタンガス州マレブンヨ山	4・28	父三蔵・母トメ
北林　米蔵	兵長	23	森岳	バタンガス州オリラ川	3・30	父乙松・母ミナ
工藤　久治郎	兵長	23	森岳	ラグナ州カラワン	4・3	父忠治・母サヨ
桜田　鉄雄	軍曹	24	金岡外岡	バタンガス州マレブンヨ山	4・27	父金治・母ミチエ
桜田　富雄	准尉	28	金岡外岡	マニラ東方60km	8・14	父富吉・妻マメ
桜庭　健二郎	兵長	?	志戸橋	ラグナ州ロスバニオス	2・26	甥喜一郎
笹村　長司	伍長	23	金岡豊岡金田	マニラ東方光輝山付近	6・13	父長之助・母キエ
信田　兼五郎	兵長	22	金岡豊岡金田	イサベラ州イモリ東方3km	6・6	父金藏・母リノ
信太　鉄三郎	兵長	23	金岡豊岡金田	リザール州モンタルバ	4・12	父八十吉・母ツルノ
嶋田　健蔵	兵長	26	金岡志戸橋	ラグナ州バイ	3・8	嶋母カン・兄堅治
神馬　正治	伍長	30	森岳	タヤバス州バナハオ山	7・10	妻イト・長男正春
高橋　忠良	兵長	?	金岡豊岡	マニラ東方陣地	4・5	父勇吉・是良
高橋　藤一郎	伍長	23	金岡豊岡金田	マニラ東北方拠点	7・23	姪京子
成田　由五郎	伍長	31	志戸橋	ミンドロ島	6・13	妻ノブ・長男弘

氏名	階級	年齢	本籍地	戦没地	戦没日	遺族
袴田　鉄也	上等兵	24	金岡志戸橋	バタンガス州マレブンヨ山	5・3	父政治・母クマ
山崎　才吉	兵長	30	森岳	ラグナ州	3・11	長男勝美・兄才之助
渡辺　富雄	伍長	25	金岡志戸橋	タヤバス州七〇〇高地	5・10	母ミヱ・兄運治

藤里町

本籍地の字・地番は不掲載とした。
戦没年の記載がない場合は昭和二十年を示す。

氏名	階級	年齢	本籍地	戦没地	戦没日	遺族
淡路　正治	上等兵	22	藤琴大沢	マニラ第一二陸軍病院	10・23	父久吉・弟弘
伊藤　万一郎	伍長	31	藤琴ノ大沢	マニラ東方40km	?	妻リサ
桂田　善衛	曹長	26	粕尾	バタンガス州	7・15	父謙治・弟俊三
川村　勇蔵	兵長	23	藤琴	マニラ東北方	5・5	父惣一郎・甥慧悦
川村　要三	伍長	31	耗毛	マニラ東方40km	6・4	妻ツルヱ
菊地　浅治	伍長	23	藤琴	バタンガス州マレブンヨ山	3・26	父浅吉・姉タキ
菊地　多助	兵長	31	粕毛矢坂	ラグナ州リザール	1・20	父多七・弟多二郎
菊地　忠	兵長	23	粕毛矢坂	ラグナ州	1・20	父丈一郎
菊地　正義	兵長	23	粕毛矢坂	マニラ東方40km	4・29	父由松・母トメ
高橋　喜一郎	兵長	26	藤琴	ラグナ州リザール	1・20	父吉松
成田　一	曹長	32	粕毛矢坂	マニラ東方60km	4・29	父吉五郎・弟猛次郎

氏名	階級	年齢	本籍地	戦没地	戦没日	遺族
藤田　円次郎	一等兵	25	藤琴	バシー海峡	8・19	弟西松
細田　健一	兵長	23	藤琴大沢	ラグナ州カラワン	4・3	父健次郎
三谷　良蔵	伍長	23	藤琴	マニラ東方40km	7・23	母キクノ・兄重治郎
山田　勝治	兵長	26	藤琴	バタンガス州アレブンヨ山	4・30	妻トミエ

峰浜村

平成十八年に八森町と合併して、現在は八峰町（本籍地の字・地番は不掲載）。
戦没年の記載がない場合は昭和二十年を示す。

氏名	階級	年齢	本籍地	戦没地	戦没日	遺族
川尻　由蔵	兵長	25	沢目水沢	ルソン島	3・12	父福蔵・母ソメ
小林　喜七	伍長	24	沢目高野々	マニラ東方陣地	7・17	父喜市・母チヨ
小林　芳勝	兵長	23	塙川石川	マニラ東方陣地	7・17	妻キサノ・長男芳紀
佐々木　梅雄	少尉	30	塙川畑谷	バタンガス州ラバック	3・20	長男忠昭
鈴木　栄一	兵長	?	塙川坂形	バタンガス州デタ	4・18	祖父六一
鈴木　克郎	兵長	23	沢目目名潟	ラグナ州カラワン	3・12	父久治郎・母スケ
銭谷　国太郎	兵長	23	沢目水沢	リザール州モンタルバン	4・3	父富太郎・母リツ
銭谷　鉄雄	伍長	24	沢目水沢	バタンガス州マレブンヨ山	4・22	父甚松・母スナ
芹田　正道	兵長	24	沢目目名潟	バタンガス州デタ	3・26	父金平・母キクノ
畠山　善作	兵長	24	塙川塙	バタンガス州マレブンヨ山	4・30	父善次郎・母ミツ

氏名	階級	年齢	出身地	戦没地	月日	遺族
福士　久三郎	伍　長	23	塙川石川	バタンガス州マレブンヨ山	4・29	父弥七・母キエ
福田　源治	伍　長	23	塙川石川	タヤバス州バナハオ山	6・7	父三蔵・母マツヱ
八代　養治	伍　長	？	塙川塙	マニラ東方陣地	7・17	父宇吉郎・母フツ

◎大曲・仙北地区　計　二四九名

平成十七年に八市町村が合併し、現在は大仙市（本籍地の字・地番は不掲載）。
戦没年の記載がない場合は昭和二十年を示す。

大曲市

氏名	階級	年齢	本籍地	戦没地	戦没日	遺族
安藤　長八	伍長	?	大曲	バタンガス州ナスグブ	2・18	父権之助・母アサ
石川　亀吉	伍長	23	大川西根	マニラ東方40km	6・9	妻ユキ
伊藤　留治	伍長	25	内小友	ラグナ州カラワン	4・3	父忠蔵
伊藤　寅之助	兵長	21	飯田	バタンガス州マレブンヨ山	4・11	兄久之助
打川　三治	兵長	?	内小友	クラーク	8・17	父武雄
大友　與吉	伍長	23	内小友宮林新田	マニラ東方40km	6・5	父徳治・母ノエ
小笠原倉之助	兵長	26	大川西根	バタンガス州マコロド山	4・19	小父忍松・母トメ
小野　勇治	一等兵	?	内小友	バタンガス州マコロド山	3・5	?
加藤　義生	伍長	22	花館	リザール州モンタルバン	5・26	父喜七郎・母キヨノ
鎌田　三太郎	伍長	20	角間川	マニラ東方80km	7・15	父新蔵
川越　一元	伍長	?	川ノ目	バタンガス州	4・5	母ナカ
菊地　清一	伍長	?	内小友	リザール州モンタルバン	4・29	父従一
熊沢　留吉	伍長	29	内小友中田新田	マニラ東方40km	5・15	父三蔵
児玉　久男	伍長	?	四ツ屋	マニラ東方四〇〇高地	3・15	母チヨ
小松　六郎	伍長	?	内小友宮林新田	マニラ東北方陣地付近	4・12	父金之助・母ウメノ
佐々木　重雄	伍長	?	四ツ屋	ミンドロ島サンホセ付近	6・11	兄重司

佐々木　次郎	兵長	？	四ツ屋松倉	ラグナ州カラワン	4・3	母ハル
佐藤　喜代治	伍長	？	四ツ屋高関上郷	バタンガス州オバツラオ	2・14	妻タケヨ
佐藤　金藏	兵長	24	四ツ屋	バタンガス州マレブンヨ山	4・30	父政治
佐藤　利助	兵長	？	大曲	リザール州モンタルバン	7・20	父植治・母キノ
佐貫　巌	上等兵	23	藤木	タヤバス州バナハオ山	7・2	父長助
佐貫　鉄男	伍長	26	角間川	バタンガス州マレブンヨ山	4・15	母フク
品川　定治	伍長	？	大川西	マニラ東方40km	6・4	父定四郎・母ゆみ
鈴木　謙次郎	兵長	24	四ツ屋	？	？	？
鈴木　三郎	兵長	26	小貫高畑	リザール州モンタルバン	8・9	父吉之助・母キサ
高野　亥之助	兵長	23	大花町	ラグナ州ロスバニオス	5・15	兄寅之助
武田　富治	軍曹	26	和合	バタンガス州マレブンヨ山	4・6	兄善一郎
戸嶋　豊治	少尉	？	花館	ラグナ州ラグナ湖北側	7・5	妻ミヨ
中野　教次郎	伍長	？	藤木	ラグナ州イムルック・ヒ	4・4	父米吉
西村　孝三	軍曹	25	角間川	ラグナ州バイ付近	4・1	父與太郎・母カ子
判田　徳治	兵長	23	大川西根	マニラ東方40km	5・30	父満之助・母フヨ
藤井　正三	曹長	？	四ツ屋高関	バタンガス州オリラ山	3・6	弟三雄
古谷　辰五郎	伍長	25	角間川	ラグナ州イムルック・ヒル	4・3	母ハツノ
堀川　清	曹長	？	内小友	バタンガス州マレブンヨ山	4・22	父喜代治・母ミヤノ
村上　敏夫	少尉	32	福見町	マニラ東方40km	8・14	妻キミ子

山信田　信一	伍長	?	四ツ屋松倉	タヤバス州バナハオ山	6・19	父秀二郎

神岡町

平成十七年に八市町村が合併し、現在は大仙市（本籍地の字・地番は不掲載）。
戦没年の記載がない場合は昭和二十年を示す。

氏名	階級	年齢	本籍地	戦没地	戦没日	遺族
斎藤　金藏	伍長	24	神宮寺	タヤバス州バナハオ山北側	4・27	父與吉・母キヨノ
相馬　繁治	伍長	23	神宮寺	バタンガス州サンタクララ	3・17	父善治・母ソデ
高橋　伊太郎	伍長	25	北楢岡	マニラ東方40㎞高地	8・15	父宇仁郎
高橋　忠男	兵長	23	神宮寺	バタンガス州マレブンヨ山	4・25	母ノブ
高橋　廣	曹長	26	神宮寺	ラグナ州ロスバニオス	7・30	父恒吉・母ヤエノ
高村　良太郎	伍長	23	神宮寺	タヤバス州バナハオ山	6・9	母ミツノ
田中　寿一	伍長	25	北楢岡	マニラ東方40㎞	8・15	父喜一・母ミヤノ
富樫　三郎	伍長	26	神宮寺	バタンガス州マレブンヨ山	4・10	父藏治・母ツヨ
富山　金作	伍長	23	神宮寺	バタンガス州マルバル	4・2	父亀治

西仙北町

平成十七年に八市町村が合併し、現在は大仙市（本籍地の字・地番は不掲載）。
戦没年の記載がない場合は昭和二十年を示す。

氏名	階級	年齢	本籍地	戦没地	戦没日	遺族
小笠原良太郎	伍長	22	土川西今泉	マニラ東方40km	5・5	妻イワノ
伊藤　末蔵	伍長	26	大沢郷	タヤバス州バナハオ山	7・29	父久造
井上　三郎	伍長	23	強首	マニラ東方40km	7・5	父三平・母シュンコ
鎌田　信一	伍長	23	大沢郷杉山田	マニラ東方40km	5・30	父金治郎・母リエ
吉川　三治	上等兵	？	西仙北町	タヤバス州バナハオ	8・7	？
黒川　工	伍長	25	土川半道寺	ラグナ州三一七高地	3・13	父五郎
嵯峨　軍司	曹長	26	土川半道寺	タヤバス州タヤバス七〇〇高地	5・10	父謙司・母チヨノ
佐々木　一郎	兵長	22	土川小杉山	ラグナ州ロスバニオス南側	3・27	父淳蔵・母モモエ
佐々木　欣彌	伍長	23	土川小杉山	マニラ東方60km	7・13	父長之助
佐々木圭太郎	軍曹	26	土川小杉山	バタンガス州チャオング南方2km	5・12	母トラノ
佐々木　正一	伍長	？	土川小杉山	マニラ東北方	7・23	父兼吉
佐々木　正	兵長	？	刈和野	ラグナ州イムルック・ヒル	5・4	父重道・母マツ
佐藤　一郎	伍長	25	強首	バタンガス州マレブンヨ山	4・22	父宇太郎・母ヌイ
佐藤　亀治	伍長	？	刈和野	マニラ東北方	7・23	兄謙次郎
佐藤　金次郎	伍長	？	大沢郷寺	ラグナ州リザール	6・3	父敬一郎・母カネヨ
高橋　清勝	兵長	？	土川心像	リザール州モンタルバン	昭19・12・30	妻チメノ

氏名	階級	年齢	本籍地	戦没地	戦没日	遺族
田村　太郎	伍長	25	大沢郷	マニラ東方40km	6・5	父與太郎・母タツノ
藤林　忠一	曹長	?	刈和野	タヤバス州チャオン	7・4	父忠治・母ヒデ
藤原　鎌二郎	伍長	23	土川心像	マニラ東方40km	6・5	母ソメ
藤原　喜久治	伍長	25	土川小杉山	マニラ東方60km	5・30	母はぎえ
藤原　繁一	伍長	23	刈和野	バタンガス州サンホセ・ヒル	3・20	継父卯吉
正木　常吉	准尉	26	大沢郷	マニラ市南方第一一陸軍病院	昭19・9・22	父久治

角館町

平成十七年に二町一村が合併し、現在は仙北市（本籍地の字・地番は不掲載）。
戦没年の記載がない場合は昭和二十年を示す。

氏名	階級	年齢	本籍地	戦没地	戦没日	遺族
阿部　栄一	曹長	26	雲沢雲然	マニラ東方30km	4・10	父栄之助・母マサミ
安杖　新一	兵長	26	雲沢八割	バタンガス州タール西方	3・5	父新三郎・母ギン
安杖　忠雄	兵長	20	雲沢八割	バタンガス州マコロド山	4・20	父宗治・母フジノ
熊谷　清之助	軍属	24	岩瀬町	リザール州モンタルバン	5・30	父清助・母タケノ
黒坂　一男	伍長	23	雲沢西長野	バタンガス州マコロド山	6・30	父金松・母ツルノ
後藤　義美	伍長	25	岩瀬	バタンガス州マノブエレス山	5・15	父養蔵・母マツ
佐々木　隆盛	伍長	25	白岩広久内	ミンドロ島サンホセ付近	6・3	母リエ
佐々木　隆二	伍長	23	白岩広久内	マニラ東北方40km	5・23	母リエ

佐藤　賢一	大尉	26	岩瀬	マニラ東北方陣地	7・22	父賢治・母ミヨ
佐藤　敏雄	伍長	25	横町	バタンガス州マレブンヨ山	6・5	父徳治・母コヨ
鈴木　石五郎	兵長	？	中川小勝田	バタンガス州マレブンヨ山	4・29	妻春江
鈴木　修一	兵長	24	雲沢西長野	バタンガス州アラミノス周辺	3・28	父浅吉・母エシノ
鈴木　兵治	上等兵	22	雲沢下延	バタンガス州マレブンヨ山	4・16	父兵右衛門・母ハルエ
高橋　善助	曹長	27	雲沢雲然	タヤバス州ルクバン東北方	6・16	父亀治・母キエ
田口　耕	軍曹	25	中川川原	ラグナ州イムルック・ヒル	4・1	父長蔵・母ソヨノ
千葉　源太郎	伍長	26	岩瀬	タヤバス州チャオング	5・14	父儀一郎・母シテ
辻　久雄	兵長	23	雲然八割	バタンガス州マレブンヨ山	4・18	父久一郎・母キクノ
中島　重一郎	少尉	30	細越町	ラグナ州カラワン	4・7	父重太郎・母カネ
林崎　史郎	？	？	雲沢	タヤバス州バナハオ山	5・1	養子キクノ
藤田　修二	兵長	24	岩瀬	サンフエルナンド	10・10	父亀次郎・母ナツ
藤原　勇	伍長	24	雲沢下延	マニラ東方60㎞	5・15	父藤一郎・母トメノ
藤原　義一	？	？	角館町	？	？	？
細井　通良	伍長	26	中川山谷川崎	バタンガス州マレブンヨ山	4・16	父新十郎・母ツネノ
真崎　一雄	伍長	26	西勝楽町	バタンガス州ラバック	3・20	父基治・母キク
山形　勇市	伍長	23	雲沢下延	マニラ東北方	6・29	父勇司・母サエノ

六郷町

平成十六年に二町一村が合併し、現在は美郷町（本籍地の字・地番は不掲載）。
戦没年の記載がない場合は昭和二十年を示す。

氏名	階級	年齢	本籍地	戦没地	戦没日	遺族
加畠　與一	伍長	23	字角館街	マニラ東方40km	5・29	父與右エ門
栗林　千代治	曹長	26	米町	バタンガス州サントトーマス	3・29	父文吉
高橋　騏一郎	伍長	24	米町	マニラ東方40km	6・5	父正蔵
高橋　重太郎	上等兵	23	東根	ラグナ州カランバ南方	2・24	兄弥一郎
鷹嘴　鶴松	伍長	26	東根	ラグナ州カランバ	4・28	父松太郎・母チヨ
高橋　時四郎	准尉	28	浮地	タヤバス州チャオング附近	5・12	父金之助・母キヨノ
高橋　良治	伍長	23	東根	マニラ東方40km	7・14	母エシノ
中野　喜一	伍長	22	小婦気	リザール州モンタルバン	5・18	父浅吉・母トキエ
藤岡　運次郎	伍長	24	東根	マニラ東方四〇〇高地	5・10	養父卯之吉
山下　林治	兵長	25	東根	マニラ東北方陣地	5・25	父林蔵・母キクノ

中仙町

平成十七年に八市町村が合併し、現在は大仙市（本籍地の字・地番は不掲載）。
戦没年の記載がない場合は昭和二十年を示す。

氏名	階級	年齢	本籍地	戦没地	戦没日	遺族
秋山　喜一	上等兵	24	長野	バタンガス州クエンカ	2・1	父喜助・母サタ

秋山　金一郎	上等兵	?	長野	ラグナ州バイ	2・6	父菊次郎
伊藤　長栄	兵長	25	長野上鶯野	マニラ東方40km陣地	6・9	叔父進陸
大畠　時治	軍曹	26	清水黒鎧	マニラ東北方	7・28	父久
大原　岩之助	伍長	24	豊川	マニラ東北方	4・20	母ミエ
草彅　一夫	准尉	28	清水沖郷	マニラ東北方40km	5・16	甥俊栄
草彅作右エ門	中尉	25	豊川豊受	タヤバス州バナハオ山	8・7	父作之助・母ハルノ
草彅　惣代治	上等兵	25	八幡林	バタンガス州マレブンヨ山	4・28	甥忠治
草彅　次雄	上等兵	23	清水沖郷	ミンドロ島サンホセ北方	7・15	妻ハルノ
草彅　東岡	伍長	23	清水沖郷	タヤバス州バナハオ山	6・4	養父末吉・養母タネ
小松　清太郎	伍長	31	長野	マニラ東方拠点	7・23	妻ハツノ
小松　雷治	兵長	24	清水賢木	マニラ東北方陣地	4・5	父又蔵・母マサノ
斎藤　三郎	上等兵	22	豊川	バタンガス州タガイタイ高原	2・2	父謙助・母キエ
佐々木杢左エ門	曹長	30	清水	マニラ東方拠点4km	5・20	妻リツ
佐藤　清治	兵長	26	長野下鶯野	ラグナ州三一七高地	3・13	養母ムメ
鈴木　石五郎	伍長	29	長野下鶯野	バタンガス州マレブンヨ山	4・29	妻ハルエ
鈴木　重忠	兵長	?	強首	アラミノス野戦病院	3・14	母ハツエ
鈴木　修二郎	曹長	27	清水黒鎧	バタンガス州マレブンヨ山	3・30	父吉太郎・母ハルノ
鈴木　剛	伍長	23	長野下鶯野	マニラ東方40km	2・8	父大・母ハルエ
高橋　調一	曹長	26	冨川八幡林	バタンガス州二〇一高地	3・11	父寛三・母エシノ

氏名	階級	年齢	本籍地	戦没地	戦没日	遺族
富岡 精一郎	伍長	23	長野上鶯野	マニラ第一二陸軍病院	1・30	父才司
吉村 純次	曹長	28	長野下鶯野	リザール州モンタルバン東方	5・8	父秀一・母キクノ

田沢湖町

平成十七年に二町一村が合併し、現在は仙北市（本籍地の字・地番は不掲載）。
戦没年の記載がない場合は昭和二十年を示す。

氏名	階級	年齢	本籍地	戦没地	戦没日	遺族
高橋 孝英	曹長	?	神代梅沢	マニラ東北方陣地付近	6・28	母ハル
田口 松之助	准尉	28	生保内	マニラ東北方陣地	7・22	父幸作
田村 英治	伍長	22	生保内	マニラ東方40km	6・5	父又八郎
地主 勇	兵長	23	生保内	リザール州モンタルバン	5・31	弟進
千葉 藤兵衛	伍長	25	生保内	マニラ東方60km	6・14	母サワ
福田 雄二	伍長	23	生保内	リザール州ワワ	2・5	兄清人
藤川 藏次	伍長	23	神代角館東前郷	バタンガス州サンチャゴ	4・22	妻タエ子
藤川 慶三	兵長	20	神代角館東前郷	タヤバス州タヤバス東方3km	7・9	父得治
三浦 清市	軍曹	25	生保内	マニラ東北方	7・23	父與助・母ムメノ

協和町

平成十七年に八市町村が合併し、現在は大仙市（本籍地の字・地番は不掲載）。
戦没年の記載がない場合は昭和二十年を示す。

氏名	階級	年齢	本籍地	戦没地	戦没日	遺族
小沼　又男	伍長	23	船岡	バタンガス州マレブンヨ山	4・29	父兵造・母ナオエ
加藤　欽治	伍長	23	淀川	ラグナ州マキリン山	4・29	父卯一・母ツヨ
加藤　忠一	伍長	26	淀川	ラグナ州ロスバニオス	3・27	父丑五郎・母モト
後藤　武治	伍長	25	峰吉川	バタンガス州バラヤン	2・28	父慶太郎・母ムラ
後藤　政雄	曹長	33	峰吉川	マニラ東北方40km付近	7・20	兄秀夫
斎藤　栄治	軍曹	26	船岡	マニラ東北方	4・16	父久治・母トメ
佐川　慶治	伍長	23	荒川稲沢	ラグナ州イムルック・ヒル	4・1	父長太郎・母クワ
佐々木市太郎	上等兵	22	淀川	マレブンヨ山アラミノス西方	3・28	弟次郎
佐々木　金一	上等兵	24	荒川	ラグナ州バイ	2・6	継父民治・母チル
佐々木　茂雄	兵長	？	荒川	ミンドロ島サンホセ付近	6・8	？
佐藤　喜八郎	？	？	淀川	？	？	？
佐藤　幸太郎	准尉	27	淀川	マニラ東方30km不滅山	2・8	父仁助・母ハル
佐藤　正	兵長	26	淀川	バタンガス州マレブンヨ山	4・22	父倉治・母ヒデ
進藤　易治	伍長	21	荒川	マレブンヨ山東北方4km	4・3	父長蔵・母タキ
進藤　金一	伍長	24	峰吉川	ルソン島	4・30	父良助・母ミネ
進藤　政孝	兵長	？	峰吉川	バタンガス州マレブンヨ山	4・15	父宇之松・母ノブ

鈴木　金一郎	伍　長	25	荒川境	ルソン島	4・15	父満五郎・母キン
鈴木　佐太郎	兵　長	29	稲沢	マニラ東方振武山	3・28	父勇蔵・母スエノ
菅原　三治郎	兵　長	24	船岡	マニラ第一二陸軍病院	昭19・10・16	父銀治・母キノ
武田　正雄	兵　長	25	船岡	バタンガス州タール	昭19・11・8	父金治郎・母マツ
田畑　千代司	兵　長	26	荒川境	バタンガス州アラミノス西方	3・9	父与吉郎・母イネ
豊島　忠一	？	？	船岡	バタンガス州マレブンヨ山	4・20	弟忠徳
豊島　茂治	兵　長	23	船岡	マニラ東方40km	5・10	父駒雄・母リヨ
豊島　良雄	伍　長	25	船岡	マニラ東方60km	5・30	父信吉・母リヨ
三浦　久治郎	伍　長	25	峰吉川	マニラ東方40km	6・5	妻なが
武藤　易太郎	伍　長	26	峰吉川	マニラ東北方拠点	6・20	父易太郎・母キクノ
武藤　正雄	兵　長	23	淀川	マニラ東方40km	7・1	父繁吉・母ミネ
茂木　茂	伍　長	25	荒川稲沢	バタンガス州マレブンヨ山	4・15	父林之助・母ミヤノ
和田　久	伍　長	24	荒川	バタンガス州マレブンヨ山	4・30	父泰蔵・母カチ

南外村

平成十七年に八市町村が合併し、現在は大仙市（本籍地の字・地番は不掲載）。
戦没年の記載がない場合は昭和二十年を示す。

氏　名	階級	年齢	本籍地	戦没地	戦没日	遺　族
伊藤　運一	伍　長	30	南楢岡	マニラ東方40km	6・1	父峰吉・母スエノ

氏名	階級	年齢	本籍地	戦没地	戦没日	遺族
伊藤　忠	軍曹	26	外小友	ラグナ州カラワン	3・30	母ハツ
伊藤　強	上等兵	23	外小友	バタンガス州マレブンヨ山	4・18	母フジノ
打川　與市	兵長	23	外小友	マニラ東方40㎞	7・10	父次郎・母ハツノ
加藤　進	伍長	25	外小友	バタンガス州マレブンヨ山	4・22	父嘉代司・母ハル
菊地　三郎	上等兵	23	南楢岡	バタンガス州マレブンヨ山	4・18	母トワ
今野　長治郎	曹長	25	南楢岡	バタンガス州タリサイ	2・16	父酉松
佐々木　潔	兵長	25	外小友	ラグナ州ロスパニオス南側	3・27	父誠英
佐々木　孝蔵	伍長	?	外小友	ラグナ州イムルック・ヒル	4・2	父政太郎
佐々木　直治	曹長	27	南楢岡	バタンガス州アリタグタグ	3・9	父福治
佐々木　充	伍長	23	外小友	リザール州ワワ	7・5	母ウメノ
堀井　金一郎	伍長	25	南楢岡	バタンガス州マルバル	3・20	母サト
武藤　唯雄	軍曹	26	南楢岡	リザール州モンタルバン	6・10	父喜代治・母ミツヨ
八島　聖	伍長	24	南楢岡	マニラ東北方40㎞陣地	7・30	父沖之助・母キクノ

仙北町

平成十七年に八市町村が合併し、現在は大仙市（本籍地の字・地番は不掲載）。
戦没年の記載がない場合は昭和二十年を示す。

氏名	階級	年齢	本籍地	戦没地	戦没日	遺族
池田　忠蔵	曹長	33	高梨	マニラ東方40㎞	7・8	母マツノ

氏名	階級	年齢	本籍地	戦没地	戦没日	遺族
後藤　慶祐	兵長	23	高梨払田	バタンガス州マレブンヨ山	4・29	父慶蔵・母ツル
後藤　堅次	兵長	24	横堀堀見内	バタンガス州マレブンヨ山	4・20	父春吉・母ナオ
斎藤　友治	兵長	25	大沢郷円行寺	タヤバス州カンデラリヤ	5・9	父友太郎・母キオノ
佐々木　喜一	上等兵	24	高梨	タヤバス州バナハオ山	5・6	母ヤス
長沢　三郎	中尉	37	横堀	ラグナ州カラワン	昭19・12・4	長女酒井綏子

西木村

平成十七年に二町一村が合併し、現在は仙北市（本籍地の字・地番は不掲載）。
戦没年の記載がない場合は昭和二十年を示す。

氏名	階級	年齢	本籍地	戦没地	戦没日	遺族
浅利　直治	上等兵	23	桧木内	ラグナ州第三一七高地	3・13	父久治
阿部　友雄	上等兵	23	下桧木内	ラグナ州マキリン山	3・18	母ツルノ
藺藤　憲太郎	伍長	26	西明寺上荒井	タヤバス州チャオング	2・23	母イワノ
門脇　善一	伍長	25	西明寺門屋	バタンガス州サンタクララ	1・20	父鶴吉
菊地　慶太郎	兵長	24	西明寺西荒井	バタンガス州マコロド山	3・18	父吉太郎
鈴木　文雄	兵長	26	上桧木内	ラグナ州カランバ南方	2・24	父吉太郎
田口　信吉	曹長	26	西明寺門屋	バタンガス州マレブンヨ山	4・10	義姉ヒデノ
畠山　幸雄	伍長	20	下桧木内	マニラ東北方40㎞	7・15	父軍治
武藤　一雄	伍長	24	下桧木内	ラグナ州マキリン山	3・10	父源之助

太田町

平成十七年に八市町村が合併し、現在は大仙市（本籍地の字・地番は不掲載）。
戦没年の記載がない場合は昭和二十年を示す。

氏名	階級	年齢	本籍地	戦没地	戦没日	遺族
明平　隆彦	上等兵	25	横沢国見	ラグナ州バイ	2・6	父豊
安達　哲男	兵長	33	長信田斉内	バタンガス州マレブンヨ山	4・25	父理一
男鹿　喜一	兵長	25	横沢三本扇	バタンガス州マレブンヨ山	4・24	父末吉
倉田　一夫	伍長	23	横沢	マニラ東方40km	6・10	父七蔵
小松　重治	伍長	24	長信田斉内	マニラ東方40km	5・28	養母フジエ
小松　芳郎	上等兵	23	横沢国見	ラグナ州カランバ南方	2・24	父宇之助
煤賀與左衛門	伍長	25	横沢三本扇	タヤバス州ルセナ	1・30	父良治
高橋　哲美	伍長	27	長信田東今泉	マニラ東方40km	7・20	父哲司・母ソノ
高橋　寅雄	伍長	23	長信田太田	バタンガス州サンガイ山	2・15	父与二郎・母みどり
田口　利	伍長	25	横沢国見	マニラ東方40km陣地	5・28	父儀一
戸沢　義美	伍長	26	横沢国見	タヤバス州バナハオ山	5・6	父儀一
藤原　惣喜	伍長	24	横沢国見	マニラ東方60km	7・2	父正喜

千畑村

昭和六十一年に町制移行。平成十六年に二町一村が合併し、現在は美郷町（本籍地の字・地番は不掲載）。戦没年の記載がない場合は昭和二十年を示す。

氏名	階級	年齢	本籍地	戦没地	戦没日	遺族
煙山　勇市	兵長	32	畑屋	マニラ東方40km	8・14	父与吉・母セツ
進藤　喜市	軍曹	26	千屋本堂城回	マニラ東方40km	4・10	母フジノ
杉沢　一郎	上等兵	23	千屋本堂城回	バタンガス州マレブンヨ山	4・18	父隆治
高井　才治	上等兵	23	千屋土崎	マニラ東北方拠点	6・9	父敬助
高橋　堯	伍長	23	千屋	バタンガス州マコロド山	3・21	兄熊雄
高橋　勇	伍長	28	畑屋金沢東根	マニラ東方四40km	7・2	父多一郎
高橋　栄四郎	伍長	23	千屋浪花	マニラ東方40km	5・30	母ヒデ
高橋　喜之助	上等兵	26	千屋浪花	マニラ東方拠点	5・12	父長七
高橋　久兵衛	軍曹	26	千屋	バタンガス州アリタグタグ	3・9	父忠亮・母イシノ
高橋　春治	准尉	23	畑屋金沢東根	マニラ東方40km	7・8	父孝之助・母カヌ
高橋　忠治	兵長	23	千屋浪花	マニラ東北方陣地	6・28	父七之助・母キセノ
田村　勇一	伍長	?	畑屋中野	バタンガス州アラミノス	4・27	父勇・母知恵
富樫　末治郎	兵長	?	畑屋金沢東根	リザール州モンタルバン	5・31	父徳蔵
中村　隆也	兵長	23	千屋浪花	バタンガス州マレブンヨ山	4・29	父多一郎
幡間　儀之輔	曹長	?	千屋土崎	マニラ東方40km	7・25	妻タキ
深澤　純幸	伍長	23	千屋	リザール州ワワ	7・5	父長五郎・母フジノ

氏名	階級	年齢	本籍地	戦没地	戦没日	遺族
福田　修三	曹長	25	千屋本堂城回	バタンガス州マレブンヨ山西方	4・27	母多美譽
藤谷　富蔵	伍長	23	畑屋鑪田	リザール州ワワ	7・5	父富之助・母オギノ
星山　清美	軍曹	25	千屋本堂城回	タヤバス州チャオング南側	5・9	養父藤之助
細井　徳蔵	伍長	29	千屋本堂城回	タヤバス州タヤバス	8・14	兄久太郎
前田　貞治	伍長	25	千屋浪花	タヤバス州バナハオ山	6・25	父仁一郎・母サダノ
武藤　武雄	伍長	23	畑屋	リザール州ワワ	7・5	父作助
森川　傳吉	伍長	23	千屋本堂城回	マニラ東方40km	6・9	父宇三郎・母クラ
森元　了二	兵長	23	畑屋安城寺	ルソン島南部	3・24	父新一・母エシ
山田　修二	軍曹	24	土崎	ラグナ州ロスバニオス	4・20	母ヒデノ

仙南村

平成十六年に二町一村が合併し、現在は美郷町（本籍地の字・地番は不掲載）。
戦没年の記載がない場合は昭和二十年を示す。

氏名	階級	年齢	本籍地	戦没地	戦没日	遺族
梅川　岩治	上等兵	23	飯詰境田	ラグナ州バイ	2・6	兄東治
伊藤　英太郎	伍長	25	金沢野荒町	ラグナ州イムルック・ヒル	4・6	妻キクエ
伊藤　太郎	伍長	23	金沢西根	ラグナ州バイ	2・6	父弥太郎・母ヨシノ
小野　八郎	伍長	24	金沢西根	マニラ東方40km陣地	5・18	姉ハル
川越　忠一	伍長	24	金沢	バタンガス州バタンガス	4・4	父養吉・母イワノ

木村　悦郎	伍長	23	金沢西根	ラグナ州バイ	4・3	母タミエ
久米仁右エ門	兵長	25	金沢	マニラ東方60km	7・12	?
栗澤　幸一郎	兵長	23	飯詰	タヤバス州ルイシア	4・12	父喜一郎・母ナカ
斎藤　松蔵	伍長	23	金沢	タヤバス州バナハオ山	5・2	母ミサ
坂本　善司	兵長	25	飯詰深井	マニラ東北方	6・20	父善次郎・母キツノ
佐々木吉太郎	伍長	23	飯詰上深井	タヤバス州ドロレス	5・30	母きえ
佐々木　興治	准尉	26	飯詰境田	マニラ東方40km	8・14	甥吉三
佐藤　正太郎	少尉	31	飯詰	ラグナ州メガネ山	2・24	長女ケイ子
佐藤　信一	伍長	23	金沢	ラグナ州イムルック・ヒル	4・5	父金蔵
佐藤　竹治	伍長	26	金沢西根	マニラ東方40km	3・18	妻アイ
佐藤　龍治	兵長	23	金沢	マニラ東方40km	8・4	母ヤス
渋谷　勇治郎	伍長	23	金沢西根	マニラ東方四40km	7・5	父力蔵・母フミ
高橋　亀治	兵長	22	金沢荒町	ヌエバビスカヤ州ラドレー病院	4・1	父菊
高橋正右衛門	兵長	26	金沢	ラグナ州メガネ山	2・27	母ミノ
福田　富郎	?	24	金沢	マニラ東方40km	7・1	兄文五郎
湊　永太郎	伍長	?	金沢	マニラ東方四〇〇高地	5・20	父清治

本荘市

◎本荘・由利地区　計　一四六名

平成十七年に一市七町が合併して、現在は由利本荘市（本籍地の字・地番は不掲載）。
戦没年の記載がない場合は昭和二十年を示す。

氏名	階級	年齢	本籍地	戦没地	戦没日	遺族
浅野　良雄	伍長	26	出戸町	リザール州モンタルバン	4・3	母アサヨ
阿部想左エ門	伍長	25	子吉葛法	タヤバス州イムックヒル	2・23	妻タケノ・長女タキ子
阿部　正	伍長	24	子吉葛法	ラウニオン州アムラング	1・13	姉マサミ
井島　義一	上等兵	23	石沢	ラグナ州ロスバニオス	3・27	父由造・母キクエ
遠藤　金市	伍長	26	南内越畑谷	ラグナ州ラグナ山	4・4	母センコ
岡本　精作	曹長	25	北内越赤田	マニラ東方山地	4・10	父民蔵・母ベン
小川　勘治	伍長	25	松ヶ崎	バタンガス州マレブンヨ山	5・8	父勘蔵・母リヨ
小野　実	伍長	23	石沢	リザール州ワワ	7・5	父生実
加藤　惣一	伍長	25	北内越中館	サンパブロ	1・23	父惣吉
加藤　博	軍曹	26	南内越福山	バタンガス州マレブンヨ山	4・30	父福次郎
加藤　萬治	伍長	24	北内越赤田	リザール州モンタルバン	6・14	父満蔵・母スエ
金沢　賢治	上等兵	31	裏尾崎町	バタンガス州アラミノス	3・4	妻ツギ
金田　寛二	曹長	？	北内越深沢	バタンガス州マレブンヨ山	4・29	富蔵・母トミ
木島　竹治	兵長	23	小友万願寺	ラグナ州サンパブロ	4・1	父竹三郎・兄兼三
工藤　竹治	上等兵	23	子吉葛法	バタンガス州菊水山	4・18	父善治・母キタノ
小松　孝之助	伍長	29	小友万願寺	マニラ東方	6・21	妻フクヨ・長男金一

小松　末治	兵長	23	石沢	マニラ東方40km	8・14	甥平三
小松　末三	伍長	27	石沢	ルソン島	5・27	父彦松・兄金一
小松　政助	伍長	26	石沢	マニラ東方40km	8・10	父助治・母マサエ
小松　精造	曹長	25	石沢	バタンガス州サントトーマス高地	3・10	父吉之助
斉藤　順次	曹長	24	谷地町	マニラ東北方	4・28	父長太郎・母スミ
斎藤　與一郎	伍長	26	石沢	タヤバス州バナハオ山	7・6	母ハツエ・兄宇一郎
佐々木　茂三	兵長	25	北内越赤田	タヤバス州バナハオ山	4・24	母リエ・兄尚治
佐々木　正一	上等兵	24	南内越土谷	バタンガス州タリサイ	4・25	母トラ
佐藤　久治	伍長	23	北越内黒瀬	リザール州モンタルバ	4・22	父久六・母トミ
佐藤　與助	兵長	23	石脇	リザール州モンタルバン	7・10	父与吉・母ヨノ
鈴木　栄吉	上等兵	？	西出戸町	小松山付近	4・27	妻タツヨ
鈴木　作蔵	兵長	22	松ケ崎親川	バタンガス州マコロド山	4・18	父三太
砂川　正治	伍長	31	上横町	マニラ東方40km	5・4	父直太郎・母シメ
高野　榮記	上等兵	23	子吉薬師堂	バタンガス州アラミノス西方4km	3・28	母キクノ
高橋　春三	伍長	26	南内越川口	バタンガス州サンホセ・ヒル	3・20	母ハルノ・義姉ユキ子
武田　三男	軍曹	25	中横町	マニラ東北方モンタルバン	2・24	養父兼次郎・養母キヨエ
仁部　與一	伍長	23	松ケ崎芦川	マニラ東方40km	6・9	父与八郎
原田　勇	上等兵	23	北内越内黒瀬	ラグナ州ラグナ山	4・6	父佐市・母セツ
尾留川　勇次	伍長	23	小友万願寺	バタンガス州マレブンヨ山	4・29	父権平・母ハナヨ

氏名	階級	年齢	本籍地	戦没地	戦没日	遺族
堀　堅司	軍曹	25	北内越中館	バタンガス高地	3・20	父専吉・母サト
堀　誠一	上等兵	21	北内越中館	バタンガス州サントトーマス	3・25	父與助
本間　敏夫	兵長	20	子吉藤崎	ルソン島	7・30	母ミツヨ
柳田　三郎	伍長	25	松ヶ崎芦川	マニラ東方40km	6・20	父佐吉

仁賀保町

平成十七年に三町が合併し、現在はにかほ市（本籍地の字・地番は不掲載）。
戦没年の記載がない場合は昭和二十年を示す。

氏名	階級	年齢	本籍地	戦没地	戦没日	遺族
阿部　丈助	伍長	23	院内釜ヶ台	バタンガス州マレブンヨ山	4・22	母エシノ
大井　米造	少佐	41	平沢	マニラ東北方陣地	7・20	妻タケミ・長男宏
兼松　浅吉	兵長	23	小出伊勢居地	ラグナ州	4・3	父春吉・母アサエ
斎藤　佐一	伍長	25	小出伊勢居地	ラウニオン州	1・25	妹ミユキ
佐藤　九平	伍長	26	小出畑	タヤバス州バナハオ山	5・25	父重治・母エチノ
佐藤　三蔵	伍長	25	馬場	マニラ東方40km	6・10	父吉蔵・母トメノ
高橋　甚太郎	軍曹	25	平沢	ラグナ州イムルック・ヒル	4・5	妻みよ子
六平　勇	伍長	25	院内小国	マニ第一二陸軍病院	2・10	父勝・母チエ

金浦町

平成十七年に三町が合併し、現在はにかほ市（本籍地の字・地番は不掲載）。
戦没年の記載がない場合は昭和二十年を示す。

氏名	階級	年齢	本籍地	戦没地	戦没日	遺族
斎藤 慶助	伍長	23	飛	マニラ西方陣地	4・3	父助七・母チヨ
佐藤 毅	兵長	33	前川	マニラ東北方	7・3	妻フミ・長男一致
白瀬 竹松	上等兵	26	金浦	バタンガス州	4・12	父春松・母タケヨ
鈴木 新一郎	伍長	26	大竹	マニラ東北方	4・14	父幸七・母サダエ

象潟町

平成十七年に三町が合併し、現在はにかほ市（本籍地の字・地番は不掲載）。
戦没年の記載がない場合は昭和二十年を示す。

氏名	階級	年齢	本籍地	戦没地	戦没日	遺族
赤松 光雄	曹長	29	象潟	リザール州モンタルバン	6・14	妻愛子・長女敏子
池田 三郎治	伍長	25	上浜西中沢	マニラ東方60km	5・21	父三治・母スエ
伊藤 清助	軍曹	24	象潟	ラグナ州アンチポロ	3・26	父清作・母メヨ
金春 春吉	伍長	24	象潟	ミンドロ島サンホセ	4・3	父義三郎・母美佐江
斎藤 岩太郎	上等兵	26	上郷小滝	タヤバス州バナハオ山	2・6	妻アサノ
斎藤 一男	伍長	23	上郷本郷	マニラ東北方	7・6	父佐一・母ミエ
斎藤 久男	兵長	23	上郷横岡	バタンガス州サンホセ・ヒル	3・20	父末治・母トクエ

氏名	階級	年齢	本籍地	戦没地	戦没日	遺族
斎藤　義男	曹長	32	象潟	マニラ東方	4・3	妻キノ・長男雅臣
佐々木喜代男	兵長	25	象潟	マニラ東方40km陣地	7・23	父定吉・母マス
佐藤　俊美	曹長	29	上郷小滝	マニラ東方35km三角山	4・4	妻ヨシエ
須田　兵太郎	伍長	26	上浜関	マニラ東北方	7・6	父武彦・母オヨネ
須藤九右エ門	軍曹	25	上浜須郷	バタンガス州	4・19	父菊次郎・母きよ江
横山　佐一	伍長	24	上浜大砂川	バタンガス州タリサイ	?	父三之丞・母ムメヨ
横山専右エ門	伍長	23	上浜大砂川	バタンガス州マレブンヨ山	4・29	父十一・母ウメヨ

矢島町

平成十七年に一市七町が合併して、現在は由利本荘市（本籍地の字・地番は不掲載）。
戦没年の記載がない場合は昭和二十年を示す。

氏名	階級	年齢	本籍地	戦没地	戦没日	遺族
高橋　清太郎	伍長	26	元町	タヤバス州バナハオ山	6・12	父鉄造・弟清治
高橋　久一	伍長	23	荒沢	リザール州ワワ	3・10	父久造・弟十五郎
土田　重造	伍長	26	田中町	マニラ東北方	4・3	父浅吉・弟三造
佐々木　勇	兵長	23	川辺	マニラ東北方	5・4	妻トミノ
佐藤　専一	兵長	23	川辺	マニラ東北方	3・18	父忠次郎・母キツエ
佐藤　哲次	准尉	26	立石	タヤバス州ボルボック	昭19・12・25	父益蔵・兄哲蔵
佐藤　光雄	大尉	25	立石	マニラ東北方	6・5	母ミエ

岩城町

平成十七年に一市七町が合併して、現在は由利本荘市（本籍地の字・地番は不掲載）。
戦没年の記載がない場合は昭和二十年を示す。

氏名	階級	年齢	本籍地	戦没地	戦没日	遺族
青野 長蔵	曹長	25	道川君ヶ野	マニラ東方陣地	7・27	父長作・弟長吉
阿部 幸七	伍長	23	亀田赤平	タヤバス州バナハオ山	7・23	父幸一郎
岡見 三蔵	伍長	21	亀田大町	タヤバス州バナハオ山	6・30	父留五郎・兄富次郎
鎌田 利一	軍曹	26	亀田大町	マニラ東方40km	7・8	兄留吉・妹ヌエ
斎藤 宗彦	大尉	33	道川勝手	タヤバス州バナハオ山	5・5	妻ヤウ
佐々木金之助	曹長	26	亀田赤平	バタンガス州サントトーマス	3・25	父直吉
鈴木 長三郎	伍長	25	亀田愛宕町	ラグナ州イムルック・ヒル	4・1	義姉ハギエ
高野 勇次郎	軍曹	25	亀田冨田	マニラ東方30km不滅山	2・8	義姉ツル
田口 第三郎	伍長	26	亀田福俣	ラグナ州イムルック・ヒル	4・25	父第次郎・弟金次郎
田口 利夫	？	？	？	？	？	父信助

西目町

平成十七年に一市七町が合併して、現在は由利本荘市（本籍地の字・地番は不掲載）。
戦没年の記載がない場合は昭和二十年を示す。

氏名	階級	年齢	本籍地	戦没地	戦没日	遺族
池田 金作	軍曹	27	潟保	リザール州モンタルバン	7・4	父鉄之助・母エシ

氏名	階級	年齢	本籍地	戦没地	戦没日	遺族
今野　喜四郎	兵長	24	出戸	マニラ東方山地光輝山	6・13	父助五郎・母ハル
佐藤　鐵次郎	伍長	26	清水沢	リザール州モンタルバン	3・26	父菊治・母アサノ
柴田　周市	伍長	25	字根子	マニラ東北方	6・28	父周吉・母ツキ
棚橋　吉四郎	兵長	23	出戸	マニラ東方40km	5・30	兄吉之助

鳥海町

平成十七年に一市七町が合併して、現在は由利本荘市(本籍地の字・地番は不掲載)。
戦没年の記載がない場合は昭和二十年を示す。

氏名	階級	年齢	本籍地	戦没地	戦没日	遺族
梶原　新太郎	曹長	25	直根上直根	マニラ東北方	5・5	父信造・甥一由
梶原　忠介	軍曹	24	直根上直根	タヤバス州タヤバス	8・14	兄良作
栗田　民造	伍長	25	笹子上笹子	マニラ北方陣地	4・30	父政蔵・母イソノ
佐々木利一郎	兵長	22	笹子下笹子	ルソン島ミナロ	4・19	父利七・母トシエ
佐藤　孝一	伍長	26	笹子下笹子	バタンガス州マレブンヨ山	5・4	父浪造・妹リツ
佐藤　廣造	伍長	23	笹子上笹子	リザール州モンタルバン	4・14	母スエノ・兄伊惣蔵
佐藤　権太郎	兵長	23	笹子上笹子	バタンガス州	4・20	父牛太郎・母キエ
柴田　周一	伍長	?	笹子	マニラ東北方	6・28	兄才兵
高橋　廣七	少佐	40	川内	ラグナ州	5・4	妻トキ・長男靖一
高橋　祝二	曹長	27	笹子下笹子	ラグナ州ロスバニオス	3・27	父喜久之・母ナカ子

氏名	階級	年齢	本籍地	戦没地	戦没日	遺族
高橋　義光	兵長	25	笹子上笹子	ラグナ州バイ付近	3・9	父春治・母ハヤ
土田　義次	兵長	24	川内上川内	バタンガス州タガイタイ	4・29	父作次
豊島　三郎	伍長	23	川内上川内	マニラ東北方40km	8・5	父小作
原田　新榮治	軍曹	26	笹子下笹子	リザール州モンタルバン	6・9	母オトエ
真坂　尚一	曹長	25	直根猿倉	バタンガス州　リパ西方	9・21	母トメノ
村上　文雄	兵長	29	直根猿倉	バタンガス州マコロド山	4・20	父文之丞・母ハルエ
村上　益太郎	伍長	26	直根中直根	マニラ東方40km	6・16	父兼吉・兄尚三

東由利町

平成十七年に一市七町が合併して、現在は由利本荘市（本籍地の字・地番は不掲載）。
戦没年の記載がない場合は昭和二十年を示す。

氏名	階級	年齢	本籍地	戦没地	戦没日	遺族
阿部　専二	軍曹	26	下郷杉森	バタンガス州マレブンヨ山	5・3	父皆治・母ヨシ
遠藤　正一	軍曹	24	下郷蔵	ルパン島	2・3	父吉四郎・母ミツエ
遠藤　直太朗	兵長	25	下郷法内	マニラ東方報国山	7・4	父太吉・母ナヲ
小笠原　三造	伍長	25	下郷蔵	ラグナ州サンチャゴ	4・15	父末之助・母モク
小野　勘之助	兵長	25	下郷老方	バタンガス州アリタグタグ	3・9	父亀治・母タケノ
小野　松三郎	兵長	25	下郷宿	バタンガス州マレブンヨ山	4・18	兄丑松
木島　松三郎	伍長	26	下郷蔵	タヤバス州タヤバス	6・16	父熊吉・母ツネヨ

氏名	階級	年齢	本籍地	戦没地	戦没日	遺族
小松　次郎	上等兵	24	下郷杉森	バタンガス州マレブンヨ山	4・20	兄作一郎
小松　登	兵長	34	玉米舘合	ラグナ州ロスバニオス	3・10	父留次郎・母スイ
小松　力之助	兵長	22	下郷老方	タヤバス州タヤバス	5・10	父力蔵・母チヨ
佐藤　千代治	上等兵	23	下郷法内	バタンガス州マレブンヨ山	5・12	父丑松・母キチ
嶽石　勝尉	伍長	23	玉米舘合	バタンガス州サンガイ山	2・15	父惣一郎・弟勝哉
畠山　久治郎	伍長	25	玉米黒瀬	リザール州モンタルバン	3・20	母ゲン・兄久一郎
八嶋　忠次郎	兵長	26	玉米舘合	バタンガス州マレブンヨ山	?	母ナカ・甥幸男

由利町

平成十七年に一市七町が合併して、現在は由利本荘市（本籍地の字・地番は不掲載）。
戦没年の記載がない場合は昭和二十年を示す。

氏名	階級	年齢	本籍地	戦没地	戦没日	遺族
稲葉　萬治郎	兵長	23	鮎川黒沢	マニラ東北方	9・6	母コナミ・妹マサノ
木内　秋一	曹長	25	鮎川町村	リザール州ワワ	7・5	父由太郎・継母トシ
木内　政次郎	伍長	23	西滝沢森子	マニラ東北方	5・6	父福治・母モトエ
木内　健雄	伍長	24	鮎川平石	マニラ東方40km	6・5	父甚三郎・母ハルヨ
木村　亀三郎	少尉	32	鮎川東鮎川	マニラ東北方40km陣地	7・2	妻ツヤ・長女祐子
木村　善七郎	伍長	23	鮎川	マニラ東北方	6・20	父善之助・兄善治郎
木村　惣一	伍長	25	鮎川東鮎川	マニラ東北方	7・29	源七郎・母タケノ

氏名	階級	年齢	本籍地	戦没地	戦没日	遺族
佐々木　栄信	伍長	23	鮎川堰口	マニラ東方40km陣地	8・20	父栄・母テツ
佐藤　宗雄	伍長	25	西滝沢蟹沢	マニラ東方40km	7・13	父福治・母リエ
庄司　直治	准尉	27	東滝沢飯沢	タヤバス州チャオング	5・8	父三之丞・母ヨシエ
畑中　重男	曹長	25	東滝沢前郷	バタンガス州マレブンヨ山	4・20	父与之吉・母カネヨ
三浦　幸一	伍長	25	西滝沢森子	マニラ東方40km	7・8	父喜兵衛・母チヨエ

大内町

平成十七年に一市七町が合併して、現在は由利本荘市（本籍地の字・地番は不掲載）。
戦没年の記載がない場合は昭和二十年を示す。

氏名	階級	年齢	本籍地	戦没地	戦没日	遺族
阿部　吉三郎	上等兵	24	上川大内羽広	タヤバス州バナハオ山	7・30	父助吉・母マツ
阿部　長逸	軍曹	27	上川大内羽広	マニラ東方40km陣地	6・26	母キエ子
伊藤　間兵衛	上等兵	23	長坂	ラグナ州ロスバニオス	3・11	父間平
伊藤　金市	上等兵	20	岩谷	ラグナ州ロスバニオス	3・26	妻カツ・長男市雄
伊藤　秀一	伍長	23	下川大内長坂	マニラ東方陣地	7・29	父堅治・母オキノ
小野　銀一	上等兵	24	下川大内新沢	バタンガス州マレブンヨ山	4・22	父銀蔵・母ギンコ
菊地　米蔵	伍長	33	岩谷梵	マニラ東方	7・23	妻ヤチヨ・長女和子
小松　良一	上等兵	23	上川大内小栗山	バタンガス州サントトーマ	3・14	母ユキ・弟良蔵
斎藤　喜代治	伍長	28	下川大内葛岡	バタンガス州マレブンヨ山	4・27	兄金作

佐々木金四郎	伍　長	24	下川大内平湯	マニラ南方ケソン	2・10	父弁蔵・母きちの
佐々木　金助	伍　長	24	下川大内平畑	マニラ東方40㎞陣地	5・14	父徳治・母ミヤノ
佐藤　栄	伍　長	25	岩谷	バタンガス州ナスグブ	3・8	父利市・母ヲユミ
東海林峰三郎	伍　長	25	上川大内岩野目沢	マニラ東北方陣地	9・3	父力三郎・母オリサ
畠山　弘	上等兵	23	上川大内羽広	ラグナ州ロスバニオス	3・11	父栄次郎・母チヨノ
堀川　正美	伍　長	23	下川内葛岡	マニラ東方陣地	3・29	父一郎・母タミエ
三浦　銀次郎	兵　長	26	下川大内町松本	バタンガス州サンタクララ第二病院	1・10	父富之助・母ケサ

横手市

◎横手・平鹿地区　計　一七六名

平成十七年の五町二村との合併以前の旧横手市（本籍地の字・地番は不掲載）。
戦没年の記載がない場合は昭和二十年を示す。

氏名	階級	年齢	本籍地	戦没地	戦没日	遺族
飯塚　浩	兵長	33	下根岸町	バタンガス州バタンガス	1・29	母キヨ
伊藤　浅次郎	伍長	31	黒川	リモン	昭19・11・23	妻ヒメ子・長男宇太郎
伊藤　倉之助	軍曹	26	境町上八丁	ラグナ州カラワン	2・10	父伊之松・妹トミ
大山　権之助	上等兵	？	横手町静町	バタンガス州	3・10	兄与一郎
大山　留五郎	兵長	32	静町	ラグナ州イムルックヒル	4・4	妻キヨ
小田嶋宇一郎	兵長	29	金沢安本	ラユニオン州	1・20	妻ヨシエ・長男宇太郎
小田島　誠治	伍長	31	境町上境	マニラ	10・2	父浅之助・弟啓司
小田島　龍蔵	兵長	23	前郷	リザール州テレサ	4・3	父良之助・母マツノ
加賀　健一郎	伍長	23	栄大屋	バタンガス州マレブンヨ山	4・6	父岩松・母イソ
樫尾　信一	曹長	22	金沢中野	ラグナ州ロスパニオス	7・28	兄石蔵・弟信蔵
金子　亀治	伍長	23	金沢	マニラ東方40km	7・8	父永吉・母タケノ
川村　勇次郎	伍長	25	睦成	バタンガス州マコロド山	6・14	母キエ
木曽　悌次郎	兵長	31	境町上八丁	マニラ東北方陣地	6・13	？
木村　七五郎	軍曹	24	境町上八丁	マニラ東方100km	7・10	？
工藤　猛	上等兵	23	金沢本町	マニラ東北方拠点	7・1	父源次郎・兄金栄
佐々木　仁助	兵長	29	黒川	マニラ東北方陣地	6・13	母マツ

佐藤　卯之助	伍長	31	大沢	マニラ東方40㎞	7・22	妻みよ
佐藤　喜八郎	伍長	23	黒川	バタンガス州マコロド山	4・17	母ミヤ
佐藤　正次郎	兵長	31	静町	マニラ東方四〇〇高地	4・1	妻アヤ
佐藤　常吉	准尉	27	飛瀬	マニラ東方40㎞	6・12	母チヨ・姉ヒデ
柴田　喜一	軍曹	24	根岸下丁	バタンガス州マレブンヨ山	4・14	父喜代治・弟良吉
島田　良次	伍長	26	金沢	バタンガス州	12・26	兄良一
高橋　潔	曹長	28	境町上八丁	タヤバス州チャオング	3・22	父松四郎
高橋　謙一郎	兵長	23	黒川	バタンガス州マコロド山	4・18	父石松
高橋　茂憲	軍曹	24	旭三本柳	マニラ東方30㎞	2・8	父茂左エ門・母キサ
高橋　文作	伍長	26	睦成	タヤバス州バナハオ山	5・27	父文吉・兄文一郎
高橋　養治	伍長	25	栄外目	ラグナ州イムルックヒル	4・15	父徳之助・母フジエ
高橋　吉男	兵長	24	旭赤川	バタンガス州マコロド山	4・18	父吉太郎・母アエノ
谷口　善之助	伍長	25	杉目	バタンガス港湾	3・30	父粂之助
津川　弘明	兵長	24	黒川	ラグナ州ロスパニオス	3・27	父百太郎・母キノ
照井　兼松	兵長	23	境町下境	マウンテン州カラン	3・29	父繁松・母ノエ
照井　吉四郎	伍長	25	栄新藤柳田	バタンガス州マレブンヨ山	4・17	父弥太郎・兄房松
照井　勇蔵	曹長	26	馬場崎	タヤバス州バナハオ山	5・10	養父熊蔵
冨田　精一郎	伍長	26	杉沢	マニラ東方40㎞	2・28	母八千代
中嶋　一郎	兵長	32	大町	マニラ東方	3・20	父陽三

氏名	階級	年齢	本籍地	戦没地	戦没日	遺族
仲山　由蔵	兵長	24	栄大屋寺内	マニラ東方モンタルバン	2・20	父与七
藤井　吉治	曹長	38	下飛瀬	マニラ東方35㎞三角山	4・4	父福松
藤原　栄	兵長	25	黒川	タヤバス州バナハオ山	6・20	父政蔵・弟昇
堀尾　章三	曹長	24	三本柳	マニラ東方40㎞	5・10	母キエ
蒔野　保太郎	曹長	25	金沢	サンタイネス	7・5	父松蔵・母ヤス
松井　傳七	軍曹	24	旭猪岡	マニラ東方40㎞	5・10	父七右エ門・母キヨ
松木　直助	軍曹	26	四日町	バタンガス州マコロド山	4・24	父吉右衛門・兄太郎
味水　六郎	少尉	31	黒川	マニラ東北方40㎞	7・13	？
皆方　久蔵	兵長	23	境町上境	マニラ東北方陣地	6・11	母キクノ・弟倉吉
和賀　岩男	伍長	24	栄大屋	タヤバス州バナハオ山	8・20	父豊治・母アキ
和賀　久夫	伍長	21	栄外ノ目	キャビデ州テルナテ	2・10	父新・母テイ
渡部　新平	一等兵	？	？	バタンガス州バタンガス	3・18	？

増田町

平成十七年に合併して、現在は横手市（本籍地の字・地番は不掲載）。
戦没年の記載がない場合は昭和二十年を示す。

氏名	階級	年齢	本籍地	戦没地	戦没日	遺族
五十嵐長太郎	兵長	24	亀田	マニラ東方40㎞	4・17	父長松・母ミツ
小原　仁助	兵長	22	亀田	マニラ東方	3・16	兄正一・甥新作

氏名	階級	年齢	本籍地	戦没地	戦没日	遺族
小原　久義	伍長	23	増田	バタンガス州マコロド山	4・3	父九助・弟栄司
河津　弘吉	一等兵	22	戸沢	マニラ東方	？	養子忠助
河津　雄次	准尉	27	駒形戸波	バタンガス州サントトーマス	7・5	父勇治・母サダ
沓沢　富之助	兵長	？	上町	ルソン島	？	従兄寛蔵・姉キヨ
栗谷　吉之助	兵長	25	田町	ラグナ州イムルックヒル	4・4	父堅三郎・母ツキ
小泉　勇五郎	伍長	26	本町	タヤバス州バナハオ山	5・2	妻文子
小坂　清二	兵長	23	新町	ラグナ州リザール附近	3・26	父茂吉・兄清一
佐藤　謙一郎	上等兵	39	萩袋	バタンガス州サンタクララ	2・14	弟民雄
柴田　孝治	伍長	25	増田	リザール州ワワ	8・1	兄清治
高橋　仁助	兵長	？	亀田	マニラ東方四〇〇高地	3・26	父与一
田中　重一	伍長	？	亀田	リザール州ワワ	7・5	父連助・母セン
廣島　好雄	伍長	21	田町	ラグナ州カラワン	4・3	母キヨ・姉チヨノ

平鹿町

平成十七年に合併して、現在は横手市（本籍地の字・地番は不掲載）。
戦没年の記載がない場合は昭和二十年を示す。

氏名	階級	年齢	本籍地	戦没地	戦没日	遺族
阿﨑吉左エ門	伍長	23	醍醐馬鞍	バタンガス州マコロド山	4・15	母モト・弟喜代吉
井上　忠之助	伍長	23	浅舞	マニラ東方40㎞山中	6・10	父辰之助・母ハツエ

榎　専治	兵長	24	吉田下吉田	マニラ東方	8・14	父喜一・母フヨ
柿崎　凡治	伍長	24	醍醐上樋口	バタンガス州マコロド山	4・18	兄武好・甥勝一
小林　太郎	伍長	?	浅舞	バタンガス州マレブンヨ山	6・17	兄虎太
斎藤　忠治	兵長	33	醍醐	マニラ東方40km山中	8・14	母マツノ・弟留五郎
酒井　六十郎	軍曹	25	浅舞	マニラ東北方陣地	5・28	母ミヨ・甥大策
佐藤　正四郎	兵長	25	吉田下吉田	タヤバス州	5・27	兄亀治
佐藤　長三郎	伍長	23	醍醐	バタンガス州クエンカ	3・26	父長次郎母マツエ
佐藤　彊	伍長	26	醍醐	バタンガス州マレブンヨ山	4・22	兄兵司郎
佐藤　徳太郎	伍長	23	醍醐	バタンガス州マレブンヨ山	5・4	兄泰治
佐藤　松次	伍長	23	醍醐明沢	マニラ東方60km	?	兄松之助・母ヨシノ
佐藤　与三郎	上等兵	24	浅舞	バタンガス州	4・22	母ツルノ
佐藤　由之助	伍長	21	吉田中吉田	バタンガス州リパヒル	6・26	父養助・母サダ
佐藤　隆之助	兵長	28	吉田中吉田	ラグナ州カランバ	4・28	父隆太郎・母ミヨ
柴田　信一	兵長	22	吉田中吉田	リザール州モンタルバン	4・29	兄忠男
柴田　與助	伍長	25	浅舞	マニラ東方40km	6・26	父友治・母イシ
東海林藤一郎	兵長	23	吉田上吉田	バタンガス州マレブンヨ山	4・22	父藤一・母フヨ
園部　芳郎	伍長	23	醍醐	マニラ西方	5・20	兄勲
高橋　市之助	軍曹	26	浅舞	マニラ東方	4・27	?
武内　政之助	軍曹	?	浅舞	ラグナ州イムルックヒル	4・5	父政治・母マツ

氏名	階級	年齢	本籍地	戦没地	戦没日	遺族
寺田　孝一	兵長	24	吉田	ラグナ州ラグナ山	4・5	母ミサ
中川　三郎	伍長	24	浅舞	タヤバス州バナハオ山	5・21	甥芳二
長澤　喜一	兵長	23	吉田中吉田	タヤバス州サンチャゴ	4・15	父政一
西脇　俊夫	軍曹	？	醍醐	バタンガス州マコロド山	4・8	？
平塚　清治	准尉	29	醍醐馬鞍	バタンガス州マレブンヨ山	4・27	妻？・長女誠子
村田　義三	兵長	31	浅舞	マニラ東北方拠点	7・15	母サヨ・兄信之助

雄物川町

平成十七年に合併して、現在は横手市（本籍地の字・地番は不掲載）。
戦没年の記載がない場合は昭和二十年を示す。

氏名	階級	年齢	本籍地	戦没地	戦没日	遺族
石橋　宗吉	上等兵	31	里見東里	ラグナ州バオ	2・6	父信吉・母チヨ
遠藤　与四郎	兵長	24	大沢	バタンガス州マレブンヨ山	4・25	父万蔵・母トミ
小野　金之助	伍長	？	福地道地	バタンガス州マレブンヨ山	6・16	兄利雄
小野　庄一	曹長	26	沼館今泉	リザール州モンタルバ	7・1	父謙蔵・母ムメノ
加藤　順治	伍長	24	沼館会塚	バタンガス州ナスグブ	2・23	父慶治・母ム子
菊地　倉蔵	伍長	23	沼館会塚	マニラ東方ボツボソ	4・29	父源之助・母ユキ
小西　久吉	伍長	24	沼館	ミンドロ島サン・ホセ	3・10	父勇吉・母クラ
小松　二郎	兵長	23	沼館	ラグナ州マキリン山	3・14	父政太郎・母イシ

氏名	階級	年齢	出身	戦没地	月日	遺族
佐々木孝太郎	伍長	33	沼館	リザール州モンタルバン	4・20	妻キエ子
佐々木　四郎	少尉	30	里見樽見内	マニラ東北方60km陣地	9・20	母ノブ
佐々木泰治郎	伍長	24	館合薄井	リザール州モンタルバン	5・3	父菊治・母ミネ
佐々木　長吉	准尉	29	大沢	ラグナ州ラグナ山	4・4	父清治・母ミエ
佐藤　徳之助	上等兵	23	館合薄井	バタンガス州マレブンヨ山	4・26	母ヒデ・弟勇治
佐藤　俊雄	伍長	23	館合薄井	バタンガス州クエンカ	3・10	父治右衛門
佐藤　兵治	兵長	25	里見造山	マニラ東方四〇〇高地	5・30	父兵助・母トク
高橋　甚之助	伍長	31	館合薄井	マニラ東方40km	6・1	妻文子
竹内　常太郎	兵長	23	沼館	タヤバス州バナハオ山	7・12	父幸一・母タケノ
田中　市太郎	伍長	25	沼館会塚	マニラ東北方40km	6・12	父吉五郎・母タキエ
土田　藤三郎	伍長	23	館合宮田	マニラ東方60km	7・20	父藤一
藤田　鉄蔵	兵長	？	沼館会塚	ラグナ州リガール附近	1・23	父重治郎・母シテ
藤原　一男	軍曹	26	里見樽見内	バタンガス州マレブンヨ山	4・11	父五郎兵衛
古内　幸之助	兵長	24	館合薄井	ラグナ州バオ	2・6	父市四郎・母フジノ
矢野　喜一郎	伍長	29	館合薄井	マニラ東方60km	7・12	父利吉・母トミ
吉内　賢治郎	兵長	23	館合薄井	ラグナ州	4・4	父末吉・母トメノ

大森町

平成十七年に合併して、現在は横手市（本籍地の字・地番は不掲載）。
戦没年の記載がない場合は昭和二十年を示す。

氏名	階級	年齢	本籍地	戦没地	戦没日	遺族
伊藤　貞治郎	兵長	22	八沢木猿田	ラグナ州	4・4	父政吉・兄岩蔵
伊藤　誠之助	伍長	23	八沢木猿田	マニラ東方40km	6・14	甥清
伊藤　藤三郎	伍長	25	八沢木坂部	ルソン島？	2・3	父藤次郎・母カネヨ
越後　康之助	兵長	22	大森	バタンガス州ナスグブ海岸	4・26	母カノ・兄賢一郎
遠藤　堅治郎	伍長	24	大森	バタンガス州マコロド山	4・20	父末治・母ハチヨ
根田　壮吉	兵長	21	八沢木上溝	ラグナ州 カラワン	3・30	父吉松・母マサノ
佐々木　興吉	？	？	八沢木	マニラ東北方60km	6・30	？
佐々木　重蔵	伍長	24	八沢木上溝	ラグナ州	3・31	父彦蔵・兄賢蔵
佐々木為治郎	上等兵	24	八沢木上溝	バタンガス州アラミノス	3・30	父為治・母キヨノ
佐々木　展一	軍曹	24	川西板井田	リザール州モンタルバン	8・10	父哲之助・母サノ
佐藤　正造	伍長	25	大森	リザール州モンタルバン	4・23	父庄吉・母ナヨ
佐藤　達治	軍曹	26	川西板井田	バタンガス州サニガイ山	2・6	父甚八郎・兄一太
瀧澤　一郎	伍長	23	川西板井田	マニラ東方ボツボソ	6・30	父常四郎
高橋　作助	兵長	？	川西十日町	マニラ東北方40km陣地	5・23	父角助
照井　銀次郎	伍長	32	川西板井田	マニラ東方30km	4・3	母スワ
成田　由蔵	軍曹	25	川西袴形	ミンドロ島サン・ホセ	6・13	父隆司・母マサノ

氏名	階級	年齢	本籍地	戦没地	戦没日	遺族
原田　宗一	上等兵	23	八沢木上溝	バタンガス州マレブンヨ山	4・20	弟万治
村上　正治	伍長	？	本郷	リザール州モンタルバン	6・10	父栄治

十文字町

平成十七年に合併して、現在は横手市（本籍地の字・地番は不掲載）。
戦没年の記載がない場合は昭和二十年を示す。

氏名	階級	年齢	本籍地	戦没地	戦没日	遺族
五十嵐蒼生二	曹長	26	植田	ラグナ州イムルックヒル	4・6	父賢吉・母タカ
石川　喜助	伍長	24	十文字仁井田	タヤバス州バナハオ山	5・20	父九次郎・母ヤス
伊藤　忠孝	兵長	23	十文字梨木羽場	バタンガス州ボベナン	2・15	父菊治・母ヤス
伊藤　久治	上等兵	25	十文字梨木羽場	マニラ東北方拠点	6・9	父久四郎・母チヤウ
川島　勇四郎	伍長	30	植田源太左馬	マニラ東方40km	7・5	父清治
神原　忠一	伍長	24	十文字腕越	ラグナ州サンチャゴ	4・15	父菊治・母イシ
神原　幸雄	兵長	23	十文字新田	ラグナ州イムルックヒル	5・28	父幸吉・母ツネ
熊谷　武太	兵長	24	十文字梨木羽場	ラグナ湖付近	2・24	父吉蔵・母シミ
黒澤　徳治郎	伍長	24	三重鼎	マニラ東方40km	6・9	兄亮助
佐藤　吉之助	准尉	27	植田源太左馬	リザール州ワワ	7・5	甥重雄
佐藤　政二郎	伍長	23	植田	ラグナ州イムルック・ヒル	4・5	父禮治・母ミネ
柴田　政雄	兵長	23	植田	バタンガス州マレブンヨ山	4・15	父政吉

氏名	階級	年齢	本籍地	戦没地	戦没日	遺族
菅原　勇三	兵長	26	睦合	ラグナ州イムルックヒル	4・1	父銀治
高橋　茂	大尉	28	植田越前	タヤバス州クエンカ	3・19	父市五郎・母チヨ
高橋　忠	曹長	25	植田越前	ラグナ州ロスバニオス方面	3・26	父市五郎・母チヨ
土屋　末五郎	准尉	28	睦合	マニラ東北方	？	父伝助
福田　保	伍長	？	十文字佐賀会	ミンドロ島カラバン	6・7	母ヨシ
堀田　良二	兵長	28	十文字新田	バタンガス州マレブンヨ山	3・31	父三郎・母ノヘ
松田　政雄	兵長	23	植田越前	マニラ東方四〇〇高地	6・20	父松蔵・母イヤ
三浦　八太郎	軍曹	25	十文字仁井田	ラグナ州カラワン	4・5	母トヨノ
皆川　安太郎	伍長	25	十文字新田	ラグナ州カランバ	3・13	父三郎・母スエノ
吉田　隆	伍長	31	植田	マニラ東北方陣地	4・29	父堅吉・母トク

山内村

平成十七年に合併して、現在は横手市（本籍地の字・地番は不掲載）。
戦没年の記載がない場合は昭和二十年を示す。

氏名	階級	年齢	本籍地	戦没地	戦没日	遺族
伊藤　庄吉	伍長	25	筏	マニラ東方40km	5・15	父庄一・母ウメノ
小野　仁壽	伍長	26	平野沢	リザール州マニラ東方巌山	5・31	父仁蔵・母キチ
佐藤　茂二	兵長	24	南郷	リザール州モンタルバン	6・17	父倉松・母コヨ
高橋　三郎	伍長	30	南郷	マニラ東方40km	6・18	妻ミヤ

氏名	階級	年齢	本籍地	戦没地	戦没日	遺族
高橋　雪松	兵長	23	小松川	ラグナ州イムルックヒル	4・2	父仁助・母ハツ
高橋　善雄	伍長	25	大松川	タヤバス州ロボ	6・25	父熊太郎・母ミナ
照井　藤吉	曹長	32	平野沢	バタンガス州タガイタイ	2・2	妻ヨシエ
照井　雄太	伍長	24	大沢	ニラ東方40km	7・20	父亥之松・母松栄
藤原　廣資	？	23	土淵	バタンガス州マレブンヨ山	4・13	父勘四郎・母トメ
向川　多三郎	伍長	24	大松川	マニラ東方40km	7・14	父三吉・母ミサ
最上谷　伍助	兵長	25	土渕	ラグナ州イムルックヒル	12・10	父藤吉・母サン

大雄村

平成十七年に合併して、現在は横手市（本籍地の字・地番は不掲載）。
戦没年の記載がない場合は昭和二十年を示す。

氏名	階級	年齢	本籍地	戦没地	戦没日	遺族
安藤　幸治	伍長	20	阿気	バタンガス州マレブンヨ山	4・22	父末松・母ヒサ
安藤　敏三	軍曹	26	阿気	マニラ東方40km	8・14	父治助・母タマ
榊原　武彦	伍長	26	田根森	マニラ東方40km	6・9	母セン
小棚木　勇助	伍長	27	阿気	テレサ附近	6・27	父福松・母トク
小松　忠一	伍長	？	阿気	マニラ東方40km	5・30	父松四郎・母ミノ
小松田　信一	兵長	？	阿気	バタンガス州マレブンヨ山	3・29	弟正夫
小松田二三男	伍長	25	阿気	タヤバス州バナハオ山	5・15	母ミサオ

氏名	階級	年齢	出身	戦没地	日付	遺族
佐々木　儀一	伍長	23	田根森	バタンガス州マレブンヨ山	6・30	父儀之助・母タツ
鈴木　末松	伍長	25	田根森	バタンガス州マレブンヨ山	3・30	兄勘之助
壽松木泰太郎	伍長	23	田根森	バタンガス州マレブンヨ山	1・20	父泰吉・母ハナ
矢野　金治	曹長	35	阿気	タヤバス州チャオング附近	7・25	妻光子
吉成　敬二	伍長	26	田根森	マニラ東方40km	6・5	兄吉松
吉成　松四郎	軍曹	25	阿気	ラグナ州タドロック高地	？	父松治郎・母ヒサ

◎湯沢・雄勝地区　計　一五二名

平成十七年の二町一村との合併以前の旧湯沢市（本籍地の字・地番は不掲載）。
戦没年の記載がない場合は昭和二十年を示す。

湯沢市

氏名	階級	年齢	本籍地	戦没地	戦没日	遺族
東屋　健太郎	准尉	26	岩崎	ラグナ州イムック・ヒル	4・1	父末蔵・母キノ
姉崎　長三郎	兵長	23	須川高松	バタンガス州サントトーマ	3・10	父常蔵・母サヨ
姉崎　雄次郎	伍長	？	須川	リザール州モンタルバン	4・23	兄卯太郎
池田　安太郎	兵長	32	山田	バタンガス州マレブンヨ山	4・16	？
伊藤　一太郎	伍長	23	弁天角間	カビテ州テルナテ	2・10	父貞二郎・母ナラエ
伊藤　禎治	曹長	26	岩崎	ラグナ州カラワン	4・3	父文太郎・母チヨ
井上　松太郎	上等兵	23	山田深堀	バタンガス州マレブンヨ山	4・19	父松三郎・母サタ
鵜沼　長之助	伍長	26	幡野八幡	バタンガス州サンタクララ	1・10	父芳之助・母ナラ
小川　雄三	少尉	29	弁天角間	マニラ東北方モンタルバン	8・10	父為治・母ヤス
小原　福三	少尉	33	内町	マニラ東北方陣地	7・17	父福治・母ミヨ
小松　良実	上等兵	21	三関下関	サンバレス州マシンロック西方	昭19・11・25	父長吉・母トミ
佐々木　徳蔵	伍長	25	三関上関	バタンガス州アラミノス西方4km	4・27	父徳松・母イネ
佐藤　憲太郎	伍長	29	幡野柳田	マニラ東北方	7・1	父民蔵・母タエ
佐藤　徳佐郎	伍長	25	弁天仁井田	マニラ東方山地東光輝山	6・12	父松次郎・母カツ
佐藤　久吉	准尉	29	前森	マニラ東北方	6・16	父久治・母トミ・
佐藤　松五郎	伍長	23	幡野八幡	バタンガス州マコロド山付近	6・30	父松四郎・母シモ

佐藤　三四吉	伍長	26	根小屋町	バタンガス州マレブンヨ山	4・22	妻俊子・弟健治
佐藤　良蔵	軍曹	26	幡野	マニラ南方	3・20	父富蔵・母トヨ
次藤　二郎	上等兵	23	須川高松	タヤバス州バナハオ山	7・30	父福太郎・母ヨシノ
地主　栄助	伍長	25	須川相川	マニラ東方40km	7・20	父啓吉・母マツ
柴田　勝郎	伍長	24	大島町	リザール州ワワ	7・5	母キクエ
柴田　邦造	軍曹	26	須川相川	バタンガス州マコロド山	6・12	父為治・母リヨ
柴田　東吉	曹長	27	平清水新町	リザール州モンタルバン	7・12	兄正治郎
菅原　保太郎	兵長	23	山田	バタンガス州マレブンヨ山	4・14	父龍助・母アサ
菅原　利一	兵長	23	山田	マニラ東北方	4・14	父源二郎
鈴木　健三	伍長	25	山田	タヤバス州バナハオ山	8・1	父安五郎・母ハツ
鈴木　常太郎	伍長	23	田町	マニラ東北方	6・18	父藤右エ門・母キエ
高橋　晃一	伍長	25	山田深堀	バタンガス州リノ	昭19・12・20	父宗二郎・母キクノ
高橋　政太郎	伍長	23	岩崎	マニラ東北方	5・8	父初太郎・母チヨノ
高橋　由太郎	伍長	22	山田松岡	マニラ東方40km	昭19・12・24	父亀治・母フヨ
高橋　勇之助	伍長	24	弁天杉沢新所	マニラ東方40km	6・1	父留之助・母キク
高橋　養之助	伍長	25	岩崎成沢	マニラ東方40km	6・5	父千代吉・母スエノ
高久　永之助	伍長	？	幡野倉内	リザール州ワワ	3・10	母すえ
高柳　三郎	曹長	25	湯沢	バタンガス州	4・19	父吉太郎・弟要造
武田　順吉	兵長	38	前森町	フンドアン	8・3	妻ヤエ・長男順一

田中　七郎	軍曹	24	幡野柳田	アルチャン	7・16	父甚七・母モヨ
谷藤　宗太郎	伍長	24	前森町	リザール州ワワ	7・5	祖父得助・妹ヨシ
寺尾　廣治	上等兵	23	東松澤	マニラ東方不滅山	7・10	父久治・妹トク
照井　力	上等兵	23	三関	タヤバス州バナハオ山	6・27	父良吉・母トメ
長尾　忠太郎	兵長	26	田町	ラグナ州カラマツイ	4・3	母ナカ
中川　常太郎	兵長	？	田町	バタンガス州マコロド山	4・20	父常蔵
新山　幸之助	伍長	25	弁天森	マニラ東北方	6・19	父幸太郎・母なお
樋渡　勇吉	伍長	23	岩崎成沢	リザール州モンタルバン	5・15	父正蔵・母ツネ
藤原　三郎	兵長	26	山田松岡	バタンガス州マレブンヨ山	？	父浅治・母ヲカン
藤原　政治	兵長	23	須川高松	リザール州モンタルバン	2・10	父清治
松田　政悦	伍長	24	弁天杉沢	バタンガス州マレブンヨ山	4・16	父和助・母ステ
松田　善吉	伍長	24	弁天森	ラウニオン州ナラウエステ	10・10	父永助・母トク
松田　吉郎	曹長	25	岩崎	タヤバス州バナハオ山	6・25	父元吉・母トメ
松田　利八	一等兵	？	湯沢市？	バタンガス州マコロド山	3・30	？
宮原　辰雄	伍長	23	山田石塚	マニラ東方40km	4・29	父善松・母フジノ
宮原　鉄郎	兵長	25	山田石塚	ラグナ州マキリン山	3・18	父蔵之助
宮原　松三	伍長	28	山田石塚	バタンガス州クエンカ	10・25	父吉之助・母ギン
八柳　兵三	軍曹	26	三関関口	マニラ東方40km	5・4	父千三・母クン
脇谷　武治	兵長	21	幡野金谷	バタンガス州アラミノス	4・14	父周吉・母ヨシ

氏名	階級	年齢	本籍地	戦没地	戦没日	遺族
渡邊　孝吉	伍長	？	岩崎	バタンガス州マレブンヨ山	5・16	兄元一
渡部　善之助	伍長	26	大島町	マニラ東北方	5・29	父吉兵衛・母イシ
渡部　要助	兵長	23	西松沢	バタンガス州マレブンヨ山	5・4	父儀助

稲川町

平成十七年に合併して、現在は湯沢市（本籍地の字・地番は不掲載）。
戦没年の記載がない場合は昭和二十年を示す。

氏名	階級	年齢	本籍地	戦没地	戦没日	遺族
赤澤　政太郎	曹長	26	川連	ラグナ州カラワン	4・29	父治三郎
麻生　成二郎	伍長	22	三梨	ミンドロ島サンホセ	昭19・12・26	父久助
井上　初郎	伍長	23	三梨	マニラ東方60km	5・30	母菖蒲・兄芳蔵
加藤　正三	兵長	33	川連大舘	マニラ東方40km	4・27	父恒治・母ハルヨ
加藤　清一	伍長	23	三梨	マニラ東方40km	4・3	父八右衛門・母春江
加藤　酉治	伍長	25	三梨	バタンガス州アラミノス附近	4・17	父菊治・母ナツヨ
木村　耕治	兵長	23	駒形八面	リザール州モンタルバン東方	5・31	妹キクエ
沓澤　菊蔵	軍曹	24	川連	ラウニオン州ナラウエスチー部落	10・10	母マツヨ
栗原　良之助	兵長	27	稲庭	タヤバス州サンパブロ	3・18	父文三・母亥代
後藤　金一	伍長	24	駒形東福寺	マニラ東方40km	9・27	父軍吉・母サキ
後藤　繁	伍長	24	三梨	マニラ第一二陸軍病院	？	？

氏名	階級	年齢	本籍地	戦没地	戦没日	遺族
佐藤　重治	伍長	25	駒形大門	マニラ東方40km	5・21	母ケサ・兄佐一
佐藤　常蔵	兵長	23	三梨	マニラ東方40km	6・4	父兼蔵・母キヨ
佐藤　哲	兵長	32	川連大舘	マニラ東方	5・25	父真一・母トクエ
瀬川　倉治	兵長	23	三梨	ラグナ州イムック・ヒル	4・3	父仁助・母トメ
瀬川　酉松	曹長	26	三梨	バタンガス州マレブンヨ山	4・22	父永助・義姉一栄
関　京一	上等兵	23	川連	タヤバス州タヤバス七〇〇高地	5・12	父京助・母スエ
菅原　正治	上等兵	23	川連	イサベラ州サンパプロ	？	父市太郎・母ミノ
高橋　一	軍曹	23	稲庭	ラグナ州カラワン	4・13	父英・母キヨ
高橋　久志	伍長	26	川連	ミンドロ島サンホセ	3・10	父新次郎・母ヨシ
藤原　梅吉	兵長	25	三梨	バタンガス州アラミノス	？	父竹松・母テツエ
藤原　桂治	伍長	23	駒形大倉	ミンドロ島	7・18	父福蔵・母トモヨ
藤原　忠男	伍長	？	川連大舘	マニラ東方60km	4・29	母キク

雄勝町

平成十七年に合併して、現在は湯沢市（本籍地の字・地番は不掲載）。
戦没年の記載がない場合は昭和二十年を示す。

氏名	階級	年齢	本籍地	戦没地	戦没日	遺族
阿部　菊治	伍長	23	小野桑ケ崎	マニラ東北方マレブンヨ山	4・25	父若松・弟茂治
阿部　信也	伍長	23	小野桑ケ崎	タヤバス州バナハオ山	5・14	母サト・兄弥一郎

氏名	階級	年齢	出身	戦没地	月日	遺族
押切　繁治	伍長	25	横堀	リザール州モンタルバン	6・9	父徳之助・母よしえ
片野　長次郎	兵長	23	小野	ラグナ州カランバ	2・15	弟長三郎
金澤　俊助	伍長	24	小野	マニラ南方ガラバン方面	4・20	父恒松・母タヨ
金澤　忠一	兵長	21	横堀	タヤバス州バナハオ山	5・14	父忠吉・弟進
金沢　正男	？	？	横堀	？	？	？
岸谷　由太郎	伍長	24	小野桑ケ崎	マニラ南方50㎞方面	4・10	父元吉・母フヨ
京野　嘉太郎	伍長	25	院内	マニラ東北方陣地	7・15	母ツタ・姉ヨシコ
桐田　茂喜	兵長	24	横堀	マニラ	昭19・11・17	父政之助・母喜代子
小松　為治	伍長	23	院内下院内	マニラ東方サンクリストバル山	5・14	父延之助
佐藤　章次	伍長	24	秋ノ宮中村	バタンガス州マコロド山	4・3	父小市
菅　英治	伍長	26	秋ノ宮役内	リザール州モンタルバン	7・24	父豊治・兄竹治
菅　久作	？	？	横堀	バタンガス州マレブンヨ山	4・18	？
菅　正太郎	兵長	23	秋ノ宮中村	マニラ東北方	6・9	兄清太郎
菅　哲	兵長	23	秋ノ宮役内	バタンガス州マレブンヨ山	4・29	兄礼之助
菅　四次郎	伍長	？	秋ノ宮役内	ラグナ州イムック・ヒル附近	4・5	養父春吉
高橋　永之助	伍長	27	小野桑ケ崎	マニラ東北方	7・25	父治助・母ツネ
高橋　収作	伍長	23	小野桑ケ崎	バタンガス州クエンカ	7・20	父堅蔵・母キチ
高橋　清之助	兵長	39	秋ノ宮川井	ラグナ州カランバ附近	4・4	母フヨ・甥久栄
高橋　佑一	伍長	26	秋ノ宮役内	バタンガス州マレブンヨ山	3・10	父・佑太郎

氏名	階級	年齢	本籍地	戦没地	戦没日	遺族
高山　永太郎	上等兵	33	院内上院内	バタンガス州アラミノス	3・26	母クラ・弟松太郎
田原　博	兵長	23	小野	リザール州マニラ東方40km	7・10	父武次郎・母フミエ
戸田　吉松	兵長	23	院内下院内	バタンガス州マレブンヨ山	4・23	父吉之助
藤原　勇孝	兵長	23	小野桑ヶ崎	マニラ東方40km	7・28	父寅蔵・母マツノ
村田　悦郎	伍長	25	院内下院内	バタンガス州ナスグブ附近	3・7	父貫之助・母タカ
山方　磯男	軍曹	26	院内	マニラ東方40km	？	父亮三郎・弟守雄
由利　雄次郎	少尉	29	秋ノ宮川井	カビテ州テルナ	4・29	甥・準次

羽後町

本籍地の字・地番は不掲載とした。
戦没年の記載がない場合は昭和二十年を示す。

氏名	階級	年齢	本籍地	戦没地	戦没日	遺族
安部　三郎	兵長	23	田代軽井沢	マニラ東方	4・20	父豊治郎・母ヒデ
越前　玄秀	准尉	28	新成足田	ラグナ州カラワン	4・3	父為蔵・母ミナ
小倉　惣二	伍長	24	新成足田	マニラ東方80km	7・14	父慶之助・母フミ
小野　政吉	少佐	41	田代	マニラ東北方高地	7・15	妻キミ・長女悦子
柿崎　竹次郎	伍長	？	三輪貝沢	マニラ東方40km	6・15	妻チヨノ
加藤　欣介	中尉	？	三輪貝沢	マニラ東北方	4・3	兄忠右衛門
加藤　堅助	伍長	26	西馬音内	バタンガス州バタンガス	1・7	父末吉・母イセ

工藤　喜一	伍長	23	田代	マニラ東北方40km	6・13	父喜八・母ユキエ
栗田　久之助	兵長	24	明治新町	タヤバス州	?	父長蔵・母チエ
黒澤　邦太郎	伍長	23	西馬音内田沢	バタンガス州サント・トーマス	5・4	父兵之助・母チヨ
後藤　恵助	伍長	25	西馬音内	タヤバス州バナハオ山	?	父龍太郎・母トミ
斎藤　小三郎	伍長	25	新成島田新田	タヤバス州チャオング南方	5・4	父運太郎・母アキ
佐々木　恒吉	兵長	25	三輪杉宮	ラウニオン州	1・25	妻愛幸・長女ナツ子
佐藤　金助	兵長	24	新成足田	マニラ東北方	6・10	父三治・母キク
佐藤　幸吉	伍長	23	西馬音内	マニラ東方60km	7・8	父松吉・母フクノ
佐藤　忠	伍長	23	三輪大久保	マニラ東方40km	8・14	父忠治・母ブン
佐藤　千代蔵	伍長	？	三輪貝沢	タヤバス州バナハオ山	5・14	兄勝太郎
佐藤　養一	伍長	25	田代上到米	ラグナ州ロスバニオス	3・16	父養助・母ムラ
篠木　正八郎	兵長	20	三輪杉宮	マニラ東北方40km	7・1	父忠太郎・母キエ
柴田　勝典	兵長	23	明治林崎	マニラ東方	4・16	父徳松・母イヨ
菅原　八郎	兵長	23	元西馬音内内掘回	バタンガス州マレブンヨ山	4・27	父吉太郎
鈴木　政一	准尉	28	西馬音内	バタンガス州マコロド山デタ	4・12	父政造・母ノエ
瀧澤　寅次郎	軍曹	26	新成郡山	ラグナ州マハイハイニ北方	?	父市太郎・母モヨ
千葉　常作	伍長	25	三輪杉宮	マニラ東北方	2・22	父西之助・母ミネ
土田　博	兵長	22	仙道上仙道	タヤバス州チャオング	5・8	父太郎吉・母タヘ
土田　良治	兵長	21	仙道下仙道	リザール州モンタルバン	7・20	城之助・母サキエ

氏名	階級	年齢	本籍地	戦没地	戦没日	遺族
原田　正一	兵長	23	田代上到米	バタンガス州マレブンヨ山	4・29	父正太郎・母トモ
藤原　三郎	伍長	23	三輪赤袴	バタンガス州サンタクララ	1・30	父寅吉・母シュン
藤原　徳助	兵長	25	西馬音内	タヤバス州バナハオ山東側	7・28	父治助・母ハツ
真坂　君蔵	兵長	31	元西馬音内飯沢	バタンガス州	3・17	父栄吉・母ヒナ
横井　賀一	兵長	23	明治新町	バタンガス州クエンカ付近	5・30	父長之助・母ハル
横井　順一	兵長	24	明治新町	マニラ東北方	5・10	父重太郎・母マキノ

東成瀬村

本籍地の字・地番は不掲載とした。
戦没年の記載がない場合は昭和二十年を示す。

氏名	階級	年齢	本籍地	戦没地	戦没日	遺族
高橋　友太郎	伍長	30	椿川	リザール州モンタルバン	5・10	父定吉・弟甲子郎
高谷　三郎	上等兵	23	岩井川	ラグナ州三一七高地	3・13	母ツル・甥章
谷藤　幸雄	兵長	？	岩井川	ラグナ州ロスバニオス	3・26	兄元一郎
福地　五助	上等兵	23	田子内	ラグナ州ロスバニオス	5・15	父熊吉・兄新吉

皆瀬村

平成十七年に合併して、現在は湯沢市（本籍地の字・地番は不掲載）。
戦没年の記載がない場合は昭和二十年を示す。

氏名	階級	年齢	本籍地	戦没地	戦没日	遺族
阿部　忠	兵長	21	川向	マニラ東北方	3・26	父多助・母タケノ
高橋　岩雄	上等兵	22	畑等	？	8・13	父友太郎・兄岩松
高橋　賢蔵	伍長	23	畑等	バタンガス州ナスグブ	2・7	父留五郎・甥良一
高橋　佐一郎	伍長	？	川向	ラグナ州ロスバニオス	昭19・12・20	父精作・母テツ
高橋　道作	伍長	23	畑等	マニラ東方40km	6・30	父吉太郎・母リエ
高橋　留吉	伍長	24	畑等	ラグナ州カラワン	4・29	父重吉・母チヤ
高橋　豊治	曹長	25	畑等	マニラ東方30km不滅山東側	2・8	母イワ・兄喜代治
藤原　貞助	兵長	23	川向	バタンガス州マレブンヨ山	4・11	母マツ・儀一郎

◎秋田県外・不明者　計　一四六名

本籍地の字・地番は不掲載とした。
戦没年の記載がない場合は昭和二十年を示す。

北海道

氏名	階級	年齢	本籍地	戦没地	戦没日	遺族
石川　国利	伍長	?	蛇田郡倶知安町	バタンガス州マウンバン	6・19	?
岩井　芳夫	兵長	?	釧路郡釧路村	バタンガス州マレブンヨ山	3・25	父常蔵
遠藤　三男	少尉	?	上川郡清水町	バタンガス州アミノラス	4・6	長男克介
大野　肇	中尉	?	釧路市光洋町	マニラ近郊ラグナ湖周辺	昭21・6・14	妻ノブ子
奥村　勝	伍長	?	亀田郡七飯町	バタンガス州マレブンヨ山	4・29	弟?
河田　友治	伍長	25	上川郡清水町	バタンガス州サンチャゴ	4・8	父文助・母ミヨ
小倉　信一	?	?	蛇田郡狩大村	バタンガス州マレブンヨ山	4・25	?
小諸　重吉	上等兵	?	旭川市上盤町	バタンガス州マレブンヨ山	4・25	妻ヤサ
波岡　政四郎	上等兵	?	小樽市真巣町	バタンガス州マレブンヨ山	4・25	?
林　粂太郎	軍曹	?	三笠市幾春別	タヤバス州バナハオ山	5・?	?
平岡　栄治	?	?	北見国平取付振内	バタンガス州マルバル	4・12	?
三上　秀夫	?	?	札幌市豊平河岸	タヤバス州バナハオ山	7・6	?
三沢　弘	兵長	?	室蘭市船見町	ラグナ州カランバ	3・15	?
若松　義郎	兵長	?	札幌市南八条西	マニラ付近	5・15	?

東北

本籍地の字・地番は不掲載とした。
戦没年の記載がない場合は昭和二十年を示す。

氏名	階級	年齢	本籍地	戦没地	戦没日	遺族
浅沼　伊佐吉	兵長	?	岩手県都南村	リザール州モンタルバン東方	5・17	甥清人
浅沼　正吉	?	23	岩手県南村	マニラ東方40km	6・29	弟竹忌
阿部　春雄	一等兵	?	山形県新庄市	タヤバス州バナハオ山	?	父東吉
有川　利雄	兵長	27	山形県西川	タヤバス州バナハオ山	9・30	父源蔵
飯沢　市郎	?	?	山形県大湯村	バタンガス州アンガイ山	2・2	?
石川　辰夫	一等兵	23	山形県上山市	バタンガス州マレブンヨ山	5・4	父孝
伊藤　一	?	?	宮城県名取市	バタンガス州アラミノス西方	3・30	父留吉
及川　定夫	上等兵	?	岩手県江刺市	?	?	?
及川　専吉	?	?	岩手県江刺市	?	4・30	父専松
大泉　常雄	軍曹	?	宮城県小野村	バタンガス州マレブンヨ山	4・3	?
小笠原　誠	獣医少尉	?	青森県十和田湖町	?	5・4	父誠一
川端　喜三郎	伍長	30	青森県東北町	リザール州モンタルバン	7・25	兄仁三郎
木村　一	?	?	岩手県江刺市	タヤバス州バナハオ山	8・1	父市郎
菊田　忠次郎	兵長	?	岩手県江刺市	バタンガス州マレブンヨ山	4・22	妹ミヤコ
寒河江紀七郎	上等兵	?	山形県大塚村	リザール州モンタルバン	7・15	兄亮一
坂本　弥市	?	?	青森市	マニラ東方30km	5・15	父平太郎

氏名	階級	年齢	本籍地	戦没地	戦没日	遺族
坂本 弥市	？	？	青森市	マニラ東方30km	5・15	父平太郎
桜井 正路	？	32	宮城県浦谷町	ミンドロ島サンホセ	4・21	妹こぎく
宍戸 義男	伍長	25	福島市鳥川村	タヤバス州	5・3	父義質
清水 正七	兵長	28	山形県新庄市	タヤバス州バナハオ山	6・16	母ナツ
鈴木 作治	一等兵	？	山形県豊田村	タヤバス州バナハ	5・23	？
瀬川 宏	医中尉	？	岩手県渋民村	マニラ東北方	7・8	？
千田 栄三郎	一等兵	？	岩手県上閉伊郡	北サンフエルナンド	10・12	？
相馬 操	中尉	26	青森県弘前市	ラグナ州三一七高地	3・13	姉キミ
高橋 春男	上等兵	？	岩手県飯岡町	リザール州ワワ	7・？	父利三郎
田中 養太郎	兵長	27	山形県鶴岡市	バタンガス州マレブンヨ山	4・25	養子芳吉
丸子 孝蔵	兵長	？	山形市	ラグナ州イムック・ヒル	4・4	母キノ
宮手 博	医中尉	？	岩手県千町	マニラ東北方	8・15	？
村田 与助	上等兵	26	岩手県二戸市	バタンガス州マレブンヨ山	4・17	甥与一郎
矢沢 正吉	一等兵	26	山形市吉野村	タヤバス州バナハオ山	5・1	兄市嶋

関東

本籍地の字・地番は不掲載とした。
戦没年の記載がない場合は昭和二十年を示す。

氏名	階級	年齢	本籍地	戦没地	戦没日	遺族
青木 善次郎	衛生上等兵	？	茨城県下館市	ラグナ州メガネ山	2・26	母はま

今成　巌	少佐	28	千葉県柏市	マニラ東方陣地	6・15	妻チヨ子
上原　善一	少佐	？	茨城県鉾田町	ラグナ州ロスバニオス	昭21・6・14	妻静子
川越　重正	？	？	東京都新宿区	ミンドロ島	昭19・12・1	妻壽々子
菊地　三郎	一等兵	？	栃木県鍋城村	ラグナ州カラワン	1・19	？
小林　弥一	上等兵	？	埼玉県新郷村	バタンガス州ボクトル	1・10	父林吉
柴田　伊三郎	一等兵	？	埼玉県川口市	タヤバス州ドロレス付近	5・3	長男富男
高木　春治	？	？	栃木県稲葉村	バタンガス州マレブンヨ山	5・8	？
武本　清己	大尉	？	東京都杉並区	バタンガス州マコロド山	7・30	妹君子
鶴田　勇二	兵長	24	茨城県友部町	ラグナ州イムック・ヒル	4・2	継母おのえ
野沢　範好	上等兵	30	茨城県本郷村	バタンガス州サンタクララ	3・13	父篤二郎
山本　重夫	？	21	神奈川県川崎市	マニラ東方40km	8・14	甥弘
渡辺　恵寿	上等兵	？	千葉県習志野市	ラグナ州カランバ南方	2・24	兄友治

信越

本籍地の字・地番は不掲載とした。
戦没年の記載がない場合は昭和二十年を示す。

氏名	階級	年齢	本籍地	戦没地	戦没日	遺族
小沢　千里	上等兵	？	長野県片忌村	？	？	？
斎藤　銀作	大尉	？	新潟県上越市	ラグナ州マキリン山東方	5・20	兄政吉

氏名	階級	年齢	本籍地	戦没地	戦没日	遺族
小林　正三郎	主計少尉	？	柏市	ラグナ州バイへ転進中	2・6	？
小日向　賢一	兵長	？	新潟県	バタンガス州	3・19	父忠太郎・母クマ
五幣　武雄	上等兵	？	新潟県大郷村	バタンガス州マレブンヨ山	3・11	父宇之助
小森　房良	伍長	？	長野市河内町	タヤバス州ロボ	6・25	兄正次
佐藤　専一	軍曹	27	新潟県新発田市	バタンガス州マレブンヨ山	4・28	父千代次
竹内　鑑蔵	？	31	新潟県村上末町	バタンガス州マレブンヨ山	4・28	妻ヒデ
中村　四郎	？	？	長野県松本市	？	？	妻なるみ・長男省吾
三溝　隆次	上等兵	？	長野県法馬村	リザール州ワワ	7・？	母ムツヱ

北陸

本籍地の字・地番は不掲載とした。
戦没年の記載がない場合は昭和二十年を示す。

氏名	階級	年齢	本籍地	戦没地	戦没日	遺族
赤松　清	？	？	福井県丸岡町	タヤバス州バナハオ山	5・7	父辰五郎
倉友　一二三	一等兵	？	福井県春江町	ラグナ州ロスバニオス	3・11	長男久喜
高島　高一	一等兵	？	福井県美山町	タヤバス州バナハオ山	3・23	妹サダ子
寺地　秀夫	？	？	石川県方川村	タヤバス州バナハオ山	5・7	？
服部　尚孝	？	？	石川県金沢市	？	？	？
牧田　利秋	一等兵	？	福井県春江町	ラグナ州マキリン山	5・24	兄甚作

氏名	階級	年齢	本籍地	戦没地	戦没日	遺族
倉友　一二三	一等兵	？	福井県春江町	ラグナ州ロスバニオス	3・11	長男久喜
高島　高一	一等兵	？	福井県美山町	タヤバス州バナハオ山	3・23	妹サダ子
寺地　秀夫	？	？	石川県方川村	タヤバス州バナハオ山	5・7	？
服部　尚孝	？	？	石川県金沢市	？	？	？
牧田　利秋	一等兵	？	福井県春江町	ラグナ州マキリン山	5・24	兄甚作

東海

本籍地の字・地番は不掲載とした。
戦没年の記載がない場合は昭和二十年を示す。

氏名	階級	年齢	本籍地	戦没地	戦没日	遺族
大西　武	少尉	？	三重県	サリアヤ北方	4・23	？
金原　簹一	上等兵	？	静岡県浜松市	タヤバス州バナハオ山	5・20	？
小池　滃一	一等兵	23	静岡県大宮村	ラグナ州イムックヒル	3・10	？
鈴木　年光	兵長	？	静岡県小山町	マニラ東北方	4・4	父精一・母スヱ
細田　正美	軍曹	25	静岡県沼津市	バタンガス州マレブンヨ山	5・10	兄久雄
渡辺　輝秋	上等兵	？	岐阜県神戸町	ラグナ州ロスバニオス	？	義弟政信

近畿

本籍地の字・地番は不掲載とした。
戦没年の記載がない場合は昭和二十年を示す。

氏名	階級	年齢	本籍地	戦没地	戦没日	遺族
青木 久五郎	？	？	京都市中京区	ラグナ州マヨンド高地	3・27	？
赤坂 信行	一等兵	？	大阪市東住吉区	バタンガス州マレブンヨ山	5・8	弟秀豊
伊藤 昌徳	少佐	25	和歌山県勝浦町	マニラ東方陣地	7・22	兄彰
井上 富一	？	？	兵庫県水上町	？	？	妻梅子
大久保 巖	中尉	？	大阪市西成区	タヤバス州マレブンヨ山	4・23	父忠須
太田 源七	一等兵	38	滋賀県永源寺町	タヤバス州バナハオ山	8・15	妻タネ
岡田 重三郎	一等兵	？	滋賀県岡山村	タヤバス州バナハオ山	7・20	？
荻野 舜平	中尉	？	奈良県橿原市	マニラ近郊ラグナ湖周辺	昭22・9・3	妹多恵子
河畑 弥一郎	一等兵	？	滋賀県玉津村	タヤバス州バナハオ山	7・17	妻フミ
木戸 弥一	一等兵	？	滋賀	バタンガス州アラミノス	4・25	？
小西 裕治	主計少尉	？	大阪府堺市	？	？	父安治
小林 一郎	？	38	滋賀県木下町	バタンガス州マレブンヨ山	4・28	長男喜久男
鈴木 直志	？	？	京都市下原区	リザール	1・20	？
中井 富三	一等兵	26	滋賀県水口町	ラグナ州ロスバニオス	3・16	母峯
中川 直一	一等兵	35	滋賀県山東町	タヤバス州バナハオ山	6・2	妻キオ
中川 八千男	？	？	京都府右京区	タヤバス州バナハオ山	5・10	義姉澄江

氏名	階級	年齢	本籍地	戦没地	戦没日	遺族
西堀　恵三	？	？	滋賀県長浜市	ラグナ州ロスバニオス	2・25	？
藤重　正従	大佐	？	神戸市東灘区	マニラ近郊ラグナ湖周辺	昭21・7・17	甥弘久
松岡　幹彦	軍曹	？	兵庫県西宮市	リザール州モンタルバン	7・26	兄操一
矢田　豊博	？	？	大阪府住吉区	タヤバス州	6・10	？

中国

本籍地の字・地番は不掲載とした。
戦没年の記載がない場合は昭和二十年を示す。

氏名	階級	年齢	本籍地	戦没地	戦没日	遺族
黒岡　庄一	上等兵	？	岡山県三万真備町	リザール州ワワ	5・10	兄毅
波積　英男	？	25	島根県都野沢町	マニラ東方40㎞	7・14	兄寿太郎
正子　三善	伍長	41	岡山県英田町	バタンガス州マレブンヨ山	4・28	妻栄
松田　八太郎	？	？	広島県三原市	タヤバス州バナハオ山	5・7	？
森田　静泰	上等兵	26	広島市	バタンガス州マルバル	3・14	父喜一

四国

本籍地の字・地番は不掲載とした。
戦没年の記載がない場合は昭和二十年を示す。

氏名	階級	年齢	本籍地	戦没地	戦没日	遺族
江島　哲雄	中尉	？	愛媛県今治市	マニラ東北方	3・20	父勇

氏名	階級	年齢	本籍地	戦没地	戦没日	遺族
大奥　亀令次	兵　長	?	香川県三郡村	バタンガス州サンタクララ	?	母小松
岡林　秀澄	?	39	高知市	バタンガス州マレブンヨ山	5・7	妻喜美子
久保　彌三郎	上等兵	41	高松市	リザール州ワワ	6・10	妻スワ
小松　正一	兵　長	?	高知市	バタンガス州マレブンヨ山	4・28	弟正夫
近藤　浩平	上等兵	?	愛媛県大州市	バタンガス州デタ	4・20	?
杉本　善明	?	?	香川県善導寺市	マウンテン州	?	妻弥生
高本　正雄	上等兵	?	香川県三木町	リザール州ワワ	7・?	長男賢二
田所　恒夫	上等兵	?	徳島県加茂村	バタンガス州マレブンヨ山	4・20	母セン
真部　勇	上等兵	?	香川県坂出市	タヤバス州バナハオ山	6・7	母ノブヨ

九州

本籍地の字・地番は不掲載とした。
戦没年の記載がない場合は昭和二十年を示す。

氏名	階級	年齢	本籍地	戦没地	戦没日	遺族
内田　和男	?	?	福岡県久留米市	マニラ東方30㎞	8・14	母サイ
岡野　善次	?	?	福岡県福信村	タヤバス州バナハオ山	6・6	?
加藤　勝明	軍　曹	?	福岡県	タヤバス州ドロレス	5・3	?
下平　公一	主計少尉	?	佐賀県朝日町	マニラ東北方	6・5	?
杉本　喜久男	?	?	熊本県山上市	バタンガス州タリサイ	2・16	母スモ

氏名	階級	年齢	本籍地	戦没地	戦没日	遺族
田浦　義政	上等兵	26	長崎県山田村	タヤバス州ルクバン西北3km	6・14	母キヤ
田仲　盛男	伍長	24	福岡県水巻町	バタンガス州マレブンヨ山	6・10	兄保正
所　道三	上等兵	?	長崎市	ラグナ州メガネ山	2・26	妻マサ子
原口　種成	軍曹	27	鹿児島県山下	バタンガス州マレブンヨ山	4・22	兄庸志
原田　篤美	?	?	長崎仁住村	バタンガス州タガイタイ	2・2	?
福野　貞雄	兵長	22	佐賀県西松浦郡	タヤバス州チャオング	5・?	父義右エ門
藤木　寅雄	一等兵	?	福岡県福岡市	バタンガス州マレブンヨ山	4・19	父厚吉
藤野　正	一等兵	32	熊本県熊本市	マニラ東方40km	8・14	妻アサノ
丸田　茂利	兵長	29	佐賀県有田町	マウンテン州アコップ	5・26	妻キクヱ
三田　興次	?	26	鹿児島県入来町	マニラ東方40km	8・14	二男和夫
宮崎　美義	?	?	熊本県天草郡	バタンガス州マレブンヨ山	4・10	?
山崎　操	中尉	?	佐賀市	バタンガス州タガイタイ	8・10	弟正義
山田　久雄	兵長	36	熊本県八代市	マニラ	8・14	弟静雄

沖縄

本籍地の字・地番は不掲載とした。
戦没年の記載がない場合は昭和二十年を示す。

氏名	階級	年齢	本籍地	戦没地	戦没日	遺族
知念　忠盛	?	?	島尻郡佐数村	?	?	?

樺太

本籍地の字・地番は不掲載とした。
戦没年の記載がない場合は昭和二十年を示す。

氏名	階級	年齢	本籍地	戦没地	戦没日	遺族
須賀 貞春	上等兵		豊原市	タヤバス州バナハオ山	4・25	妹サダ子
渡辺 正作	伍長	?	豊中市	ラグナ州ラグナ山	4・5	父金三

不明

本籍地の字・地番は不掲載とした。
戦没年の記載がない場合は昭和二十年を示す。

氏名	階級	年齢	本籍地	戦没地	戦没日	遺族
古内 堅一	?	?	?	ラグナ州イムックヒル	4・3	?
伊藤 二郎	軍医中尉	?	?	?	?	?
加藤 傳郎	少尉	?	?	マニラ	3・9	?
宇多 惠二	少尉	?	?	マニラ東北方	3・8	?
深山 儀一	少尉	?	?	マニラ東北方	5・13	?
加藤 俊夫	伍長	?	?	?	3・20	?

おわりに

本書を締め括るに当たって、私はここで「戦時資料の焼却問題」に言及したい。日本の敗戦が決定的になった時期、当時の政治権力と軍部・官僚は、戦争責任が自分たちに及ぶことを恐れて、軍事資料をすべて焼却させる暴挙に打って出た。――いわゆる「公文書焼却事件」である。

当時の「焼却事件」の実例は枚挙（まいきょ）に遑（いとま）がないが、ここでは、歩兵第十七連隊に拘わる事例だけを挙げておこう。

一九四五（昭和二〇）年八月十五日、天皇の敗戦詔勅が発表され、日本の敗北が決定的となった時期のことである。バナハオ山頂に立て籠っていた第十七連隊の藤重連隊長は、なお「降伏の是非」を上部組織に打診するために、上原善一少佐と伊藤正康中尉を「軍使」としてモンテンルパ収容所に派遣した。そして、すでに収容されていた横山静雄軍司令官と面会したときのことである。その場に同席していた武藤章参謀長が「二人の軍使」に向かって

君たちが不利になる書類があっては困るから、全部焼いてこい。

と、直接指示をしたのであった。

周知のように、日本の軍隊は最も典型的な「上意下達」の組織である。しかも「上意者」が軍最高司令官となれば、その「上意」は直接間接を問わず絶大な影響を与えたことは間違いない。歩兵第十七連隊はこの面会日（四五年九月十六日）から降伏日（九月二十五日）までの十日間に、戦時関係史料を大量に焼却したものと考えられよう。

ところで、私がここで「焼却事件」を取り上げた理由は、本書を締め括るに当たって、私自身の「執筆上の立ち位置」を改めて確認にしておきたかったためである。

すでに私は本書第一編㈡で、大岡昇平氏の『レイテ戦記』の言葉を引用しながら、自分の「立ち位置」として、「真実を書くことを不動の信念とする」ことを明確にしてきた。

しかし、当時の軍部と官僚が隠然と進めた「**戦時資料の焼却**」は、誰が見ても「**戦争の真実を覆い隠す行為**」であった。――私の「立ち位置」とは真逆な行為であり、さらに強調すれば

「戦没者の霊を冒涜する行為である」と言っても、決して過言でない。

戦後七十四年、令和の時代となった現在でも私は、いまなお「**戦争の危機**」が強まっていると感じている。――「戦時資料の焼却」とは異なった形であるが、例えば「自衛隊の日報隠蔽問題」「厚労省の不正統計資料問題」さらには財務省の「国有地払い下げ問題」など、国民に対して「**真実を覆い隠す行為**」が、日本の政治のなかに蔓延してきていると思われてならないし、加えて憲法第九条の改変など、政治のファシズム化・軍事化の過程が着実に進行していると感じてならない。

脱稿を前にして、私はいま「令和の時代に入ったこと」と、「七十四年前の歩兵第十七連隊の最後」を書き上げたことの関連と意義を、改めて自分自身に問いかけてみた。――そして、そこで納得した自分の結論は、「戦争を防ぐため」には、戦争の真実を「いつの時代でも国民が共有しなければならない」と言うことである。

私が本書を執筆した最大の理由は、あの忌まわしい「太平洋戦争の真実」そして「歩兵第十七連隊の最後」を、令和の時代に生きる人々と共有したかったためである。同時に、日本を再び戦争の惨禍に巻き込まないためには、原爆被害や沖縄戦などの数多くの戦争被害を、日本国民が時代を越えて共有していかなければならない。——本書もまたこうした視点から書かれたものであることを、再度強調しておきたい。

私の執筆理念が、一人でも多くの読者に「共感として受け止めていただく」ことを、心から願って止まないところである。

なお、末尾になって恐縮であるが、本書執筆のためにご支援下さった多くの皆さんに、この紙面を借りて心からお礼を申し上げたい。さらに『マコロド戦記』を寄贈いただき、編集にも多大のご協力をいただいた秋田文化出版の渡辺修氏と、挿絵を提供して下さった『歩兵第十七連隊比島戦史』と『マコロド戦記』の関係者には、重ねて感謝の意を表したい。

最後に、本書に掲載した戦没者とご遺族の皆さんに謹んで哀悼の意を表し、本書を閉じさせていただく次第である。

完

著者略歴

長沼宗次（ながぬまそうじ）

一九三二年　横手市生まれ。
秋田県立横手美入野高校（現横手高校）卒業。
北海道大学農学部農業経済学科卒業。
公立高校教員・政党団体役員・秋南文化社主幹を経て現在に至る。

【主な著作】

＊わが郷里の進歩と革命の伝統
一九八二年八月・秋田文化出版社

＊改訂版『夜明けの謀略』
二〇一二年三月・西田書店

＊歴史文学における実録と虚像
二〇一五年九月・秋南文化社

＊戦時下「朝鮮人強制連行」事件を考える
二〇一六年四月・秋南文化社

ほか。

フィリピンに消えた「秋田の軍隊」
歩兵第十七連隊の最後

令和元年十二月二十日　初版発行
定価（本体二〇〇〇円＋税）

著　者　長　沼　宗　次

発　行　秋田文化出版㈱
〒〇一〇—〇九四二
秋田市川尻大川町二—八
ＴＥＬ（〇一八）八六四—三三二二（代）
ＦＡＸ（〇一八）八六四—三三二三

＊

ISBN978-4-87022-588-6
地方・小出版流通センター扱